Charles Bukowski
(1920-1994)

CHARLES BUKOWSKI nasceu a 16 de agosto de 1920 em Andernach, Alemanha, filho de um soldado americano e de uma jovem alemã. Aos três anos de idade, foi levado aos Estados Unidos pelos pais. Criou-se em meio à pobreza de Los Angeles, cidade onde morou por cinquenta anos, escrevendo e embriagando-se. Publicou seu primeiro conto em 1944, aos 24 anos de idade, e somente aos 35 começou a publicar poesias. Foi internado diversas vezes com crises de hemorragia e outras disfunções geradas pelo abuso do álcool e do cigarro. Durante a sua vida, ganhou certa notoriedade com contos publicados pelos jornais alternativos *Open City* e *Nola Express*, mas precisou buscar outros meios de sustento: trabalhou quatorze anos nos Correios. Casou, teve uma filha e se separou. É considerado o último escritor "maldito" da literatura norte-americana, uma espécie de autor beat honorário, embora nunca tenha se associado com outros representantes beats, como Jack Kerouac e Allen Ginsberg.

Sua literatura é de caráter extremamente autobiográfico, e nela abundam temas e personagens marginais, como prostitutas, sexo, alcoolismo, ressacas, corridas de cavalos, pessoas miseráveis e experiências escatológicas. De estilo extremamente livre e imediatista, na obra de Bukowski não transparecem demasiadas preocupações estruturais. Dotado de um senso de humor terno, autoirônico e cáustico, ele foi comparado a Henry Miller, Louis-Ferdinand Céline e Ernest Hemingway.

Ao longo de sua vida, publicou mais de 45 livros de poesia e prosa. São seis os seus romances: *Cartas na rua* (1971), *Factó[tum]* (1975), *Mulheres* (1978), *Misto-quente* (1982), *Holly[wood]* a Coleção **L&PM** POC[KET] [publi]cam os livros de conto[s] [ ]do (1969), *Erections, Ej[   ]al Tales of Ordinary Mo[   ]* [v]olumes em 1983 sob os títulos de *Tales of* [   ] e *The Most*

Beautiful Woman in Town, lançados pela L&PM Edit[...] como *Fabulário geral do delírio cotidiano* e *Crônica de u[m] amor louco*), *Ao sul de lugar nenhum* (1973; L&PM, 2008), *Bring Me Your Love* (1983), *Numa fria* (1983; L&PM, 2003), *There's No Business* (1984) e *Miscelânea Septuagenária* (1990; L&PM, 2014). Seus livros de poesias são mais de trinta, entre os quais *Flower, Fist and Bestial Wail* (1960), *O amor é um cão dos diabos* (1977; L&PM, 2007), *Você fica tão sozinho às vezes que até faz sentido* (1986; L&PM, 2018), sendo que a maioria permanece inédita no Brasil. Várias antologias, como *Textos autobiográficos* (1993; L&PM, 2009), além de livros de poemas, cartas e histórias reunindo sua obra foram publicados postumamente, tais quais *O capitão saiu para o almoço e os marinheiros tomaram conta do navio* (1998; L&PM, 2003) e *Pedaços de um caderno manchado de vinho* (2008; L&PM, 2010).

Bukowski morreu de pneumonia, decorrente de um tratamento de leucemia, na cidade de San Pedro, Califórnia, no dia 9 de março de 1994, aos 73 anos de idade, pouco depois de terminar *Pulp*.

Charles Bukowski

Crônica de um amor louco

Tradução de Milton Persson

www.lpm.com.br

Coleção **L&PM** POCKET, vol. 574

Texto de acordo com a nova ortografia.
Título original: *Erections, Ejaculations, Exhibitions and General Tales of Ordinary Madness.*

Este livro foi publicado em primeira edição pela L&PM Editores, em formato 14 x 21, em 1984.
Primeira edição na Coleção **L&PM** POCKET: janeiro de 2007
Esta reimpressão: outubro de 2024

Tradução: Milton Persson
Revisão: Márcia Camargo, Renato Deitos, Flávio Dotti Cesa e Patrícia Rocha.
Capa: Ivan Pinheiro Machado sobre foto de Charles Bukowski de autoria de Michael Montfort

---

B932c   Bukowski, Charles, 1920-1994
      Crônica de um amor louco / Charles Bukowski; tradução de Milton Persson. – Porto Alegre: L&PM, 2024.
      320p. : 18 cm. (Coleção L&PM POCKET, v. 574)
      ISBN 978-85-254-1548-6

      1. Ficção norte-americana. I. Título. II.Série.

CDD 813
CDU 820(73)-3

Catalogação elaborada por Izabel A. Merlo, CRB 10/329.

© 1967, 1969, 1970, 1971, 1972, by Charles Bukowski

Todos os direitos desta edição reservados a L&PM Editores
Rua Comendador Coruja, 314, loja 9 – Floresta – 90.220-180
Porto Alegre – RS – Brasil / Fone: 51.3225.5777

PEDIDOS & DEPTO. COMERCIAL: vendas@lpm.com.br
FALE CONOSCO: info@lpm.com.br
www.lpm.com.br

Impresso no Brasil
Primavera de 2024

Índice

A mulher mais linda da cidade 9
Kid Foguete no matadouro 18
A vida num puteiro do Texas 26
15 centímetros 37
A máquina de foder 52
O espremedor de culhões 67
3 mulheres 81
3 galinhas 92
10 punhetas 105
12 macacos alados não conseguem trepar sossegados 113
25 pés-rapados 121
Dicas de cocheira sem a menor sujeira 133
Outras dicas de cocheira 140
Nascimento, vida e morte de um órgão da imprensa
    alternativa 147
Vida e morte na enfermaria de indigentes 175
O dia em que se conversou sobre James Thurber 187
Todo grande escritor 198
A sereia que copulava em Veneza, Califórnia 208
Defeito na bateria 217
卐 224
Política é o mesmo que foder cu de gato 232
Mamãe bunduda 238
Um lance bacana 245

Tudo quanto é trepada que se queira dar..........................258
Marinheiro de primeira viagem 266
O diabo em figura de gente 272
O assassinato de Ramon Vasquez 280
Parceiro de copo...293
A barba branca 302
Uma xota branca 310

Para Linda King,

*que me proporcionou e
um dia há de me privar*

A mulher mais linda da cidade

Das 5 irmãs, Cass era a mais moça e a mais bela. E a mais linda mulher da cidade. Mestiça de índia, de corpo flexível, estranho, sinuoso que nem cobra e fogoso como os olhos: um fogaréu vivo ambulante. Espírito impaciente para romper o molde incapaz de retê-lo. Os cabelos pretos, longos e sedosos, ondulavam e balançavam ao andar. Sempre muito animada ou então deprimida, com Cass não havia esse negócio de meio-termo. Segundo alguns, era louca. Opinião de apáticos. Que jamais poderiam compreendê-la. Para os homens, parecia apenas uma máquina de fazer sexo e pouco estavam ligando para a possibilidade de que fosse maluca. E passava a vida a dançar, a namorar e beijar. Mas, salvo raras exceções, na hora agá sempre encontrava forma de sumir e deixar todo mundo na mão.

As irmãs a acusavam de desperdiçar sua beleza, de falta de tino; só que Cass não era boba e sabia muito bem o que queria: pintava, dançava, cantava, dedicava-se a trabalhos de argila e, quando alguém se feria, na carne ou no espírito, a pena que sentia era uma coisa vinda do fundo da alma. A mentalidade é que simplesmente destoava das demais: nada tinha de prática. Quando seus namorados ficavam atraídos por ela, as irmãs se enciumavam e se enfureciam, achando que não sabia aproveitá-los como mereciam. Costumava mostrar-se boazinha com os feios e revoltava-se contra os considerados bonitos – "uns frouxos", dizia, "sem graça nenhuma. Pensam que basta ter orelhinhas perfeitas e nariz bem modelado... Tudo por fora e nada por dentro..." Quando perdia a paciência, chegava às raias da loucura; tinha um gênio que alguns qualificavam de insanidade mental.

O pai havia morrido alcoólatra e a mãe fugira de casa, abandonando as filhas. As meninas procuraram um parente, que resolveu interná-las num convento. Experiência nada interessante, sobretudo para Cass. As colegas eram muito ciumentas e teve que brigar com a maioria. Trazia marcas de lâmina de gilete por todo o braço esquerdo, de tanto se defender durante suas brigas. Guardava, inclusive, uma cicatriz indelével na face esquerda, que em vez de empanar-lhe a beleza só servia para realçá-la.

Conheci Cass uma noite no West End Bar. Fazia vários dias que tinha saído do convento. Por ser a caçula entre as irmãs, fora a última a sair. Simplesmente entrou e sentou do meu lado. Eu era provavelmente o homem mais feio da cidade – o que bem pode ter contribuído.

– Quer um drinque? – perguntei.

– Claro, por que não?

Não creio que houvesse nada de especial na conversa que tivemos essa noite. Foi mais a impressão que causava. Tinha me escolhido e ponto final. Sem a menor coação. Gostou da bebida e tomou várias doses. Não parecia ser de maior idade, mas, não sei como, ninguém se recusava a servi-la. Talvez tivesse carteira de identidade falsa, sei lá. O certo é que toda vez que voltava do toalete para sentar do meu lado, me dava uma pontada de orgulho. Não só era a mais linda mulher da cidade como também das mais belas que vi em toda a minha vida. Passei-lhe o braço pela cintura e dei-lhe um beijo.

– Me acha bonita? – perguntou.

– Lógico que acho, mas não é só isso... é mais que uma simples questão de beleza...

– As pessoas sempre me acusam de ser bonita. Acha mesmo que eu sou?

– Bonita não é bem o termo, e nem te faz justiça.

Cass meteu a mão na bolsa. Julguei que estivesse procurando um lenço. Mas tirou um longo grampo de chapéu. Antes que pudesse impedir, já tinha espetado o tal grampo, de lado, na ponta do nariz. Senti asco e horror.

Ela me olhou e riu.

– E agora, ainda me acha bonita? O que é que você acha agora, cara?

Puxei o grampo, estancando o sangue com o lenço que trazia no bolso. Diversas pessoas, inclusive o sujeito que atendia no balcão, tinham assistido à cena. Ele veio até a mesa:

– Olha – disse para Cass –, se fizer isso de novo, vai ter que dar o fora. Aqui ninguém gosta de drama.

– Ah, vai te foder, cara!

– É melhor não dar mais bebida pra ela – aconselhou o sujeito.

– Não tem perigo – prometi.

– O nariz é *meu* – protestou Cass –, faço dele o que bem entendo.

– Não faz, não – retruquei –, porque isso me dói.

– Quer dizer que eu cravo o grampo no nariz e você é que sente dor?

– Sinto, sim. Palavra.

– Está bem, pode deixar que eu não cravo mais. Fica sossegado.

Me beijou, ainda sorrindo e com o lenço encostado no nariz. Na hora de fechar o bar, fomos para onde eu morava. Tinha um pouco de cerveja na geladeira e ficamos lá sentados, conversando. E só então percebi que estava diante de uma criatura cheia de delicadeza e carinho. Que se traía sem se dar conta. Ao mesmo tempo que se encolhia numa mistura de insensatez e incoerência. Uma verdadeira preciosidade. Uma joia, linda e espiritual. Talvez algum homem, uma coisa qualquer, um dia a destruísse para sempre. Fiquei torcendo para que não fosse eu.

Deitamos na cama e, depois que apaguei a luz, Cass perguntou:

– Quando é que você quer transar? Agora ou amanhã de manhã?

– Amanhã de manhã – respondi –, virando de costas para ela.

No dia seguinte me levantei e fiz 2 cafés. Levei o dela na cama.

Deu uma risada.

– Você é o primeiro homem que conheço que não quis transar de noite.

– Deixa pra lá – retruquei –, a gente nem precisa disso.

– Não, para aí, agora me deu vontade. Espera um pouco que não demoro.

Foi até o banheiro e voltou em seguida, com uma aparência simplesmente sensacional – os longos cabelos pretos brilhando, os olhos e a boca brilhando, *aquilo* brilhando... Mostrava o corpo com calma, como a coisa boa que era. Meteu-se em baixo do lençol.

– Vem de uma vez, gostosão.

Deitei na cama.

Beijava com entrega, mas sem se afobar. Passei-lhe as mãos pelo corpo todo, por entre os cabelos. Fui por cima. Era quente e apertada. Comecei a meter devagar, compassadamente, não querendo acabar logo. Os olhos dela encaravam, fixos, os meus.

– Qual é o teu nome? – perguntei.

– Porra, que diferença faz? – replicou.

Ri e continuei metendo. Mais tarde se vestiu e levei-a de carro de novo para o bar. Mas não foi nada fácil esquecê-la. Eu não andava trabalhando e dormi até as 2 da tarde. Depois levantei e li o jornal. Estava sentado na banheira quando ela entrou com uma folhagem grande na mão – uma folha de inhame.

– Sabia que ia te encontrar no banho – disse –, por isso trouxe isto aqui pra cobrir esse teu troço aí, seu nudista.

E atirou a folha de inhame dentro da banheira.

– Como adivinhou que eu estava aqui?

– Adivinhando, ora.

Chegava quase sempre quando eu estava tomando banho. O horário podia variar, mas Cass raramente se enganava. E tinha todos os dias a folha de inhame. Depois a gente trepava.

Houve uma ou duas noites em que telefonou e tive que ir pagar a fiança para livrá-la da detenção por embriaguez ou desordem.

— Esses filhos da puta — disse ela —, só porque pagam umas biritas pensam que são donos da gente.

— Quem topa o convite já está comprando barulho.

— Imaginei que estivessem interessados em *mim* e não apenas no meu corpo.

— Eu estou interessado em você e *também* no teu corpo. Mas duvido muito que a maioria não se contente com o corpo.

Me ausentei 6 meses da cidade, vagabundeei um pouco e acabei voltando. Não esqueci Cass, mas a gente havia discutido por algum motivo qualquer e me deu vontade de zanzar por aí. Quando cheguei, supus que tivesse sumido, mas nem fazia meia hora que estava sentado no West End Bar quando entrou e veio sentar do meu lado.

— Como é, seu sacana, pelo que vejo você já voltou.

Pedi bebida para ela. Depois olhei. Estava com um vestido de gola fechada. Cass jamais tinha andado com um traje desses. E logo abaixo de cada olheira, espetados, havia dois grampos com ponta de vidro. Só dava para ver as pontas, mas os grampos, virados para baixo, estavam enterrados na carne do rosto.

— Porra, ainda não desistiu de estragar tua beleza?

— Que nada, seu bobo, agora é moda.

— Pirou de vez.

— Sabe que senti saudade? — comentou.

— Não tem mais ninguém no pedaço?

— Não, só você. Mas agora resolvi dar uma de puta. Cobro 10 pratas. Pra você, porém, é de graça.

— Tira esses grampos daí.

– Negativo. É moda.
– Estão me deixando chateado.
– Tem certeza?
– Claro que tenho, pô.

Cass tirou os grampos devagar e guardou na bolsa.

– Por que é que faz tanta questão de esculhambar o teu rosto? – perguntei. – Quando vai se conformar com a ideia de ser bonita?

– Quando as pessoas pararem de pensar que é a única coisa que eu sou. Beleza não vale nada e depois não dura. Você nem sabe a sorte que tem de ser feio. Assim, quando alguém simpatiza contigo, já sabe que é por outra razão.

– Então tá. Sorte minha, né?

– Não que você seja feio. Os outros é que acham. Até que a tua cara é bacana.

– Muito obrigado.

Tomamos outro drinque.

– O que anda fazendo? – perguntou.

– Nada. Não há jeito de me interessar por coisa alguma. Falta de ânimo.

– Eu também. Se você fosse mulher, podia ser puta.

– Acho que não ia gostar de um contato tão íntimo com tantos caras desconhecidos. Acaba enchendo.

– Puro fato, acaba enchendo mesmo. Tudo acaba enchendo.

Saímos juntos do bar. Na rua as pessoas ainda se espantavam com Cass. Continuava linda, talvez mais do que antes.

Fomos para o meu endereço. Abri uma garrafa de vinho e ficamos batendo papo. Entre nós dois a conversa sempre fluía espontânea. Ela falava um pouco, eu prestava atenção, e depois chegava a minha vez. Nosso diálogo era sempre assim, simples, sem esforço nenhum. Parecia que tínhamos segredos em comum. Quando se descobria um que valesse a pena, Cass dava aquela risada – da maneira que só ela sabia dar. Era como a alegria provocada por uma fogueira. Enquanto conversávamos, fomos nos beijando e aproximando cada vez mais. Ficamos com tesão e resolvemos ir para a cama. Foi então que Cass tirou o vestido de gola fechada e vi a horrenda cicatriz irregular no pescoço – grande e saliente.

– Puta que pariu, criatura – exclamei, já deitado. – Puta que pariu. Como é que você foi me fazer uma coisa dessas?

– Experimentei uma noite, com um caco de garrafa. Não gosta mais de mim? Deixei de ser bonita?

Puxei-a para a cama e dei-lhe um beijo na boca. Me empurrou para trás e riu.

– Tem homens que me pagam as 10 pratas, aí tiro a roupa e desistem de transar. E eu guardo o dinheiro pra mim. É engraçadíssimo.

– Se é – retruquei –, estou quase morrendo de tanto rir... Cass, sua cretina, eu amo você... mas para com esse negócio de querer se destruir. Você é a mulher mais cheia de vida que já encontrei.

Beijamos de novo. Começou a chorar baixinho. Sentia-lhe as lágrimas no rosto. Aqueles longos cabelos pretos me cobriam as costas feito mortalha. Colamos os corpos e começamos a trepar, lenta, sombria e maravilhosamente bem.

Na manhã seguinte acordei com Cass já em pé, preparando o café. Dava impressão de estar perfeitamente calma e feliz. Até cantarolava. Fiquei ali deitado, contente com a felicidade dela. Por fim veio até a cama e me sacudiu.

– Levanta, cafajeste! Joga um pouco de água fria nessa cara e nessa pica e vem participar da festa!

Naquele dia convidei-a para ir à praia de carro. Como estávamos na metade da semana e o verão ainda não havia chegado, encontramos tudo maravilhosamente deserto. Ratos de praia, com a roupa em farrapos, dormiam espalhados pelo gramado longe da areia. Outros, sentados em bancos de pedra, dividiam uma garrafa de bebida tristonha. Gaivotas esvoaçavam no ar, descuidadas e no entanto aturdidas. Velhinhas de seus 70 ou 80 anos, lado a lado nos bancos, comentavam a venda de imóveis herdados de maridos mortos há muito tempo, vitimados pelo ritmo e estupidez da sobrevivência. Por causa de tudo isso, respirava-se uma atmosfera de paz e ficamos andando, para cima e para baixo, deitando e espreguiçando-nos na relva, sem falar quase nada. Com aquela sensação simplesmente gostosa de estar juntos. Comprei sanduíches, batata frita e uns copos de bebida e nos deixamos ficar sentados, comendo na areia. Depois me abracei a Cass e dormimos encostados um no outro durante quase uma hora. Não sei por quê, mas foi melhor do que se tivéssemos transado. Quando acordamos, voltamos de carro para onde eu morava e fiz o jantar. Jantamos e sugeri que fôssemos para a cama. Cass hesitou um bocado de tempo, me olhando, e aí então respondeu, pensativa:

– Não.

Levei-a outra vez até o bar, paguei-lhe um drinque e vim-me embora. No dia seguinte encontrei serviço como empacotador numa fábrica e passei o resto da semana trabalhando. Andava cansado demais para cogitar de sair à noite, mas naquela sexta-feira acabei indo ao West End Bar. Sentei e esperei por Cass. Passaram-se horas. Depois que já estava bastante bêbado, o sujeito que atendia no balcão me disse:

– Uma pena o que houve com sua amiga.

– Pena por quê? – estranhei.

– Desculpe. Pensei que soubesse.

– Não.

– Se suicidou. Foi enterrada ontem.

– Enterrada? – repeti.

Estava com a sensação de que ela ia entrar a qualquer momento pela porta da rua. Como poderia estar morta?

– Sim, pelas irmãs.

– Se suicidou? Pode-se saber de que modo?

– Cortou a garganta.

– Ah. Me dá outra dose.

Bebi até a hora de fechar. Cass, a mais bela das 5 irmãs, a mais linda mulher da cidade. Consegui ir dirigindo até onde morava. Não parava de pensar. Deveria ter *insistido* para que ficasse comigo em vez de aceitar aquele "não". Todo o seu jeito era de quem gostava de mim. Eu é que simplesmente tinha bancado o durão, decerto por preguiça, por ser desligado demais. Merecia a minha morte e a dela. Era um cão. Não, para que pôr a culpa nos cães? Levantei, encontrei uma garrafa de vinho e bebi quase inteira. Cass, a garota mais linda da cidade, morta aos 20 anos.

Lá fora, na rua, alguém buzinou dentro de um carro. Uma buzina fortíssima, insistente. Bati a garrafa com força e gritei:

– MERDA! PARA COM ISSO, SEU FILHO DA PUTA!

A noite foi ficando cada vez mais escura e eu não podia fazer mais nada.

Kid Foguete no matadouro

me vi de novo na lona e desta vez nervoso demais de tanto tomar vinho; o olhar desvairado, caindo de fraqueza; tão deprimido que nem podia pensar em recorrer ao quebra-galho de sempre, à minha pausa para recalibrar, topando qualquer serviço em departamento de expedição ou almoxarifado. por isso resolvi ir ao matadouro.

entrei no escritório.

não te conheço?, perguntou o cara.

que eu saiba não, menti.

já tinha estado lá duas ou três vezes, preenchendo toda aquela papelada, passando por exame médico etc. e tal, e então me levaram até uma escada, por onde descemos quatro andares, o frio cada vez pior, o chão reluzente de sangue, ladrilhos verdes e o azulejo das paredes também. Explicaram o que eu tinha que fazer: consistia em apertar um botão e aí, pelo buraco aberto na parede, se escutava um barulhão semelhante ao estouro de uma boiada ou 2 elefantes caindo pesadamente no chão para trepar, e lá vinha aquela enorme posta de carne morta, pingando sangue, e o cara me mostrou: você pega isso aí e joga dentro do caminhão. depois aperta de novo o botão e vem outro pedaço. aí se afastou. quando me vi sozinho, tirei o avental, o capacete, as botas (sempre davam 3 números menor que o da gente), subi a escada e dei o fora. agora estava ali de volta, outra vez na pior.

tá me parecendo meio velho pro trabalho.

tenho que endurecer os músculos. preciso de serviço pesado, pesado à beça, menti.

acha que vai aguentar?

sou forte pra burro. já lutei como profissional. enfrentei campeões.

não diga, é mesmo?

é, sim.

hum, tem cara. pelo que vejo, te pegaram de jeito.

deixa a minha cara de lado. eu era um raio com as mãos. ainda sou. também tive que me abaixar, senão ia ficar parecendo marmelada.

eu costumo acompanhar as lutas de boxe. teu nome não me diz nada.

é que eu tinha apelido. Kid Foguete.

Kid Foguete? não me lembro de ninguém com esse nome.

lutei na América do Sul, na África, na Europa, nas ilhas. Em cidades do interior. por isso é que tem todos esses espaços em branco aí na minha carteira – não gosto de escrever pugilista porque são capazes de pensar que estou brincando ou mentindo. simplesmente deixo em branco. e o resto que se dane.

tá bom. aparece amanhã de manhã às 9 pro exame médico que eu tenho um serviço pra você. quer dizer que quer um trabalho pesado?

bem, se não tiver outra coisa...

não, de momento não. sabe que você aparenta ter quase cinquenta anos? será que não estou cometendo um erro? aqui ninguém gosta de perder tempo com qualquer mocorongo que aparece.

não sou nenhum mocorongo, sou Kid Foguete.

tá legal, Kid. – deu uma risada –, vamos te botar pra TRABALHAR mesmo!

não gostei do jeito que ele disse isso.

dois dias depois passei pelo portão e entrei no galpão de madeira, onde mostrei a um velhote o crachá com o meu nome: Henry Charles Bukowski Jr., e ele me mandou procurar o Thurman no pavilhão de carga. fui até lá. tinha uma fila de sujeitos sentados num banco de madeira que me olharam como se fosse bicha ou débil mental.

encarei o grupo com ar de sereno desdém e caprichei no meu melhor estilo de boçal.

quedê o Thurman? me disseram que tenho que falar com esse cara.

um deles apontou.

Thurman?

quê?

vou trabalhar com você.

é?

é.

olhou bem para mim.

cadê as botas?

(botas?)

não tenho, respondi.

meteu a mão embaixo do banco e me entregou um par. velho e mais duro que bacalhau. calcei no pé. a mesma história de sempre: 3 números menor. me esmagava os dedos, que viraram para baixo.

depois me deu um avental sujo de sangue e o capacete. fiquei ali parado enquanto ele acendia um cigarro. jogou o fósforo longe com calma digna de macho.

vem cá.

eram todos negros. quando cheguei perto me olharam como se fossem Muçulmanos. tenho quase 1 metro e 80, mas não havia nenhum que não fosse mais alto que eu ou 2 ou 3 vezes mais corpulento.

Charley! berrou Thurman.

Charley, pensei. Charley, que nem eu. que bom.

já estava suando por baixo do capacete.

bota ele pra TRABALHAR!

ah meu deus do céu. que fim levaram as noites suaves e tranquilas? por que isso não acontece com o Walter Winchell, que acredita piamente no Sistema Americano? não fui um dos mais brilhantes alunos de antropologia? o que foi que houve?

Charley me pegou pelo braço e me levou para a frente de um caminhão vazio, do tamanho da metade de um quarteirão, que estava parado na plataforma.

fica esperando aqui.

aí então um bando de negros Muçulmanos veio correndo com carrinhos de mão pintados com uma tinta branca pastosa e grudenta, como se tivesse sido misturada com merda de galinha, cada carrinho trazendo um montão de pernas de porco boiando no meio de um sangue ralo e aguado. não, não boiavam no meio do sangue. estavam mergulhadas nele, que nem chumbo, feito balas de canhão, que nem mortas.

um dos negros saltou para dentro do caminhão atrás de mim e outro começou a me atirar as pernas de porco, que eu pegava e jogava para o cara parado às minhas costas, que se virava e lançava para a parte traseira do caminhão. as pernas vinham rápidas RÁPIDAS, eram pesadas e foram ficando cada vez mais. mal pegava uma e me virava, e já vinha outra a caminho, pelo ar. sabia que estavam dispostos a liquidar com o meu couro. não demorou muito comecei a suar, a suar, feito água jorrando de torneira aberta com toda a força, e a sentir dores nas costas, nos pulsos, nos braços. me doía tudo, e os joelhos, no limite da resistência possível, já baqueavam de tanto tentar manter o equilíbrio. nem conseguia enxergar direito, fazendo um esforço tremendo para apanhar mais uma perna e atirar, mais uma perna e atirar. todo salpicado de sangue e aparando com as mãos aquele PLOFT macio, morto e pesado, a carne cedendo feito nádegas de mulher ao contato dos dedos, e eu fraco demais para poder abrir a boca e reclamar, ei caras, que bicho mordeu vocês, PORRA? as pernas de porco continuavam vindo e eu a girar, pregado no chão, que nem um crucificado de capacete, e não acabavam mais de chegar, carrinhos e mais carrinhos, cheios de pernas e mais pernas de porco, até que afinal ficaram todos vazios, e eu ali parado, zonzo, o corpo oscilante, respirando o fulgor amarelado das lâmpadas elétricas. uma verdadeira noite no inferno. ué, por que estou me queixando? sempre gostei de trabalho noturno.

venha!

me levaram para outro lugar. Lá em cima, dependurada no ar, através de uma vasta abertura no alto da parede distante, a metade de um novilho, ou talvez até fosse um inteiro, sim, pensando bem, eram novilhos inteiros, com todas as quatro patas, e um deles veio saindo pelo buraco, preso a um gancho, tinha acabado de ser morto, e parou exatamente em cima de mim. ficou ali imóvel, bem na minha cabeça, suspenso por aquele gancho.

acabou de ser morto, pensei, mataram essa joça. como poderiam diferenciar um homem de um novilho? como é que iriam saber que não sou um novilho?

TÁ BOM – SACODE ELE!

sacudir ele?

isso mesmo – DANÇA COM ELE!

quê?

ah pelo amor de deus! GEORGE, vem cá!

George se colocou embaixo do novilho morto. agarrou a carcaça. UM. vacilou para a frente. DOIS. vacilou para trás. TRÊS. tomou impulso e saiu correndo. o novilho ia quase rente ao chão. alguém apertou um botão e estava tudo pronto. tudo pronto para os açougues do mundo. tudo pronto para as donas de casa fofoqueiras, rabugentas, bem descansadas e burras, espalhadas por todo este planeta, às 2 da tarde, com suas batas caseiras, tragando cigarros sujos de batom e não sentindo praticamente nada. me colocaram embaixo do novilho seguinte.

UM.

DOIS.

TRÊS.

já estava com ele. aqueles ossos inertes contra os meus vivos, aquela carne morta contra a minha palpitante, e o osso e o peso superpostos, pensei em óperas de Wagner, em cerveja gelada, na buceta provocante sentada num sofá na minha frente, com as pernas dela cruzadas e eu segurando o copo de bebida na mão e, aos poucos e com firmeza, falando e abrindo caminho para penetrar na mentalidade insensível daquele corpo, e aí Charley berrou PENDURA NO CAMINHÃO!

tomei a direção indicada. com medo do fracasso inculcado em mim quando criança no pátio de recreio das escolas americanas, sabia que não podia deixar o novilho cair no chão porque provaria que, em vez de ser homem, era um covarde e portanto só digno de escárnio, risadas e surras. na América a gente tem que ser vitorioso, não há escapatória, e é preciso aprender a lutar por ninharias, sem discutir, e de mais a mais, caso deixasse cair o novilho, era bem capaz de ter que levantá-lo sozinho. além disso, ele ficaria todo sujo. e não quero que fique, ou melhor – eles é que não querem que se suje.

Levei-o para o caminhão.
PENDURA!
o gancho que pendia do teto era liso com um polegar sem unha. deixava-se escorregar a parte traseira para trás e procurava-se a ponta superior, tateando à procura do gancho, fincando 1, 2, 3 vezes, e não havia jeito do desgraçado furar a carne. FILHA DA MÃE! ! ! era pura cartilagem e gordura, resistente e duro como uma pedra.

ANDA DE UMA VEZ! VAMOS LOGO COM ISSO!
empreguei minhas últimas forças e consegui enfiar o gancho. foi uma visão maravilhosa, um verdadeiro milagre, aquele gancho cravado na carne, aquele novilho dependurado ali por si mesmo, completamente – enfim! – longe do meu ombro, exposto às batas caseiras e às fofocas de açougue.

SAI DA FRENTE!
um negro de 150 quilos, insolente, brusco, frio, homicida, entrou, pendurou com estrépito a carne que trazia, e olhou lá de cima pra mim.

aqui a gente fica na fila!
tá legal, campeão.

saí andando na frente dele. já tinha outro novilho à minha espera. cada vez que carregava um, ficava certo de que era o último que daria para aguentar, mas continuava dizendo

mais um

só mais um

aí eu

paro.

fodam-

se.

estavam esperando que desistisse, dava para notar nos olhares, nos sorrisos, quando pensavam que não estava vendo. Não queria dar o braço a torcer. fui buscar outro novilho. o lutador, na última investida do pugilista famoso liquidado, foi buscar a carne.

passaram-se 2 horas e aí alguém berrou PAUSA.

tinha conseguido. um descanso de 10 minutos, um pouco de café e nunca que iam me fazer desistir. saí andando atrás deles em direção a uma carrocinha de lanches que havia se aproximado. dava para enxergar a fumaça do café se levantando na noite; as rosquinhas, cigarros, os bolos e sanduíches, sob as lâmpadas acesas.

EI, VOCÊ AÍ!

era Charley. Charley que nem eu.

que é, Charley?

antes de descansar, pega esse caminhão aí, tira ele daqui e leva lá pro pavilhão 18.

era o caminhão que tínhamos acabado de carregar, o de meio quarteirão de comprimento. o pavilhão 18 ficava do outro lado do pátio.

consegui abrir a porta e subi para a cabine. tinha um assento de couro macio e tão confortável que logo vi que teria que lutar para não pegar no sono. não era motorista de caminhão. baixei os olhos e deparei com meia dúzia de caixas de mudanças, freios, pedais e sei lá mais o quê. girei a chave e dei um jeito de ligar o motor. manobrei pedais e mudanças até que o caminhão começou a andar e aí saí dirigindo pelo pátio afora até chegar no pavilhão 18, o tempo todo pensando – quando voltar, a carrocinha de lanches já foi embora. para mim isso significava uma tragédia, uma verdadeira calamidade. estacionei o caminhão, desliguei o motor e fiquei ali sentado um instante, aproveitando o conforto macio daquele assento de couro. depois abri a porta e saltei. errei o degrau ou seja lá o que for que deveria estar ali e caí no chão com aquela porra de avental e merda de capacete, feito um homem que levou um tiro. não doeu nada, nem deu para sentir. me levantei ainda a tempo de ver a carrocinha de lanches saindo pelo portão e desaparecendo na rua. o grupo todo já estava voltando para a plataforma, dando risadas e acendendo cigarros.

tirei as botas, o avental e o capacete e fui até o galpão de madeira na entrada do pátio. joguei tudo em cima do balcão. o velhote olhou para mim.

quê? vai largar um emprego BOM desses? diz pra eles me mandarem o cheque de 2 horas de trabalho pelo correio. ou então pra enfiar ele no cu. pouco tou ligando, porra!

saí. atravessei a rua, entrei num bar mexicano, tomei cerveja, depois peguei o ônibus. tinha sido novamente derrotado pelo pátio de recreio das escolas americanas.

A vida num puteiro do Texas

Desci do ônibus nesse lugar do Texas, fazia um frio danado, estava com prisão de ventre e, como é que a gente vai adivinhar?, era um quarto espaçoso, limpo, custava apenas 5 dólares por semana, e com lareira. Mal tirei a roupa, me adentra pela porta um crioulo velho e começa logo a mexer na lareira com um longo atiçador. Como não tinha lenha nenhuma, fiquei imaginando o que é que ele poderia estar fazendo ali, remexendo com aquele atiçador. Então se virou para o meu lado, sacudiu a pica e fez uma espécie de assobio assim com a boca: "isssssss, issssssss!" E pensei, bem, vai ver, tá com a ideia de que eu sou veado. Mas, como não era, nada podia fazer. Ora, pensei, é a vida, o mundo é assim mesmo. Deu umas voltas pelo quarto com o atiçador na mão e depois foi-se embora.

Aí me joguei na cama. Viajar de ônibus sempre me causou prisão de ventre e também insônia, o que, de um jeito ou doutro, sempre tive.

De maneira que, como ia dizendo, o tal crioulo do atiçador saiu apressadamente do quarto e fiquei espichado na cama, pensando, bom, quem sabe daqui a uns dias consigo cagar.

A porta se abriu outra vez, dando passagem a uma criatura até bem jeitosa, feminina, que se pôs de joelhos e começou a esfregar o soalho, mexendo com a bunda sem parar.

– Que tal uma garota boazinha – perguntou.

— Não. Estou cansado demais, pô. Acabo de chegar do ônibus. A única coisa que eu quero é dormir.

— Uma transa legal ia ajudar a pegar logo no sono. Ainda mais por 5 pratas.

— Estou exausto.

— É uma garota limpinha.

— Onde é que ela está?

— Aqui mesmo.

Se pôs de pé, de frente para mim.

— Desculpe, estou pra lá de cansado, palavra.

— Duas pratas, então.

— Não, me desculpe.

Foi-se embora. Aí, minutos mais tarde, escutei uma voz masculina.

— Olha aqui, quer me dizer que não convenceu ele a foder? Ficou com o melhor quarto do hotel por apenas 5 dólares e você quer que eu acredite que não convenceu esse cara a foder?

— Bruno, bem que eu tentei! Juro por Deus, Bruno, eu tentei!

— Piranha nojenta!

Identifiquei o som. Não era bofetada. Um cafetão que se preza cuida para não deixar rosto inchado. Pegam no canto da face ou no queixo, sem chegar perto dos olhos e da boca. Bruno decerto tinha cancha de sobra. Sem sombra de dúvida, o som era de socos no crânio. A mulher deu um berro, bateu contra a parede e, na volta, continuou apanhando. Entre os socos e as batidas de encontro à parede, pulava e gritava. Me estiquei na cama e pensei, bom, tem dias em que a vida se torna deveras interessante, mas não estou com *tanta* vontade assim de ouvir tudo isso. Se soubesse que a coisa terminaria daquele jeito, até que teria dado uma trepadinha relâmpago com a coitada.

E então ferrei no sono.

De manhã levantei e me vesti. É óbvio que me vesti. Mas não consegui cagar. Por isso saí para a rua e comecei a procurar os estúdios de fotografia. Entrei no primeiro que encontrei.

– Pois não, às ordens. Quer tirar retrato?

Uma ruiva suculenta sorria para mim.

– Com esta cara, acha que eu havia de querer tirar retrato? Estou procurando por Glória Westhaven.

– Sou eu – afirmou, com a maior cara de pau, cruzando as pernas e puxando a saia para trás.

E eu que supunha que a gente tem que morrer para enxergar o paraíso.

– Que história é essa? – protestei. – Não pode ser. Conheci a Glória Westhaven num ônibus que peguei em Los Angeles.

– E o que é que ela tem que eu não tenho?

– Bem, pra começar, a mãe é proprietária de um estúdio de fotografia. Estou tentando localizá-la. Aconteceu uma coisa no ônibus.

– Já vi que não aconteceu coisa nenhuma.

– Foi onde nos conhecemos. Quando ela saltou do ônibus, tinha lágrimas nos olhos. Continuei viajando até Nova Orleans, depois peguei o ônibus de volta. Nunca vi nenhuma mulher chorar por minha causa.

– Talvez chorasse por outro motivo qualquer.

– Essa ideia também me ocorreu, até que os outros passageiros começaram a torrar o meu saco.

– E só sabe que a mãe tem estúdio de fotografia?

– Só.

– Então tá. Olha, eu conheço o diretor do maior jornal da cidade.

– Não me admiro – comentei, olhando para as pernas dela.

– Tá certo. Me dá teu nome e endereço. Vou telefonar pra ele e contar essa história toda. Mas vamos ter que modificar um pouco. Vocês dois se conheceram numa viagem aérea, tá? Paixão em pleno voo. Agora se perderam de vista e querem se encontrar de novo. E você tomou o avião em Nova Orleans e só sabe que a mãe tem um estúdio de fotografia. Entendeu? Amanhã sai tudo no jornal na coluna de M... K... Combinado?

– Tudo bem.

Lancei um derradeiro olhar para aquelas pernas e saí da loja, enquanto ela discava o número no telefone. Cá estava eu, na segunda ou terceira maior cidade do Texas, já me sentindo dono do pedaço. Fui para o bar mais perto...

Para aquele horário, até que estava cheio. Sentei no único banquinho que encontrei livre. Não, minto, havia 2 banquinhos desocupados, um de cada lado daquele baita cara. Devia ter 25 anos, quase 2 metros de altura e, no mínimo, seus 160 quilos. Sentei junto dele e pedi cerveja. Tomei toda a garrafa e pedi outra.

– É assim que gosto de ver – disse o tal cara. – Esses veados daqui só sabem sentar e fazer hora com o copo. Gostei do teu jeito, forasteiro. O que é que você faz e de onde você é?

– Não faço nada – respondi. – E sou da Califórnia.

– Tá com alguma coisa em vista?

– Não, nada. Só matando o tempo por aí.

Bebi a metade da segunda garrafa.

– Simpatizei contigo, cara – continuou o homenzarrão –, por isso vou te contar um segredo. Mas vai ter que ser em voz baixa, porque, apesar de todo este tamanho, desconfio que estamos em minoria.

– Pode começar – retruquei, liquidando com a segunda garrafa.

O baita cara quase encostou a boca na minha orelha.

– Este pessoal daqui é uma merda – cochichou.

Olhei em torno e depois, na maior calma, concordei com a cabeça.

Quando ele me acertou o soco, fui parar em baixo de uma das mesas que a garçonete atendia à noite. Saí me arrastando pelo chão, limpei o sangue da boca com o lenço, vi que o bar em peso caía na gargalhada e dei o fora dali...

Não consegui entrar no hotel. Pela pequena fresta aberta na porta se via um jornal caído no chão.

– Ei, deixa entrar – gritei.

– Quem é? – perguntou uma voz.
– O hóspede do 102. Paguei uma semana adiantado. Meu nome é Bukowski.
– Tá de botas?
– De botas? Que diabo de história é essa?
– Guardas.
– Guardas? Que negócio é esse?
– Entra – disse o cara...

Não fazia 10 minutos que tinha entrado no quarto e já estava deitado na cama com todo aquele mosquiteiro fechado em volta de mim. A cama inteira – uma cama grande, com uma espécie de teto – era rodeada por esse vasto mosquiteiro. Peguei pelas pontas, puxei para trás e fiquei lá estendido, no meio daquilo tudo. Foi me dando uma sensação esquisita, como se tivesse virado bicha, mas do jeito que a coisa ia, a sensação de ser bicha não diferia de outra qualquer. Como se isso não bastasse, escutei um barulho de chave e a porta se abriu. Desta vez tratava-se de uma preta, baixa e volumosa, com cara até de boazinha, e uma bunda do tamanho de um bonde.

E eis ali essa negra ampla, com cara de boazinha, abrindo o meu mosquiteiro de bicha e anunciando:

– Meu bem, tá na hora de trocar de lençol.

E eu:

– Mas eu mal cheguei ontem.

– Meu bem, aqui a gente não troca o lençol na hora que você quer. Vamos, tira esse bumbum de neném de cima da cama e me deixa fazer meu serviço.

– Tá legal – concordei, saltando da cama, completamente nu.

Ela nem se importou.

– Tu tá com uma baita cama bacana, meu bem – comentou. – Isto aqui é o melhor quarto e a melhor cama do hotel.

– Vai ver que eu dou sorte.

Estendeu os lençóis, mostrando aquela bunda toda. Mostrou bem, depois se virou e disse:

– Pronto, meu bem. A cama já tá arrumada. Mais alguma coisa?

– Olha que até que umas 12 ou 15 cervejinhas não viriam nada mal.

– Eu busco pra você. Mas primeiro tem que me passar a grana.

Dei-lhe o dinheiro e pensei, bem, adeus. Me fechei dentro do mosquiteiro de bicha e resolvi ferrar no sono. Mas a vasta camareira preta voltou. Repuxei o mosquiteiro para trás e ficamos os dois ali sentados, tomando cerveja.

– Me fale de você – pedi.

Soltou uma gargalhada e falou. Claro que sua vida não tinha sido nenhum mar de rosas. Sei lá quanto tempo ficamos bebendo. Por fim se deitou naquela cama e me proporcionou uma das melhores fodas de toda a minha vida...

No outro dia levantei, saí pela rua, comprei o jornal e lá estava a notícia na coluna de fofocas local. Citava o meu nome. Charles Bukowski, escritor, jornalista, viajante. Tínhamos nos conhecido num avião, a bela dama e eu. E ela desembarcara no Texas, enquanto eu seguia adiante para Nova Orleans para fazer uma matéria. Mas voltara, com a imagem da bela dama gravada na lembrança. Sabendo apenas que a mãe tinha um estúdio de fotografia.

Entrei de novo no hotel, peguei meio litro de uísque, meia dúzia de cervejinhas e *finalmente* caguei – que alívio! Talvez por efeito da notícia.

Me meti outra vez no meio do mosquiteiro. Aí então o telefone tocou. Era ramal. Estendi o braço e atendi.

– Ligação pro senhor, Mr. Bukowski, do editor do... Quer atender?

– Tá legal – respondi. – Alô.

– Charles Bukowski?

– Ele mesmo.

– O que está fazendo num lugar desses?

– Como assim? Achei o pessoal daqui muito simpático.
– É o pior randevu da cidade. Faz 15 anos que a gente vem fazendo de tudo para fechar esse troço. Como foi parar aí?
– Estava um frio de rachar. Simplesmente me meti no primeiro lugar que encontrei. Cheguei de ônibus e fazia um frio de lascar.
– Veio de avião, não se esqueça.
– Ah é.
– Tudo bem. Estou com o endereço da casa da tal moça. Interessa?
– Claro, se não for inconveniente. Do contrário, deixa pra lá.
– É que não entendo o que possa estar fazendo numa espelunca dessas.
– Tá bom, você dirige o maior jornal da cidade e está falando comigo pelo telefone e estou hospedado num puteiro do Texas. Agora escuta aqui, vamos encerrar esse assunto. A moça começou a chorar ou coisa parecida; isso me impressionou. Vou simplesmente pegar o primeiro ônibus que sair da cidade.
– Espere!
– Esperar o quê?
– Eu dou o endereço. Ela viu a nota. E leu nas entrelinhas. Ligou pra cá. Quer falar com o senhor. Eu não disse onde estava hospedado. Aqui no Texas o pessoal é muito hospitaleiro.
– Tô sabendo. Outro dia estive num bar por aí. Foi lá que percebi.
– Também bebe?
– Não só bebo como vivo sempre de porre.
– Acho que não devo lhe dar o endereço.
– Então vê se me esquece e para de encher, porra. Desliguei.

O telefone tocou outra vez.
– Quer atender, Mr. Bukowski? É o diretor do....

– Pode ligar.
– Mr. Bukowski? Escute. Precisamos publicar uma continuação daquela nota. Tem uma porção de gente que está interessada.
– Manda o encarregado da coluna botar a imaginação pra funcionar.
– Olha aqui, posso lhe perguntar do que é que o senhor vive?
– De brisa. Não faço coisa nenhuma.
– A não ser andar por aí, viajando de ônibus e fazendo moças chorar?
– Isso é só pra quem pode.
– Olha, resolvi me arriscar. Vou lhe dar o endereço. Vá até lá e converse com ela.
– Acho que quem está se arriscando sou eu.
Deu o endereço.
– Quer que lhe explique o caminho?
– Não precisa. Pra quem é capaz de localizar um puteiro, não tem problema.
– Há qualquer coisa no seu jeito que não está me cheirando bem – disse ele.
– Deixa pra lá. Se a foda for boa, te aviso.
E desliguei de novo...

Era uma casinha cor de tijolo. Uma velha veio atender.
– Queria falar com Charles Bukowski – disse. – Não, desculpe – continuei –, quero falar com uma moça chamada Glória Westhaven.
– Sou a mãe dela – explicou. – O senhor é o homem do avião?
– Sou o homem do ônibus.
– Glória leu a notícia. Logo viu que era o senhor.
– Ótimo. O que vamos fazer agora?
– Ah, entre, por favor.
Entrei.
– Glória – gritou a velha.

Glória apareceu. Não era nada má. Apenas mais uma dessas saudáveis ruivas texanas.

– Passe pra cá, por favor – convidou. – Com licença, mamãe.

Entramos no quarto dela, mas deixou a porta aberta. Nós dois sentamos afastados um do outro.

– O que é que você faz na vida? – indagou.
– Sou escritor.
– Ah, que bacana! Onde já publicou?
– Ainda não publiquei.
– Bom, mas então não é propriamente escritor.
– Tem razão. E estou morando num puteiro.
– Como é que é?!
– Falei que tem toda a razão. Não sou propriamente escritor.
– Não. Me refiro à outra coisa que você disse.
– Estou morando num puteiro.
– E costuma morar?
– Não.
– Como é que não está servindo no exército?
– Rodei no psicotécnico.
– Tá brincando.
– Ainda bem que não.
– Não quer ir pra guerra?
– Não.
– Mas eles bombardearam Pearl Harbor.
– Ouvi falar.
– Não quer combater o Adolph Hitler?
– Não muito. Prefiro deixar pros outros.
– É covarde, então.
– Sou, sim. E não é tanto que me incomode de ter que sair matando gente por aí, mas não me agrada dormir em caserna com uma porção de caras roncando e depois ser acordado por um saco de corneteiro burro que levantou de pau duro, e não gosto de usar aquela bosta de farda cor de oliva, que só serve pra dar comichão. Minha pele é muito sensível.

– Ainda bem que tem alguma coisa que é.
– Também acho, apenas gostaria que não fosse a pele.
– Por que não escreve com ela?
– E você, por que não escreve com a xota?
– Você é asqueroso. E covarde, ainda por cima. Alguém tem que lutar contra as hordas fascistas. Sou noiva de um tenente da marinha americana e, se agora ele estivesse aqui, ia te esfolar vivo.
– É bem provável, o que só serviria pra me deixar mais asqueroso ainda.
– Pelo menos aprenderia a ser mais educado com pessoas dignas de respeito.
– Creio que você tem razão. E se eu matasse o Mussolini, seria uma prova de boa educação?
– Lógico.
– Então vou me alistar agora mesmo.
– Não te aceitaram, esqueceu?
– Ah é.

Ficamos ali sentados um tempão, sem dizer nada. Aí interrompi o silêncio:
– Escuta aqui. Posso te fazer uma pergunta?
– Pois não, faça.
– Por que me pediu pra descer do ônibus junto com você? E por que começou a chorar quando eu não quis?
– Por causa da tua cara. É meio feiosona, sabia?
– Sabia, sim.
– E, além disso, trágica. Fiquei com medo de perder essa expressão de "tragédia". Senti pena de você. Por isso chorei. Como é que foi ficar com uma cara tão trágica assim?
– Puta merda – exclamei.
E me levantei e fui embora.

Saí caminhando até chegar no puteiro. O sujeito que estava na porta já me conhecia.
– Ei, campeão. Que foi que houve pra boca inchar desse jeito?
– Fui falar do Texas.

– Do Texas? Você é contra ou a favor do Texas?
– A favor, claro.
– Tá aprendendo, campeão.
– É, eu sei.

Subi a escada, entrei no quarto, peguei o telefone e pedi para o cara ligar para o diretor do jornal.

– Companheiro, aqui quem fala é o Bukowski.
– Falou com a moça?
– Falei, sim.
– E como foi?
– Foi ótimo. Simplesmente chocante. Acho que gozei uma hora, sem parar. Avisa o encarregado da coluna.

E desliguei.

Desci a escada, saí andando pela rua e encontrei o tal bar. Estava tudo igual, sem tirar nem pôr. O baita cara continuava lá, ladeado por 2 banquinhos vazios. Sentei e pedi 2 cervejas. Tomei a primeira de um trago. Depois bebi metade da outra.

– Tô me lembrando de você – disse o baita cara. – Como era mesmo o negócio?
– Minha pele. Muito sensível.
– Tá lembrado de mim? – perguntou.
– Estou, sim.
– Pensei que nunca mais fosse voltar por aqui.
– Pois voltei. Pra gente brincar outra vez.
– Olha, forasteiro. Aqui no Texas brincadeira tem hora.
– É mesmo?
– Ainda acha que o pessoal daqui é uma merda?
– Tem muita gente que é.

E lá me fui eu novamente, pra baixo da mesa. Levantei do chão, endireitei o corpo e saí. Voltei a pé para o puteiro.

No dia seguinte saiu no jornal que o Romance tinha dado em nada. E que eu havia tomado o avião e ido embora para Nova Orleans. Arrumei a mala e fui andando até a rodoviária. Cheguei em Nova Orleans, aluguei um quarto decente e fiquei lá sentado. Guardei os recortes do jornal durante umas duas semanas e depois joguei tudo fora. Você também não jogaria?

15 centímetros

Os 3 primeiros meses do meu casamento com Sarah até que foram bem razoáveis, mas eu diria que logo em seguida começaram a surgir os problemas. Era boa cozinheira e pela primeira vez em muitos anos eu estava comendo direito. E comecei a engordar. E Sarah a fazer comentários:

– Ah, Henry, você está ficando igual a um peru recheado de Dia de Ação de Graças.

– Exatamente, meu bem – respondia.

Eu trabalhava no departamento de expedição de uma firma de acessórios e peças de automóvel, e o salário mal dava para atender as despesas. Minhas únicas alegrias consistiam em comer, tomar cerveja e ir para a cama com Sarah. Não era o que se poderia chamar de vida folgada, mas cada um deve se contentar com o que tem. E Sarah estava longe de ser um prato de se jogar fora. Tudo nela rescendia a S-E-X-O. Travamos de fato conhecimento numa festa que a firma ofereceu aos empregados no Natal. Sarah era uma das secretárias do escritório. Notei que nenhum dos meus colegas se aproximava dela durante as comemorações e não atinei o motivo. Jamais tinha visto mulher tão sensual e não dava impressão de ser nada boba. Fui me chegando mais perto até descobrir um jeito de ficar bebendo e conversando com ela. Era muito bonita. Mas tinha qualquer coisa esquisita no olhar. Se parava a encarar a gente sem nunca piscar. Quando pediu licença para ir ao toalete, aproveitei para falar com o Harry, o motorista de caminhão.

– Escuta aqui, Harry – perguntei – , como é que nenhum destes caras passa a cantada na Sarah?

– Porque ela tem parte com o diabo. Sério. Vê se não chega perto.

– Ninguém tem parte com o diabo, Harry. Já está mais que provado. Todas aquelas feiticeiras que antigamente morriam queimadas não passaram de um erro cruel e terrível. Não existe essa história de bruxa.

– Bem, pode ser que muitos tenham morrido por engano na fogueira. Quem sou eu pra discordar? Mas ouve o que estou te dizendo. Essa bisca tem parte com o diabo.

– O que ela precisa, Harry, é só de um pouco de compreensão.

– Pra mim, o que ela precisa é de vítimas.

– Como que você sabe?

– Pelo que eu vi – respondeu Harry. – Dois caras que trabalhavam aqui na firma. O Manny, um vendedor. E o Lincoln, balconista.

– Que aconteceu com eles?

– Praticamente desapareceram diante de nossos próprios olhos. Só que aos poucos dava pra gente ver os dois se indo, sumindo...

– Como assim?

– Não quero mais falar nesse assunto. Você é capaz de pensar que sou louco.

Harry se afastou. Sarah então saiu do toalete. Estava linda.

– O que foi que o Harry te contou sobre mim? – perguntou.

– Como é que você sabe que eu estava conversando com ele?

– Sabendo – disse.

– Não falou nada de mais.

— Seja lá o que for, não leve a sério. É tudo lorota. Não dei bola pra ele e ficou com ciúme. Gosta muito de falar mal dos outros.

— Não me preocupo com as opiniões do Harry.

— Nós dois vamos nos entender às mil maravilhas, Henry — disse ela.

Depois da festa fomos juntos para o meu apartamento e, podes crer, a trepada que a gente deu foi qualquer coisa de louco. Sarah se revelou incomparável na cama. Cerca de um mês mais tarde estávamos casados. Largou imediatamente o emprego, mas eu nem abri a boca para reclamar, de tão contente que fiquei de tê-la só para mim. Sarah costurava suas próprias roupas e não frequentava salão de beleza. Era simplesmente fora de série. Uma mulher decididamente invulgar.

Mas, como ia dizendo, uns 3 meses depois do casamento começou a fazer aqueles comentários sobre o meu peso. A princípio se limitaram a pequenas observações bem-humoradas, depois passaram a ficar escarninhos. Uma noite cheguei em casa e ela ordenou:

— Tira esta roupa de merda!

— Como é que é, meu bem?

— Você ouviu perfeitamente o que eu disse, seu peste! Tira tudo de uma vez!

A Sarah que estava diante de mim era meio diferente da que eu conhecia. Despi a roupa e a cueca e joguei tudo em cima do sofá. Ela ficou ali, me encarando fixamente.

— Horrível — decretou —, só merda e mais nada!

— O quê, meu anjo?

— Eu disse que você está tão gordo que mais parece um saco cheio de merda!

— Escuta, meu bem, o que é que há? Você hoje acordou com vontade de arrasar comigo?

— Cala a boca! Espia só essas pelancas aí na cintura!

Tinha razão. Parecia haver mesmo umas pequenas bolsas de gordura de ambos os lados, umas dobras logo acima dos quadris. Aí ela cerrou os punhos e bateu com toda a força, várias vezes, em cada uma das bolsas.

– Temos que dar um jeito nesta merda! Eliminar os tecidos gordurosos, as células...

E me bateu de novo, várias vezes.

– Ai, amoreco, assim dói!
– Ótimo! Agora bata você também!
– Eu?!
– Anda de uma vez, porra!

Bati várias vezes, com bastante força. Quando cansei, as pelancas continuavam no mesmo lugar. Só que agora estavam vermelhas.

– Nós vamos arrancar essa merda do teu couro – prometeu.

Achei que era por amor e resolvi colaborar...

Sarah se pôs a contar minhas calorias. Sumiu com frituras, pão, batatas e tempero de salada, mas eu me apeguei à cerveja. Precisava mostrar quem cantava de galo no terreiro.

– Nada disso, pô – protestei. – A cerveja fica. Gosto muito de você, mas da cerveja não abro mão!
– Tá certo – retrucou Sarah –, seja como for, a gente dá jeito.
– Dá jeito no quê?
– Quero dizer, de acabar com essa merda aí até você ficar do tamanho ideal.
– E qual é o tamanho ideal? – perguntei.
– Você vai ver.

Todas as noites, ao chegar em casa, me recebia com a mesma pergunta:

– Bateu hoje nos lados?
– Mas que merda! Bati, sim.
– Quantas vezes?
– Dei 400 socos de ambos os lados, com toda a força.

Andava esmurrando a cintura pela rua afora. As pessoas olhavam, mas depois de certo tempo eu já nem dava mais bola, pois sabia que enquanto obtinha resultados, elas não...

A coisa estava indo que era uma beleza. Baixei de 120 para 100 quilos. Depois, de 100 para 90. Me sentia dez anos mais moço. Todo mundo comentava a minha ótima forma. Isto é, todo mundo menos Harry, o motorista de caminhão. Mas nada mais normal, era puro ciúme, por nunca ter caído nas boas graças de Sarah. A "merda" dele devia ser *dura*.

Uma noite a balança marcou 85.

Virei para Sarah:

– Não acha que emagreci que chega? Veja só!

As pelancas na cintura há muito que tinham desaparecido. A barriga encolhera. E parecia que estava de rosto chupado.

– Segundo a tabela – declarou Sarah –, segundo a *minha* tabela, ainda não chegou no tamanho ideal.

– Escuta aqui – retruquei –, tenho um metro e oitenta de altura. Qual é o peso ideal?

Aí Sarah se saiu com uma resposta bastante esquisita:

– Eu não falei em "peso ideal", eu disse "tamanho" ideal. Estamos vivendo uma Nova Era, a Era Atômica, a Era Espacial, e, o que é mais importante, a Era da Explosão Demográfica. Vou ser a Salvadora do Mundo. Tenho a solução para o problema populacional. Quem quiser que se preocupe com a poluição. O essencial é resolver a Explosão Demográfica. A solução para a poluição e uma série de outras coisas vai depender disso.

– Porra, o que você quer dizer com isso? – perguntei, tirando a tampinha de uma garrafa de cerveja.

– Não se preocupe – respondeu. – Você ainda vai ver.

Desde então, ao pisar na balança, comecei a notar que, embora continuasse perdendo peso, não parecia ter emagrecido. Que estranho. E depois me dei conta que andava com a ponta das calças arrastando no chão – mas bem de leve, e que o punho das minhas camisas dobrava um pouco no pulso.

Quando ia de carro para o trabalho, sentia o volante cada vez mais longe de mim. E tinha que deslocar a posição do assento.

Uma noite me pesei.

75.

– Olha aqui, Sarah.
– Que foi, meu bem?
– Tem uma coisa que não entendo.
– Qual?
– Parece que estou *encolhendo*.
– Encolhendo?
– É, encolhendo.

– Ora, seu bobalhão! Essa é inacreditável! Como que um homem vai encolher? Você acha mesmo que a dieta está encolhendo os teus ossos? Osso não dá pra derreter! A diminuição de calorias só reduz a gordura. Deixa de ser idiota! Encolhendo? Impossível.

E soltou uma gargalhada.

– Tá legal – repliquei –, então vem cá. Pega este lápis. Agora vou me encostar na parede. Minha mãe sempre fazia isso comigo quando eu era pequeno e estava crescendo. Agora dá um traço bem no lugar em que o lápis passa por cima da minha cabeça.

– Tá certo, boboca – disse ela.

E deu o traço.

Uma semana depois, já estava com 65 quilos. Vinha emagrecendo cada vez mais depressa.

– Vem cá, Sarah.
– Que foi, bobinho?
– Dá o traço.

Ela deu. Me virei.

– Agora espia só. Perdi 12 quilos e 20 centímetros na semana passada. Estou derretendo aos poucos! Fiquei com 1 metro e 55. Isso é uma loucura! Pura loucura! Pra mim chega. Já te peguei encurtando minhas calças, a manga das camisas. Não vai dar certo. Vou recomeçar a comer. Acho que você tem *mesmo* parte com o diabo!

– Bobinho...

Foi logo depois disso que o chefe mandou me chamar na sala dele.

Subi com dificuldades na poltrona colocada diante da escrivaninha.

— Henry Markson Jones Jr.?
— Pois não, chefe.
— Henry Markson Jones Jr. é *você?*
— Claro que sim, chefe.
— Bem, Jones, venho te observando de longe com muita atenção. E cheguei à conclusão que você não serve mais para o cargo. Lamentamos que esteja se indo assim... isto é, lamentamos ter que despedi-lo desse modo, mas...
— Escute aqui, chefe, eu sempre fiz tudo o que pude.
— Nós sabemos muito bem disso, Jones. Mas infelizmente, você não está mais em condições de dar conta do serviço.

E me mandou embora. Claro que eu sabia que ia receber uma indenização. Mas mesmo assim achei que era muita mesquinhez da parte dele me despedir daquele jeito...

Passava os dias em casa com Sarah. O que agravava a situação – porque ela me dava de comer. A coisa chegou a tal ponto que nem conseguia mais alcançar a porta da geladeira. E aí então ela me prendeu com uma correntinha de prata.

Não demorou muito para me ver reduzido a 60 centímetros de altura. Para cagar, precisava usar o penico. Mas ela cumpriu a promessa de deixar que tomasse cerveja.

— Ah, meu bichinho – dizia –, você é tão pequeno e tão engraçadinho!

Até a nossa vida amorosa tinha terminado. Tudo se foi derretendo proporcionalmente. Eu ia por cima, mas ela logo em seguida me agarrava pela nuca, levantava no ar e dava risada.

— Ah, bem que você se esforçou, não é, meu patinho?
— *Não vem* com esse negócio de pato, eu sou homem!
— Ah, meu querido homenzinho!

43

E me pegava no colo e beijava com aquela boca cheia de batom...

Sarah acabou me reduzindo a 15 centímetros de altura. Me levava para as lojas dentro da bolsa. Podia ver as pessoas pelos furinhos que fez para me deixar respirar. Uma coisa tenho que reconhecer. Ainda permitia que tomasse cerveja. Só que precisava usar o dedal para beber. Uma garrafa me durava um mês. Antigamente, em 45 minutos não sobrava nem rastro. Fiquei resignado. Sabia que, se ela quisesse, seria capaz de me fazer desaparecer por completo. Preferia ter 15 centímetros do que sumir do mapa. Uma vida, por pequena que seja, se torna preciosíssima quando se avizinha do fim. Por isso eu divertia Sarah. Era o máximo que podia fazer. Ela confeccionava roupinhas e sapatinhos para mim, me colocava em cima do rádio, sintonizava a música e dizia:

– Dança, pequeninho! Dança, meu burrinho! Dança, seu bobinho!

Bem, como não dava para ir cobrar a minha indenização, eu ficava dançando em cima do rádio enquanto ela batia palmas e ria.

Sabem que passei a ter medo de aranha? As moscas pareciam do tamanho de águias gigantes. E se um gato chegava a me pegar, judiava de mim como se fosse um ratinho. Mas a vida continuava cheia de atrativos. Dançava, cantava e me apegava a ela. Por mínimo que seja o que um homem possua, sempre descobre que pode contentar-se ainda com menos. Quando cagava em cima do tapete, levava uma surra. Sarah espalhou pedacinhos de papel pelo chão e passei a cagar em cima deles. E rasgava tudo em tirinhas para limpar a bunda. Arranhava como se fosse papelão. Fiquei com hemorroidas. De noite não conseguia dormir. Peguei complexo de inferioridade, de me sentir encurralado. Paranoia? Seja como for, a sensação que tinha quando dançava e cantava era boa e Sarah me deixava tomar cerveja. Por um motivo qualquer, me conservou exatamente com 15 centímetros. A explicação para isso, como praticamente tudo o que me rodeava, continuava fora do meu alcance.

Compunha canções para Sarah – aliás, foi o título que lhes dei: "Canções para Sarah". Eis um exemplo:

*"Ah, como sou pobrezinho,
o que não teria quase importância,
se conseguisse tirar do pauzinho
uma aguinha com mais substância!"*

Sarah morria de rir e aplaudia.

*"Quem quiser conquistar a rainha,
e ser almirante na sua marinha,
é só diminuir de tamanho,
puxar saco do rei do rebanho.
e quando ela for dar a sua mijada
penetrar na buceta molhada..."*

Sarah estourava de rir e aplaudia. Ora, até aí tudo bem. O que é que eu podia fazer?...

Mas uma noite aconteceu uma coisa simplesmente nojenta. Estava cantando e dançando e Sarah, deitada na cama, completamente nua, batia palmas, bebia vinho e dava risada. O meu número estava ótimo. Um dos melhores do meu repertório. Mas, como sempre, a parte de cima do rádio começou a esquentar e a queimar a sola dos meus pés. Não deu para aguentar mais.

– Olha, meu bem – anunciei –, agora basta. Me põe no chão. E me dá uma cerveja. Nada de vinho. Beba você esse vinho ordinário. Me dá um dedal daquela cervejinha gostosa.

– Pois não, amoreco – concordou –, o espetáculo que você fez hoje foi sensacional. Se o Manny e o Lincoln tivessem se comportado tão bem assim, ainda estariam aqui. Mas, em vez de cantar e dançar, preferiam ficar emburrados. E, o que é pior, protestavam contra o Ato Final.

– Que Ato Final? – perguntei.

– Ah, meu queridinho, bebe a tua cerveja e fica quietinho. Quero que aproveite bem o Ato Final. Não resta a menor dúvida que você é uma pessoa muito mais talentosa que o Manny ou o Lincoln. Tenho certeza que poderemos chegar ao Apogeu dos Contrastes.

– Tá bem, porra – retruquei, terminando a cerveja. – Agora repete a dose. E o que vem a ser esse tal de Apogeu dos Contrastes?

– Vai curtindo a cerveja, benzinho. Quando chegar na hora, eu te mostro.

Esvaziei o dedal e então aconteceu a coisa nojenta – uma coisa simplesmente asquerosa. Sarah me levantou do chão e me pôs no meio das pernas dela, que entreabriu só um pouquinho. Aí me vi diante de uma selva de pelos. Endureci as costas e os músculos da nuca, pressentindo o que ia acontecer. Me senti esmagado pela escuridão e pelo fedor. Sarah soltou um gemido. Depois começou a me sacudir devagar, para a frente e para trás. Como estava dizendo, o fedor era insuportável e ficava difícil de respirar. Mas, não sei como, havia ar ali dentro – diversas cavidades laterais e lufadas de oxigênio. Volta e meia batia com a cabeça no Homem da Canoa, e aí Sarah deixava escapar um gemido ainda mais fervoroso.

Começou a me sacudir cada vez mais rápido. Minha pele foi ficando ardida, dificultando muito a respiração; o fedor aumentou. Dava para ouvir como ela ofegava. Me ocorreu que quanto mais cedo terminasse com aquilo, menor seria o meu sofrimento. Toda vez que era empurrado para dentro, arqueava as costas e a nuca, curvando-me todo e tornando-me uma espécie de gancho que esbarrava, sem parar, no Homem da Canoa.

De repente me vi arrancado do fundo daquele túnel hediondo. Sarah me arguei à altura do rosto.

– Goza, seu monstrengo de merda! Goza! – exigiu.

Estava totalmente bêbada de vinho e paixão. Senti que me precipitava outra vez dentro do túnel. Me esfregava depressa, para frente e para trás. Aí, de repente, para aumentar de tamanho, aspirei ar para os pulmões, depois juntei saliva na boca e cuspi tudo fora – uma, duas, 3, 4, 5, seis vezes, e então parei... O fedor assumiu proporções dantescas até que, finalmente, me vi suspenso do lado de fora.

Sarah me aproximou da luz do abajur e se pôs a beijar tudo quanto era parte da minha cabeça e dos ombros.

– Ah, meu amor! ah, meu caralhinho de ouro! Eu amo você!

Depois me beijou com aquela boca medonha, lambuzada de batom. Vomitei. Aí, sem forças e exaurida pelo vinho e pela paixão, me largou no meio dos seios. Ali descansei, prestando atenção às pancadas do seu coração. Tinha me soltado da maldita corrente, aquela correia de prata, mas não fazia diferença. Não me sentia livre. Um dos seios maciços havia caído de lado e parecia que eu estava bem em cima do coração. Do coração de uma bruxa. Já que eu representava a solução para a Explosão Demográfica, por que não tinha me usado mais que como mero objeto de diversão, um joguete sexual? Endireitei o corpo e prestei atenção às pancadas. Resolvi que ela era uma bruxa. Então levantei os olhos, e sabem o que enxerguei? A coisa mais espantosa: Lá em cima, numa pequena reentrância, logo abaixo da extremidade do crânio, estava um grampo de chapéu. E, um grampo de chapéu, comprido, com uma daquelas pontas redondas de vidro roxo. Subi pela cordilheira dos seios, galguei o pescoço, consegui (a caro custo) chegar ao queixo, depois atravessei silenciosamente os lábios, e aí ela se mexeu um pouco, eu escorreguei e tive que me segurar numa das narinas para não cair. Fui parar, com a maior lentidão, no olho direito – a cabeça se achava ligeiramente inclinada para o lado esquerdo – e, quando vi, já estava na testa, tendo ultrapassado a têmpora, e enfrentei os cabelos, o que era extremamente penoso, avançando palmo a palmo, com dificuldade. Depois me pus de pé, endireitei o corpo, estiquei o braço, e consegui, enfim, pegar o grampo de chapéu. Para descer foi mais rápido, mas também muito mais perigoso. Quase perdi o equilíbrio várias vezes, carregando o tal grampo. Qualquer tropeção me seria fatal. Volta e meia tinha que rir do ridículo da situação. O desfecho de uma festa oferecida à turma do escritório. Feliz Natal.

Quando vi, estava outra vez à sombra daquele seio maciço. Larguei o grampo e tornei a prestar atenção. Procurei, pelo ouvido, localizar a posição exata do coração. Constatei que era num ponto logo abaixo de um sinalzinho escuro de nascença. Então me levantei. Apanhei o grampo com sua ponta de vidro roxo, que ficava linda à luz do abajur. E pensei, será que vai dar? Tinha 15 centímetros de altura e calculei que o grampo fosse bem maior do que isso. Seu tamanho devia ser de uns 22 ou 23 centímetros. O coração parecia estar situado a uma distância menor.

Ergui o grampo no ar e cravei. Logo abaixo do sinal.

O corpo de Sarah rolou de lado e estremeceu. Me firmei no grampo. Por pouco não fui arremessado ao chão – que, ali de cima, dava impressão de estar ao pé de uma altitude de 3.000 metros: morte digna de um alpinista. Me apoiei com mais força ainda. Dos lábios dela saiu um som esquisito.

Depois se sacudiu toda, de alto a baixo, como se estivesse tremendo de frio.

Levantei o braço outra vez e enterrei os 7 centímetros restantes do grampo no peito até que a linda ponta de vidro roxo ficasse bem rente à pele.

Aí Sarah se imobilizou por completo. Prestei atenção.

O coração batia: um dois, um dois, um dois, um dois, um dois, um...

Parou.

E então, com as minhas pequenas mãos de assassino, me agarrei com força ao lençol e fui abrindo caminho até chegar ao soalho. Tinha 15 centímetros de altura, era de carne e osso, estava assustado e faminto. Descobri um furo na tela de uma das janelas do quarto que abriam para o lado nascente e que protegiam a parede de cima a baixo. Tomei impulso, pendurado ao galho de um arbusto, subi e escalei até chegar no meio da moita. Ninguém sabia que Sarah estava morta. Mas isso não me trazia nenhuma vantagem imediata. Se pretendia sobreviver, precisava encontrar algo para comer. Não podia, no entanto, deixar de me preocupar, imaginando como encarariam o meu caso num tribunal de justiça. Seria considerado culpado? Arranquei uma folha e tentei mastigar. Não adiantou. Não dava para digerir. Foi então que enxerguei a vizinha da casa do lado sul colocando no pátio um prato de comida especial para o gato. Saí rastejando do meio das moitas em direção ao tal prato, cuidando para ver se não aparecia nenhum bicho ou movimentos estranhos. O gosto da comida era horrível, o pior que já tinha provado em toda a minha vida, mas não me restava outra alternativa. Comi até dizer chega – mil vezes aquilo do que a morte. Depois refiz o caminho e subi de novo nos galhos da moita.

Lá estava eu, com 15 centímetros de altura, a solução para a Explosão Demográfica, pendurado num arbusto com a barriga cheia de comida de gato.

Não quero cansar ninguém com determinadas minúcias. As corridas que tive que dar para fugir de gatos, cachorros e ratos. A sensação de estar crescendo aos poucos. E assistindo à cena da retirada do cadáver de Sarah lá de dentro da casa. E depois entrar na cozinha e descobrir que ainda era pequeno demais para abrir a porta da geladeira.

O dia em que o gato quase me pegou enquanto eu comia na tigela dele. Tinha que fugir dali.

Já estava então com 20 ou 25 centímetros de altura. Ia crescendo. Até assustava os pombos. Quando um pombo se assusta com a gente, já dá para tranquilizar. Um dia saí simplesmente correndo pela rua afora, me escondendo na sombra dos prédios, me abaixando sob as cercas vivas e assim por diante. Continuei a correr e a me esconder até que parei na frente de um supermercado e busquei refúgio embaixo da banca de revistas instalada junto à entrada principal. Nisso uma mulherona se aproximou, a porta automática se abriu e saí andando atrás dela. Na hora em que íamos passando pelos caixas, um deles interrompeu o que estava fazendo e ergueu a cabeça:

— Ei, que foi isso, pô?

— Isso o quê? – indagou o freguês.

— Uma coisa que pensei que tivesse visto – respondeu o caixa –, mas creio que me enganei. Pelo menos espero.

Consegui entrar no depósito sem ninguém perceber. Me escondi atrás de umas caixas de papelão cheias de feijão enlatado. De noite saí do esconderijo e comi para valer. Salada de batatas, picles, presunto defumado, batata frita e cerveja. Cerveja à beça. Pouco a pouco se converteu em rotina. De dia, passava o tempo todo escondido no depósito e à noite saía e fazia uma festança. Mas, à medida que ia crescendo, foi ficando cada vez mais difícil encontrar um refúgio onde pudesse me ocultar. Comecei a observar o gerente quando guardava o dinheiro no cofre no fim do expediente. Sempre saía por último. Todas as noites eu contava as voltas que ele dava no segredo. Parecia que eram – 7 para a direita, 6 para a esquerda, 4 de novo para a direita, 6 outra vez para a esquerda, finalmente 3 para a direita, e a porta se abria. Depois que ele ia embora, me aproximava do cofre e experimentava os números. Precisava montar uma espécie de escada com caixas de papelão vazias para poder alcançar a fechadura. Estava custando a acertar, mas não desistia. A todas essas continuava crescendo rapidamente. Talvez já estivesse com cerca de um metro de altura. No supermercado havia uma seção de roupas infantis, que eu sempre trocava por tamanhos maiores. O problema populacional ameaçava voltar. Então uma noite o cofre se abriu. Fiquei com 23 mil dólares em dinheiro vivo nas mãos. Decerto descobri a bolada na véspera do recolhimento bancário. Peguei a chave que o gerente usava para sair sem despertar o sistema de alarme. Depois me fui caminhando pela rua e paguei uma semana adiantado de hospedagem no Motel Sunset. Expliquei para a funcionária que era muito procurado para fazer papéis de anão no cinema. Não pareceu nem um pouco interessada.

– Nada de televisão ligada ou barulho muito alto depois das dez. É proibido pelo regulamento.

Guardou o dinheiro, deu o recibo e fechou a porta.

Na chave dizia quarto 103. Nem sequer tinha me lembrado de pedir para ir ver. Fui lendo nas portas: 98, 99, 100, 101... estava andando para o norte, em direção a Hollywood Hills, rumo às montanhas situadas logo a seguir, com a vasta e resplandecente luz do Senhor a iluminar o caminho, a jorrar sobre mim, que ia crescendo.

A máquina de foder

Fazia tanto calor naquela noite no Tony's que ninguém pensava em foder. só em beber cerveja gelada. Tony empurrou 2 por cima do balcão para mim e o Índio Mike, que já estava pronto com o dinheiro na mão. deixei que pagasse a primeira rodada. Tony, com cara de tédio, tilintou a campainha da registradora e olhou em redor – outros 5 ou 6 caras de olhar vidrado no copo. abestalhados. por isso Tony aproximou-se de nós.

– quais são as novidades, Tony? – perguntei.
– ah, uma merda – respondeu.
– isso não é nenhuma novidade.
– uma merda – repetiu Tony.
– ah bom, então tá, uma merda – disse o Índio Mike.
bebemos a cerveja.
– o que você acha da lua? – perguntei a Tony.
– uma merda.
– é – comentou Índio Mike –, quem já está fodido na terra também vai se foder na lua. não faz diferença.
– dizem que em Marte é quase certo que não tem vida – continuei.
– e daí? – retrucou Tony.
– ah, que merda – exclamei. – dá mais 2.
Tony deslizou de lá as garrafas, depois veio buscar o dinheiro. tilintou a campainha da registradora. e voltou para o nosso canto.

– puta merda, mas tá quente, hem? prefiro a morte a ter que aguentar este calor.
– para onde que a gente vai quando morre, Tony?
– ha, merda. não tô nem aí.
– não acredita no Espírito Humano?
– pura lorota, uma merda!
bebemos a cerveja, ruminando no assunto.
– olha – anunciei –, vou dar uma mijada.
fui no mictório e lá, como sempre, encontrei Petey Coruja.
tirei para fora e comecei a mijar.
– pô, que picinha pequena – comentou.
– quando estou mijando ou pensando, pode ser. mas ela estica muito, sabia? na hora de meter, cada centímetro aumenta para 6.
– ainda bem, mas espero que não seja mentira, porque daqui dá pra ver no máximo 5.
– é que só estou mostrando a cabeça.
– te dou um dólar pra chupar teu pau.
– acho pouco.
– você não tá mostrando só a cabeça. tá esticando tudo o que tem.
– vai te foder, Pete.
– eu sei que você vai voltar quando a grana pra cerveja acabar.
saí do mictório e me meti de novo no meu canto.
– mais 2 – pedi.
Tony repetiu o ritual. depois se chegou.
– tá tão quente que acho vou ficar louco – disse.
– o calor sempre revela o que a gente realmente é – repliquei.
– peraí! tá me chamando de doido?
– e quem que não é? só que a maioria dá um jeito de disfarçar.
– tá legal. vamos supor que você tenha razão nessa merda. há quantos caras aqui na terra que ainda regulam bem da cabeça? existe algum?

— uma porção.
— quantos?
— entre bilhões?
— é. é.
— Bem, eu diria que uns 5 ou 6.
— cinco ou seis? — retrucou Índio Mike. — ah, vai tomar no cu.
— escuta aqui — disse Tony —, como é que você *sabe* que eu sou doido? como é que não aparece ninguém pra me levar pro hospício?
— ué, uma vez que todo mundo é maluco, restam muito poucos pra ficar controlando a gente. por isso é que nos deixam soltos por aí. sozinhos, com a nossa maluquice. de momento é a única coisa que podem fazer. houve uma época em que pensei que fossem capazes de descobrir um lugar pra viver lá em cima no espaço enquanto destruíam a gente. mas agora eu sei que os loucos também controlam o universo.
— como que você sabe?
— porque botaram a bandeira americana na lua.
— e se fossem os russos que tivessem botado a deles?
— não vejo a menor diferença — respondi.
— então é imparcial? — perguntou Tony.
— sou imparcial com todos os graus de loucura.
todo mundo se calou. continuamos bebendo. Tony também. começou a se servir de uísque com água. ele *podia*. o bar era dele.
— puta merda, mas que calor! — exclamou.
— é uma merda mesmo — concordou Índio Mike.
de repente Tony desandou a falar.
— por falar em maluquice — começou —, tá acontecendo uma coisa pra lá de doida *agora mesmo,* sabiam?!
— lógico — apoiei.
— não, não, não... quero dizer *aqui mesmo,* no bar!
— é?
— é, sim. e tão doida que dá até pra assustar.
— conta logo de uma vez, Tony — pedi, sempre pronto para ouvir as mentiras alheias.

Tony se curvou ainda mais para nós.

– conheço um cara que tem uma máquina de foder. não é nada desses papos furados de revista de mulher nua. que nem esses anúncios que se vê por aí. bolsas de água quente com bucetas descartáveis feitas de carne em conserva, essa bobajada toda. esse tal cara bolou um troço do rabo. um cientista alemão, que o pessoal descobriu, quer dizer, o pessoal aí do governo sequestrou antes que os russos agarrassem o cara. agora, bico calado, hem?

– claro, Tony, claro...

– Von Brashlitz. o pessoal aí do governo fez o que pôde pra que ele se interessasse por problemas espaciais. não houve jeito. o velhote era um gênio, mas só tinha essa MÁQUINA DE FODER na cabeça. ao mesmo tempo se acha uma espécie de artista, às vezes cisma em dizer que é Michelangelo... deram uma aposentadoria de 500 dólares mensais apenas pra ter onde cair vivo e não ser internado no hospício. ficaram algum tempo de olho nele, depois cansaram ou então esqueceram, mas não parou de receber a pensão e volta e meia mandavam alguém pra conversar dez ou vinte minutos com ele por mês, preparar um atestado provando que continuava maluco e depois ir embora. assim andou por aí, de cidade em cidade, sempre carregando aquele baita baú vermelho nas costas. finalmente, uma noite, me entra aqui no bar e começa a beber. fala que não passa de um velho cansado à procura de um canto tranquilo para se dedicar de fato às suas pesquisas. e eu nem dando trela. vocês sabem que doido é o que não falta por aqui.

– lá isso é – concordei.

– então o cara foi ficando cada vez mais bêbado e terminou se abrindo comigo. tinha inventado uma boneca mecânica capaz de dar uma foda com um homem como nenhuma mulher de verdade conseguiu dar até hoje! e com a vantagem de dispensar camisinhas, e ainda não ter que suportar um montão de frescuras e bate-bocas!

– ando atrás de uma mulher dessas – afirmei –, desde que nasci.

Tony soltou uma risada.

– e quem não anda? pensei que fosse louco, claro, até que uma noite fechei o bar e fui com ele à pensão onde morava e ele tirou a MÁQUINA DE FODER de dentro do baú vermelho.

– e...?

– foi o mesmo que ir pro céu sem ter que morrer.

– deixa eu adivinhar o resto – pedi.

– adivinha.

– Von Brashlitz e a tal MÁQUINA DE FODER estão lá em cima, aqui no bar, neste instante.

– positivo – disse Tony.

– quanto custa?

– vinte pratas por cabeça.

– Vinte pratas pra foder uma máquina?

– ele superou qualquer Criador. você vai ver.

– Petey Coruja me chupa o pau e ainda paga um dólar.

– Petey Coruja até que é legal, mas não se compara com uma invenção que bota deuses no chinelo.

entreguei os meus 20.

– mas, palavra, Tony, se for alguma maluquice de piada com bolsas de água quente, você perde o melhor freguês deste bar!

– foi você mesmo quem disse: de um jeito ou doutro a gente não passa de um bando de doidos. resolve.

– eu topo – decidi.

– e eu também – disse Índio Mike –, toma aí meus 20.

– têm que compreender que eu só guardo a metade. o resto fica pro Von Brashlitz. com a inflação e os impostos, 500 pratas de aposentadoria não é muita coisa e o Von B. bebe pra caralho.

– vamos nessa – propus –, você já ganhou 40 pratas. onde é que está essa MÁQUINA DE FODER imortal?

Tony abriu uma divisória do bar.

– passem por aqui. subam a escada dos fundos. basta chegar lá em cima, bater e dizer "o Tony nos mandou aqui".

– em qualquer porta?
– na de número 69.
– evidente, porra, tinha que ser.
– evidente, porra – repetiu Tony. – e boas fodas.
achamos a escada. subimos.
– o Tony é capaz de qualquer negócio pra fazer piada – comentei.
atravessamos o corredor. lá estava: número 69.
bati na porta:
– o Tony nos mandou aqui.
– ah, cavalheiros, entrem, por favor!
vimo-nos diante de um verdadeiro aborto da natureza, um velhote com cara de tarado, copo de birita na mão, óculos com lentes de fundo de garrafa, que nem nos antigos filmes de terror. pelo jeito estava recebendo a visita de uma coisinha jovem, quase jovem demais, de aspeto frágil e ao mesmo tempo forte.

ela cruzou as pernas, exibindo bem o material: joelhos e coxas de nylon e precisamente aquela parte onde termina a meia comprida e fica aparecendo aquele naco de carne. era *só* xota e tetas, pernas de nylon, olhos risonhos de um azul transparente...

– cavalheiros... minha filha, Tânia...
– como é que é?!

ah, sim, eu sei, sou tão... velho... mas que nem o mito do negro de pau grande, existe também o mito dos velhos alemães assanhados que nunca param de foder. a gente acredita no que bem entende. seja como for, esta aqui é a minha filha, Tânia...

– oi, pessoal – saudou, rindo.
aí todo mundo olhou para a porta onde se lia: DEPÓSITO DA MÁQUINA DE FODER.
o velho terminou a birita.
– quer dizer então... que vieram dar a melhor FODA de suas vidas, *ya*?

– papai! – ralhou Tânia –, quando é que vai deixar de ser grosso?

e cruzou outra vez as pernas, ainda mais alto, e eu quase cheguei ao orgasmo.

aí o professor acabou com uma nova dose de birita, depois se levantou e foi até a porta onde se lia DEPÓSITO DA MÁQUINA DE FODER. virou-se para nós, todo sorridente, e começou a abrir a porta bem devagar. entrou e saiu empurrando uma coisa que mais parecia um leito de hospital ambulante.

não tinha NADA em cima da cama, era uma simples carcaça de metal.

o profe veio empurrando esse tróféu e parou diante de nós. aí começou a cantarolar uma música horrenda, que só podia ser alemã.

uma carcaça metálica, com aquele buraco no meio. o profe tinha uma latinha de óleo na mão. enfiou no buraco e se pôs a esguichar ali dentro uma quantidade bem grande, enquanto cantarolava aquela maluquíssima canção alemã.

sem interromper o que fazia, olhou por cima do ombro e disse: "chocante, *ya?*" e depois continuou com aquilo, apertando a latinha.

Índio Mike me olhou, forçou uma risada e cochichou:

– pura merda... fomos tapeados de novo!

– é – concordei –, parece até que faz uns 5 anos que eu não dou uma trepada, mas só se for louco é que vou meter o meu pau nesse monte de chumbo duro.

Von Brashlitz deu um risada. dirigiu-se ao balcão de bebidas, encontrou outro litro de birita, despejou um bocado no copo e sentou-se na nossa frente.

– quando lá na Alemanha a gente começou a sentir que a guerra estava perdida e o cerco começou a apertar, até a batalha final de Berlim, logo se viu que os rumos tinham mudado, e a verdadeira guerra então foi pra ver quem ficava com a maioria dos cientistas alemães. se a Rússia ia conseguir maior número de cientistas alemães ou se seria a América, *esses* eram os que iriam chegar primeiro na lua, em Marte, em *tudo quanto é parte.* bem, no fim não sei realmente no que é que deu... numericamente ou em termos de supremacia intelectual científica. só sei que os americanos conseguiram me localizar antes, me sequestraram, levaram num carro, me deram bebida, encostaram pistolas na minha cabeça, prometeram mundos e fundos, falaram feito doidos. assinei tudo...

– tá legal – atalhei –, a aula de história esta ótima, mas mesmo assim não sinto a mínima vontade de meter minha piça, a pobre da minha picinha, nesse traste de metal laminado ou coisa que o valha! pena que os russos não te enfuneraram primeiro! quero minhas 20 pratas de volta!

Von Brashlitz quase se finou de tanto rir:

– hihihihihi... não viu que era só uma piadinha, *né?* hihihihihi!

guardou novamente aquele amontoado de chumbo no armário. bateu a porta com estrondo.

– oh, hihihihihi!

e entornou nova dose de birita.

Von B. serviu-se de outra garrafa. não resta dúvida que bebia feito gente grande.

– cavalheiros, eu sou um *artista,* um inventor! a minha MÁQUINA DE FODER é, na verdade, a minha filha, Tânia...

– outra piadinha, Von? – interpelei.

– piadinha um catso! Tânia! vai ali e senta no colo do moço!

Tânia riu, se levantou, veio na nossa direção e sentou no meu colo. MÁQUINA DE FODER? Não dava para acreditar! a pele dela era pele, ou ao menos parecia, e a língua, que espetou no fundo da minha boca quando nos beijamos, nada tinha de mecânica – cada movimento era diferente, reagindo aos meus.

entrei logo em ação, rasgando-lhe a blusa para apalpar os seios, baixando a calcinha com uma tesão como há anos não sentia e então nos atracamos; não sei como, estávamos em pé – e peguei-a assim mesmo, puxando as mechas daquela longa cabeleira loura, inclinando-lhe a cabeça para trás. depois, esticando o braço e enfiando-lhe o dedo no cu, continuei a meter até levá-la ao orgasmo – dava para sentir as palpitações; e aí também gozei.

foi a melhor foda que dei em *toda* a minha vida!

Tânia entrou no banheiro, se limpou, tomou banho e se vestiu novamente. para o Índio Mike, pensei.

– a maior invenção da humanidade – afirmou Von Brashlitz, bem sério.

tinha toda razão.

aí então Tânia voltou e sentou ao MEU colo.

– NÃO! NÃO! AGORA É A VEZ DO OUTRO! VOCÊ ACABOU DE FODER COM ESSE AÍ!

ela pareceu não ouvir. achei até estranho, inclusive para uma MÁQUINA DE FODER, porque, de fato, nunca fui bom de cama.

– gosta de mim? – perguntou.

– gosto.

– também gosto de você. estou tão contente. eu... não sou de verdade. já sabia, né?

– eu te amo, Tânia. é a única coisa que sei.

– puta que pariu! – berrou o velho – essa MÁQUINA DE FODER!

dirigiu-se a uma caixa envernizada, com o nome TÂNIA impresso de um lado. uma porção de fiozinhos saíam dela. havia também mostradores, varinhas que tremiam de um lado para outro, uma profusão de cores, luzes a piscar, apagando e acendendo, uma série de tique-taques... Von B. era o cafetão mais doido que já tinha visto na vida. não parava de mexer nos mostradores. depois olhou para Tânia:

– VINTE E CINCO ANOS! porra, quase uma vida inteira pra montar você! tive até que esconder do HITLER! e agora... está querendo virar simplesmente uma puta vulgar!

– não são 25 – protestou Tânia –, eu tenho 24.

– viu? tá vendo? igualzinho a uma puta de zona!

virou-se para os mostradores.

– você trocou a cor do batom – comentei.

– gosta?

– se gosto!

se curvou e me deu um beijo.

Von B. continuava às voltas com os mostradores. comecei a desconfiar que ele ia sair vitorioso.

– deve ser algum fio retorcido na máquina – explicou ao Índio Mike. – confie em mim. já vou consertar, *ya*?

– tomara – retrucou Índio Mike. – estou aqui esperando com 35 centímetros e 20 pratas a menos no bolso.

– eu amo você – disse Tânia para mim –, não vou mais foder com nenhum outro homem. se não puder ficar com você, prefiro ficar sem ninguém.

– e eu te perdoo, Tânia, desde já, por tudo o que você fizer.

o profe estava ficando de saco cheio. não parava de girar os mostradores, sem o menor resultado.

– TÂNIA! tá na hora de foder com o OUTRO! já estou... ficando exausto... tenho de tomar um trago... dormir um pouco... Tânia...

– ah – retrucou ela –, velho nojento fodido! você e seus tragos, e depois me mordendo as tetas a noite toda, sem deixar eu dormir! enquanto você não fica nem de pau duro direito! seu asqueroso!

VAS?

– EU DISSE QUE VOCÊ NÃO FICA NEM DE PAU DURO DIREITO!

– você me paga, Tânia! não inverte os papéis, fui *eu* que te criei!

não parava mais de mexer com a varinha mágica. da máquina, bem entendido. estava bastante irritado e dava para perceber, de certo modo, que a raiva contribuía para aumentar uma vitalidade que, no fundo, não possuía.

– espera um pouco, Mike. só tenho que ajustar a parte eletrônica! é coisa rápida! um *curto*! olha *ele* aí!

e se levantou de um salto. dizer que esse cara tinha sido salvo dos russos...

virou para o Índio Mike.

– agora deu! a máquina tá funcionando! aproveita!

foi até a garrafa de birita, se serviu de outra dose cavalar e sentou, pronto para assistir à cena.

Tânia pulou do meu colo e se dirigiu para o Índio Mike. fiquei vendo os dois se abraçarem.

ela abriu a braguilha, tirou o pau dele para fora e... era pau que não acabava mais, cara! ele tinha falado em 35 centímetros, mas pareciam 50. aí Tânia segurou o colosso com ambas as mãos.

Mike gemeu, deslumbrado.

foi então que ela puxou com toda a força e arrancou o pau inteirinho do corpo dele. e jogou no chão.

vi aquele troço rolar por cima do tapete feito salsichão desvairado, deixando melancólico rastro de pingos de sangue, e terminar batendo contra a parede. e ali ficou, imóvel, como algo que possuía cabeça, mas destituído de pernas e sem ter onde se meter... o que era pura verdade.

a seguir, chegou a vez dos BAGOS virem voando pelo ar afora, uma visão roliça, pesada. foram se espatifar simplesmente bem no meio do tapete e, à falta de saber o que fazer, resolveram sangrar.

e foi o que fizeram.

Von Brashlitz, herói da invasão américo-soviética, contemplou estarrecido o que restava do Índio Mike, meu velho parceiro de rodadas de cerveja, aquela vermelhidão toda no chão, a jorrar sangue pelo meio das pernas – e sumiu feito raio escada abaixo...

O quarto 69 já tinha visto de tudo, menos aquilo.

e então perguntei:

– Tânia, não demora a justa tá aqui; vamos aproveitar a sugestão do número do quarto pra celebrar nosso amor?

– mas evidente, querido!

já estávamos no finzinho quando a burra da polícia tinha que entrar correndo.

aí um dos cobras no ramo declarou que o Índio Mike estava mortinho da silva.

E como Von B. era uma espécie de cria do Governo dos Estados Unidos da América, começou a surgir uma porrada de gente de tudo quanto foi canto – várias autoridades fichinhas –, bombeiros, jornalistas, o inventor, a C.I.A., o F.B.I. e diversas outras modalidades de excremento humano.

Tânia foi-se chegando e sentou no meu colo.

– eles agora vão me matar. procura não ficar triste, sim?

não disse nada.

aí Von Brashlitz começou a gritar, apontando para Tânia.

– ESTOU LHES DIZENDO, SENHORES! ELA NÃO TEM SENSIBILIDADE NENHUMA! SALVEI ESSA DESGRAÇADA DAS GARRAS DO HITLER! Estou lhes dizendo, não passa de uma MÁQUINA!

todo mundo simplesmente parou. ninguém acreditou em Von B.

a tal máquina, ou mulher se quiserem, era, sem sombra de dúvida, a coisa mais bela que tinham visto na vida.

– ah, merda! seus idiotas! toda mulher não passa de uma máquina de foder, então vocês não sabem? se entregam para quem paga melhor! NÃO EXISTE ESSA HISTÓRIA DE AMOR! É CONTO DA CAROCHINHA, QUE NEM O NATAL!

continuaram não acreditando.

– ISTO AÍ é apenas uma máquina! não precisam ter MEDO! VEJAM SÓ!

Von Brashlitz pegou um dos braços de Tânia.

arrancou-o completamente do tronco.

E por dentro – pelo buraco aberto no ombro – podia-se enxergar – não havia mais que arames e tubos – coisas retorcidas e esticadas –, além de uma substância quase imperceptível, vagamente parecida com sangue.

vi Tânia ali parada, com aquele emaranhado de arames pendendo do ombro, onde antes se articulava o braço. ela me olhou.

– faz favor, é por *mim* também! bem que pedi pra você procurar não se entristecer demais.

fiquei servindo de plateia enquanto todos se aglomeravam em torno dela para esquartejar, currar e retalhar o cadáver.

o que é que eu podia fazer? abaixei a cabeça entre as pernas e me pus a chorar...

além do mais, o Índio Mike nem conseguiu tirar proveito das tais 20 pratas que tinha pago.

passaram-se meses. nunca mais apareci no bar. houve um julgamento, mas o governo absolveu Von B. e a máquina dele. mudei para outra cidade. bem longe. e um dia, sentado na barbearia, peguei uma revista de mulher nua. e vi o anúncio: "basta soprar para ganhar sua própria boneca inflável exclusiva! preço: $ 29.95. feita de borracha da melhor qualidade, *muito* resistente. acompanha um conjunto de correntes e chicotes. e ainda. biquíni, sutiã, calcinhas, 2 perucas, batom e um pequeno pote de lubrificante erótico, incluídos no preço. Empresa Von Brashlitz."

mandei uma ordem de pagamento para o endereço indicado. um número de caixa postal em Massachusetts. o profe também tinha se mudado.

a encomenda demorou cerca de 3 semanas para ser entregue. era de deixar a gente sem jeito. eu não tinha bomba de encher pneu e, depois, fiquei de pau duro quando tirei do pacote aquele troféu. foi preciso ir ao posto de gasolina mais perto e usar a mangueira de ar que havia lá.

à medida que inflava, ia ficando mais apresentável. grandes mamicas. bunda enorme.

– o que é isso que você tá enchendo aí, companheiro? – perguntou o homem do posto.

– escuta aqui, cara, estou só tirando um pouco de ar. eu não compro gasolina aqui à beça, não?

– tudo bem, tudo bem, pode tirar à vontade. só que, pô, bem que eu gostaria de saber o que é que você tem aí...

– ah, vê se me esquece, tá? – retruquei.
– PUTA MERDA! olha só que TETAS!
– eu ESTOU olhando, seu cara de cu!

deixei o sujeito ali boquiaberto, depois joguei a boneca por cima do ombro e voltei para onde morava. levei para a sala.

o grande problema ainda estava por vir.
abri-lhe as pernas e procurei algum tipo de orifício.
Von B. não ia ser tão descuidado.

fui por cima e comecei a beijar aquela boca de borracha. de vez em quando pegava e chupava uma das gigantescas mamicas elásticas. Botei uma peruca amarela na cabeça da boneca e passei o tal lubrificante erótico em todo o pau. não gastei muito. vai ver o pote era para durar o ano inteiro.

beijei apaixonadamente atrás das orelhas, enfiei-lhe o dedo no rabo, sem parar de meter. depois saí de cima, acorrentei-lhe os braços nas costas, usando o cadeado e a chave que tinham vindo junto e então peguei as tiras de couro e chicoteei-lhe as nádegas com vontade.

meu deus, devo ter ficado louco!, pensei.

aí virei o troféu de frente e meti outra vez. trepei até dizer chega. para falar com franqueza, foi bastante chato. tive que pensar em cachorros fodendo gatas; imaginei 2 pessoas engalicadas no ar enquanto saltavam do terraço do arranha-céu do Empire State. procurei me lembrar de uma xota do tamanho de um polvo se arrastando em minha direção, bem molhada, fedorenta e louca para atingir o orgasmo. pensei em tudo quanto era calcinha, joelho, pernas, tetas, bucetas, que tinha visto na vida. a borracha já estava suando; e eu também.

– te amo, querida! – murmurei num dos ouvidos de borracha.

tenho vergonha de confessar, mas me forcei a foder naquele repugnante pedaço de borracha. não havia termo de comparação com Tânia.

peguei uma lâmina de gilete e reduzi a boneca a frangalhos. e atirei no lixo, no meio das garrafas de cerveja.

quantos homens americanos compram essas coisas idiotas?

ou então a gente é capaz de passar por meia centena de máquinas de foder numa caminhada de 10 minutos por qualquer calçada do centro de uma cidade americana – a única diferença *consistindo* em *fingirem* que são humanas.

pobre do Índio Mike. com aquele pau morto de 50 centímetros.

pobre de tudo quanto é Índio Mike. e de todos os astronautas da Terra. e de todas as putas do Vietnã e de Washington.

pobre Tânia, com aquele ventre que era uma barriga de leitoa. veias tinham saído das veias de um cão. decerto nem cagava ou mijava, só fodia – coração, voz e língua tirados de corpos alheios – na época existiam apenas 17 transplantes possíveis de órgãos. Von B. andava muito adiantado em relação aos outros.

pobre Tânia, que comia tão pouco – quase só queijo barato com passas. não sentia vontade de ter dinheiro, imóveis, carros novos e grandes ou mansões suntuosas. nunca lia o jornal da tarde. não se interessava por televisão a cores, chapéus novos, botas de chuva, conversas na cerca dos fundos com vizinhas beócias; nem por um marido que fosse médico, corretor de valores, congressista ou polícia.

e o sujeito do posto de gasolina, que não se cansava de perguntar:

– ei, que fim levou aquele troço que um dia você trouxe aqui e encheu com a mangueira de ar?

só que agora não me faz mais perguntas. mudei de posto de gasolina. nem sequer corto mais o cabelo na barbearia onde li aquela revista com o anúncio da boneca de borracha de Von Brashlitz. estou tentando esquecer.

quem não faria o mesmo?

O espremedor de culhões

Danforth pendurou os corpos, um a um, depois de passarem pelo espremedor. Bagley estava sentado, perto dos telefones.

– quantos tem?
– dezenove. pelo jeito o dia vai ser bom.
– é, pô, é. tá com cara. quantos colocamos ontem?
– catorze.
– legal, legal. continuando assim, vai ser bom mesmo. o meu grilo é que a coisa no Vietnã é bem capaz de parar – disse Bagley, o dos telefones.
– deixa de ser bobo – tem muita gente lucrando e dependendo dessa guerra.
– mas a Conferência de Paz em Paris...
– você hoje não está bom, Bag. quem é que não sabe que eles passam o dia inteiro sentados, dando risada, recebendo grana pra não fazer nada e depois indo à noite a tudo quanto é boate? essa cambada tá com a vida ganha. a vontade que têm de terminar a Conferência de Paz é igual à nossa de liquidar com a guerra. tá todo mundo engordando, sem se arranhar. uma verdadeira beleza. e se encontrarem uma forma de chegar por acaso a um acordo, sempre vão aparecer outras. a terra tá cheia de lugar pronto pra explodir.
– é, acho que vivo me preocupando à toa.

um dos três telefones da mesa tocou. Bagley atende.

– AGÊNCIA SATISFAÇÃO GARANTIDA. Bagley, às suas ordens. – fica escutando.

– é. sim. nós temos um ótimo contador. salário? 300 dólares nas duas primeiras semanas, 300 cada, bem entendido. o pagamento das duas primeiras fica pra agência. depois vocês reduzem pra 50 por semana ou põem na rua. se puserem na rua depois das duas primeiras semanas, VOCÊS é que recebem cem dólares da gente. por quê? ora, que diabo, então não está vendo que a ideia é manter a rotatividade do negócio? pura questão de psicologia, que nem a figura do Papai Noel no Natal. quando? sim, vamos mandar em seguida. qual é o endereço? ótimo, perfeito, daqui a pouco ele está aí. não se esqueça das condições. ele leva o contrato. tchau.

Bagley desliga. cantarola baixinho, sublinha o endereço.

– tira um do secador, Danforth. um bem magro e cansado. não vale a pena mandar logo o melhor.

Danforth vai ao secador e retira os pregadores dos dedos de um bem magro e cansado.

– traz cá. como é o nome dele?

– Herman. Herman Telleman.

– xi, que merda, não vai dar. parece que ainda tem um pouco de sangue. e o olho também não perdeu toda a cor... acho eu. escuta aqui, Danforth, essa tua máquina tá espremendo direito? eu não quero que sobre culhão nenhum, todas as resistências têm que sumir, tá entendendo? cuida da tua parte que eu cuido da minha.

– alguns desses caras quando chegam aqui são duros de roer. e você sabe muito bem que nem todos têm culhão. não é sempre que dá pra adivinhar.

– tá legal, vamos ver este aqui. Herman. ei, filhote!

– que foi, paizinho?

– que me diz de um empreguinho legal?

– ah, não, porra!

– o quê? não quer um empreguinho legal?

– a troco de quê, merda? o meu velho era de Jersey, trabalhou pra burro a vida inteira e quando morreu a gente enterrou com todo o dinheiro que tinha. sabe quanto era?

– quanto?

– quinze cents. o saldo de uma vida desgraçada e infeliz.

– mas você não gostaria de casar, ter filhos, casa própria, entrar pra classe média? comprar carro novo de 3 em 3 anos?

– não quero nada com o batente, velhão, ninguém vai me botar em gaiola de mola. quero só me espraiar por aí. tô me lixando pro resto.

– Danforth, passa esse sacana de novo no espremedor e aperta bem os parafusos!

Danforth agarra o artigo pela nuca, mas não antes de Telleman berrar:

– vai foder o cu da mãe!...

– e esprime bem TODO ESSE CULHÃO DELE, ATÉ QUE NÃO SOBRE MAIS NADA! tá ouvindo?

– tá certo, já ouvi! – responde Danforth. – merda. às vezes eu acho que você ficou com a parte do osso mais fácil de roer!

– deixa esse negócio de osso de lado! esprime bem e tira o culhão desse cara. O Nixon é capaz de acabar com a guerra...

– lá vem você com essa bobagem de novo! acho que tu não anda dormindo direito, Bagley. tem alguma coisa errada contigo.

– é. é, sim. tem razão. insônia. fico sempre pensando que a gente devia estar preparando soldados! me reviro na cama a noite inteira! que grande negócio que não ia ser!

– Bag, a gente faz o que pode com o que a gente tem, mais nada.

– tá certo, tá certo. ele já passou pelo espremedor?

– DUAS VEZES, já! tirei o culhão *todo*. você vai ver.

– tá legal, traz correndo pra cá. vamos dar uma olhada.

Danforth traz Herman Telleman de volta. não resta dúvida que está diferente. a cor dos olhos sumiu por completo e o sorriso é totalmente amarelo, uma beleza.

– Herman? – chama Bagley.
– sim, chefe.
– o que é que está sentindo? ou melhor, como se sente?
– não sinto absolutamente nada, chefe.
– você gosta de tiras?
– tiras não, chefe, polícias. eles são vítimas de nossa maldade, embora às vezes nos protejam atirando, prendendo, espancando e multando a gente. Não existe essa história de que não há tira que preste, aliás, polícia, desculpe. já imaginou se não houvesse polícia? a gente teria que impor a lei com as nossas próprias mãos.
– e aí, o que é que ia acontecer?
– nunca parei pra pensar, chefe.
– ótimo. acredita em Deus?
– ah, claro que sim, chefe. em Deus, Pátria, Família, Tradição. e no trabalho honesto.
– puta que pariu!
– como disse, chefe?
– não. nada. agora, escuta aqui, você gosta de fazer serão?
– ah, claro que sim, chefe! gostaria de trabalhar 7 dias por semana, se possível. e de ter 2 empregos, se pudesse.
– por quê?
– por causa do dinheiro, chefe. pra comprar tevê a cores, carro novo, dar entrada pra casa própria, pijama de seda, 2 cachorros, barbeador elétrico, seguro de vida, assistência médica, ah, tudo quanto é tipo de seguro, educação escolar pros meus filhos, se eu tiver, porta automática na garagem, roupas finas, sapatos de 45 dólares, câmeras, relógios de pulso, anéis, lavadora automática, geladeira, poltronas e camas novas, forração de carpete em todas as peças, donativos pra igreja, aquecimento central e...
– tá legal. chega. agora, quando é que pretende usar todos esses troços?
– não estou entendendo, chefe.

– quero dizer, se você trabalhar dia e noite e ainda fizer serão, que tempo te sobra pra aproveitar todo esse luxo?

– ah, esse dia há de chegar, chefe, ele há de chegar!

– e não acha que teus filhos um dia hão de crescer e julgar que você foi um trouxa?

– depois de ter me esfolado vivo por causa deles, chefe? claro que não!

– maravilha. agora, só mais algumas perguntas.

– pois não, chefe.

– não acha que toda essa escravidão permanente é prejudicial pra saúde e pro espírito, pra alma, se quiser...?

– ah, pô, se eu não ficasse trabalhando o tempo todo, ia acabar sentado por aí, bebendo, pintando quadros a óleo, fodendo, indo ao circo ou no parque pra ver os patos. coisas desse gênero.

– não acha que ficar sentado no parque, olhando pros patos, pode ser muito agradável?

– mas desse jeito eu não ganho dinheiro, chefe.

– tá legal. vá se foder.

– o quê, chefe?

– não, nada. já sei de tudo o que precisava. O.K., Dan, este aqui tá no ponto. parabéns. dá o contrato, pega a assinatura dele, a letra é tão miúda que nem vai conseguir ler. acha que somos gente boa. manda correndo lá no endereço. o pessoal vai ficar encantado. há meses que não arrumo melhor contador.

Danforth pega a assinatura, verifica os olhos de novo para se certificar se não têm mais vida, põe o contrato e o envelope na mão e acompanha Herman até a porta, empurrando de leve para ele descer a escada.

Bagley simplesmente se recosta na cadeira, com um vasto sorriso de satisfação, e fica observando enquanto Danforth passa os 18 restantes pelo espremedor. seria difícil dizer aonde vão parar todos aqueles culhões, mas não há que negar que, mais dia menos dia, todo homem deixa de ter culhões. os que deixam com maior facilidade estão rotulados de "casados e com filhos" ou "idade superior a 40". Assim recostado, enquanto Danforth vai espremendo um a um, Bagley presta atenção nas conversas:

– é duro achar emprego pra um homem da minha idade, ah, puxa, se é!

outro canta:

– *oh, baby, it's cold outside.*

outro:

– já estou cansado desta vida de "book maker" e cafetão, indo sempre parar na cadeia. preciso de segurança, segurança, segurança, segurança...

outro:

– tá certo, me diverti feito doido. agora...

outro:

– não me especializei em coisa nenhuma. todo homem devia se especializar. não me especializei em nada. o que é que eu vou fazer?

outro:

– já estive em tudo quanto é país, graças ao exército, e sei como são as coisas.

outro:

– se pudesse começar tudo de novo, ia ser dentista ou barbeiro.

outro:

– estão sempre devolvendo os romances, contos e poemas que escrevo. que merda, eu não posso ir pra Nova York e ficar puxando o saco de tudo quanto é editor! não há ninguém com mais talento do que eu, mas sem pistolão não adianta! se me contento com qualquer tipo de trabalho indigno de mim, é porque sou gênio!

outro:

– tá vendo como sou bonito? olha o meu nariz! as orelhas! o cabelo! a pele! o meu modo de ser! viu? tá vendo como sou bonito? tá vendo bem? sabe por que ninguém vai com minha cara? é porque eu sou bonito. é tudo de inveja, só por inveja, pura e simplesmente.

o telefone toca de novo.

– AGÊNCIA SATISFAÇÃO GARANTIDA. Bagley, às suas ordens. você o quê? precisa de um mergulhador? filha da mãe! como? ah, desculpe. lógico, evidente, temos dezenas de mergulhadores desempregados. as 2 primeiras semanas de pagamento ficam pra agência. quinhentos semanais. perigoso, sabe, muito arriscado mesmo. cracas, caranguejos, tudo mais... algas marinhas, sereias nas rochas. polvos. amarras. resfriados. é foda, sim. as 2 primeiras semanas de salário são da agência. se depois acharem que ele não serve, *nós* é que pagamos 200 dólares pra vocês. por quê? *por quê?* se um passarinho vem e bota um ovo de ouro na sala da frente da tua casa, você pergunta POR QUÊ? pergunta? vamos lhe mandar um mergulhador dentro de 45 minutos! qual o endereço? ótimo, ótimo, ah sim, ótimo, é perto do edifício Richfield. sim, eu sei. 45 minutos. obrigado. passe bem.

Bagley desliga. já está exausto e o dia mal começou.

– Dan?

– sim, boneca?

– me traz um que tenha tipo de mergulhador. bem barrigudo. olhos azuis, um chumaço de pelos no peito, calvície prematura, bastante estoico, meio corcunda, míope e os primeiros prenúncios, ainda ignorados, de câncer no esôfago. qualquer mergulhador é assim. todo mundo sabe como é. agora traz um, boneca.

– tá legal, seu cabeça de merda.

Bagley boceja. Danforth desprega um do arame. traz o infeliz até a mesa, onde fica parado, de pé. no rótulo se lê "Barney Anderson.".

– oi, Barney – diz – Bag.

– onde é que eu estou? – pergunta Barney.

– na AGÊNCIA SATISFAÇÃO GARANTIDA.

– pô, estou pra ver dois safados com mais cara de vigaristas do que vocês!

– porra, Dan! qual é?

– passei 4 vezes pelo espremedor.

– eu te disse pra apertar bem os parafusos!

– e eu te respondi que tem alguns que são duros de roer!
– isso é pura conversa, seu burro de merda!
– quem que é burro de merda?
– vocês dois – responde Barney Anderson.
– quero que você passe 3 vezes o rabo deste cara aí no espremedor – diz Bagley.
– tá bem, tá certo, mas primeiro vamos fazer um trato.
– tá legal. por exemplo... pede pra este tal de Barney te dizer quais são os ídolos dele.
– Barney, quais são os teus ídolos?
– bom, deixa eu ver... Cleaver, Dillinger, Che, Malcolm X., Gandhi, Jersey Joe Walcott, "Grandma" Barker, Fidel Castro, Van Gogh, François Villon, Hemingway.
– viu, ele se identifica com todos os derrotados. assim ele se sente bem. tá se preparando pra perder a jogada. pode contar com a nossa ajuda. foi logrado com esse papo de alma e é desse modo que a gente prende o rabo deles. alma não existe. é pura cascata. não existem ídolos é tudo onda. não existe ninguém vitorioso na vida, é pura cascata, papo furado. não há santos nem gênios, tudo não passa de conversa mole pra boi dormir, conto da carochinha, só pro jogo continuar. cada homem se esforça pra sobreviver e ter sorte, se puder. o resto não dá pra engolir.
– tá bom, tá bom, já saquei o que você quer dizer! mas, e o Fidel Castro? tava bem gordo na última foto que eu vi.
– ele só tá durando porque os E.U.A. e a Rússia resolveram deixar o cara no meio do fogo. mas vamos supor que, de repente, coloquem as cartas na mesa? pra onde é que ele vai se virar? rapaz, o cacife desse cara é tão fraco que não dá pra pagar nem a entrada num puteiro decadente do Egito.
– vão tomar no cu, vocês dois! eu gosto de quem eu quiser! – protesta Barney Anderson.
– Barney, quando o cara não tem onde cair morto, e tá encurralado, faminto e cansado, ele é capaz de chupar pica, mamica, e até de comer bosta pra poder continuar vivo; ou

se conforma ou se suicida. a raça humana não tá com nada, rapaz. não é flor que se cheire.

– por isso nós vamos mudar tudo, cara. aí é que tá o lance. se já deu pra chegar na lua, também dá pra limpar a cagada no penico. o mal é que a gente andou perdendo tempo com o que não devia.

– você tá doente, garotão. meio barrigudinho. e começando a ficar careca. Dan, bota aí o distinto em forma.

Danforth pega Barney Anderson, bate, torce e espreme, sem fazer caso dos gritos, 3 vezes no espremedor, e depois traz de volta.

– Barney? – chama Bagley.
– pronto, chefe!
– quais são os teus ídolos?
– George Washington, Bob Hope e Mae West. Richard Nixon, os ossos do Clark Gable e toda a gente que vi na Disneylândia. Joe Louis, Dinah Shore, Frank Sinatra, Babe Ruth, os Boinas Verdes, porra, todo o exército e a marinha dos Estados Unidos e, principalmente, os Fuzileiros Navais, e até o Tesouro Nacional, a CIA, o FBI, a United Fruit, a patrulha rodoviária, o maldito departamento de polícia de Los Angeles em peso, e os tiras locais também. aliás, disse "tiras" por engano, quando queria dizer "polícias". depois tem a Marlene Dietrich, com aquela abertura no lado do vestido até em cima na coxa, ela já deve andar perto dos 70, não é?, dançando lá em Las Vegas, fiquei de pau duro, que mulher maravilhosa. a boa vida que se leva aqui na América e a estabilidade do dólar são capazes de manter eternamente a juventude da gente, entendeu?

– Dan?
– que é, Bag?
– este aqui tá mais que no ponto! mesmo pra um cara pouco sensível como eu, deu pra ficar com ânsia de vômito. faz ele assinar o contratinho dele e manda lá no endereço. eles vão adorar. santo deus, as coisas que a gente tem que fazer

pra sobreviver! às vezes chego a odiar o próprio trabalho que faço. o que não convém, não é, Dan?

– claro que não, Bag. e assim que despachar esse cara de cu, eu tenho um presentinho pra você, uma dose daquele velho tônico, tão gostoso.

– ah, mas que bom... qual é mesmo?

– só meia-volta na manivela do espremedor.

– O QUÊ?!

– ah, não tem nada que se compare pra acabar com as tristezas ou ideias inconvenientes. e outras coisas no gênero.

– será que cura de verdade?

– é melhor que aspirina.

– tá legal, vê se te livra do cara de cu.

Barney Anderson é despachado escada abaixo. Bagley levanta da cadeira e vai até o espremedor mais próximo.

– essas coroas, a West e a Dietrich, ainda de tetas e coxas de fora, porra, que coisa mais sem pé nem cabeça, já estavam nessa quando eu era criança. como é que pode?

– tapeando. esticando a pele e os músculos, por meio de cintas, de talco, de refletores, de forros cor de carne, enchimentos, cremes, palha, e esterco. são capazes de deixar a avó da gente com cara de broto.

– a minha já morreu.

– mesmo assim são capazes.

– é, é sim, acho que você tem razão.

Bagley vai para perto do espremedor.

– só meia-volta na manivela. dá pra confiar em você?

– tu não é meu sócio, Bag?

– claro que sou, Dan.

– há quanto tempo a gente trabalha junto?

– vinte e cinco anos.

– então tá, quando eu digo MEIA-VOLTA, é MEIA-VOLTA mesmo.

– e o que é que eu faço?

– enfia a mão no cilindro, mais nada. é que nem máquina de lavar roupa.

– ali dentro?
– é. tá pronto? oba!
– ei, cara, não esquece. só meia-volta.
– lógico, Bag. não confia em mim?
– agora? que remédio?
– andei fodendo tua mulher escondido, sabia?
– seu miserável filho da puta! eu te mato!

Danforth deixa o espremedor ligado, senta atrás da mesa de Bagley, acende um cigarro, e começa a cantar:

lucky, lucky me,
I can live in luxury
because I've got a pocket full of dreams...
I got an empty purse,
but I own the universe,
because I've got a pocket full of dreams... *

se levanta e se aproxima do espremedor e de Bagley.
– você falou meia-volta – Bagley reclama – e já foi volta e meia.
– não confia em mim?
– mais do que nunca, não sei por quê.
– e no entanto andei fodendo tua mulher escondido.
– ah, acho que não tem importância. já estou cansado de foder ela. todo homem cansa de foder sempre a mesma mulher.
– mas o que eu quero é que você queira que eu foda a tua.
– bem, eu pouco tô ligando, só que não sei exatamente se *quero* que você foda.
– daqui a 5 minutos eu volto.

Danforth se afasta. senta na poltrona giratória de Bagley. põe os pés em cima da mesa e fica esperando. gosta de cantar. e canta:

---

* (feliz, feliz de mim / que posso viver bem folgado / porque tenho o bolso recheado de sonhos / a minha carteira está vazia / mas sou dono do universo / porque tenho o bolso recheado de sonhos.)

> *I got plenty of nuthin,*
> *and nuthin's plenty for me.*
> *I got the stars,*
> *I got the sun,*
> *I got the shining sea....**

depois de fumar 2 cigarros, volta para junto da máquina.
– Bag, ando fodendo tua mulher escondido.
– ah, eu quero que você foda, cara.! é só o que eu quero! e sabe do que mais?
– o quê?
– acho até que gostaria de ver.
– lógico, que dúvida.

Danforth vai ao telefone e disca o número.
– Minnie? é, Dan. vou até aí pra gente foder de novo. Bag? ah, vai junto. ele quer ver. não, ninguém tá bêbado aqui. apenas resolvi encerrar o expediente por hoje. já fizemos tudo o que tinha pra fazer. Com o negócio entre Israel e os árabes, e todas essas guerras na África, ninguém precisa mais se preocupar. Biafra é uma palavra muito bonita, mas, como te disse, a gente está indo pra aí. quero comer o teu cu. essas bochechas gordas que você tem, puta que pariu! sou também capaz de comer o Bag. acho que as bochechas dele são maiores do que as tuas. fica aí quietinha, paixão, que a gente já tá a caminho!

desliga. outro telefone toca. Dan atende.
– vai te foder, seu sacana de merda! até a ponta dos teus mamilos fedem que nem bosta mole de cachorro quando tem vento oeste.

desliga e sorri. vai até Bagley e tira ele do espremedor. trancam a porta do escritório e descem os degraus juntos. quando chegam na calçada. o sol está alto e de boa cara. dá para enxergar pela transparência da saia justa das mulheres. e quase se adivinham os ossos. há morte e podridão por tudo

---

* (eu tenho fartura de nada / e nada é fartura pra mim / tenho as estrelas, / tenho o sol, / tenho o esplendor do mar.)

quanto é lado. estão em Los Angeles, perto da esquina da 7ª Avenida com a Broadway, o cruzamento onde os mortos esnobam os mortos, sem saber por quê. uma brincadeira que qualquer um é capaz de aprender, feito pular corda, dissecar rãs, mijar na caixa de correspondência ou bater punheta no cachorro de estimação. os dois cantam:

> *we got plenty a nuthin,*
> *and nuthin's plenty for we...* *

chegam de braço dado na garagem do subsolo, encontram o Cadillac 69 de Bag, entram no carro, cada um acende um charuto de um dólar, Dan no volante, saem dali, quase atropelam um bêbado que desce a calçada de Pershing Square, viram na direção oeste, rumo a uma pista de alta velocidade, à liberdade, ao Vietnã, ao exército, à foda, às vastas extensões de gramado, estátuas nuas e vinho francês, a Beverly Hills...

Bagley se abaixa e abre a braguilha de Danforth, que continua dirigindo.

espero que deixe um pouco pra mulher dele, pensa Danforth.

é de manhã e não faz muito calor em Los Angeles, ou talvez já seja de tarde. verifica no relógio do painel de instrumentos – os ponteiros marcam 11 e 37, a hora exata em que chega ao orgasmo. aumenta a velocidade do Cadillac. 130km/h. o asfalto desliza no solo como os túmulos dos mortos. liga a tevê do painel, depois pega o telefone e aí se lembra de fechar a braguilha.

– Minnie, eu amo você.

– eu também te amo, Dan – retruca ela. – aquele vagabundo taí contigo?

– tá bem do meu lado. acabou de encher a boca.

– ah, Dan, não *desperdiça*!

ele solta uma gargalhada e desliga. quase batem num crioulo que dirige um carro-socorro. não é negro coisa nenhuma,

---

* (temos fartura de nada / é nada e fartura pra nós...)

um tição e mais nada. não há melhor cidade no mundo pra quem está numa boa, e só uma pior pra quem já dançou – a Grande M.* Danforth aumenta a velocidade para 140. um guarda de moto sorri quando o carro passa feito raio. talvez ligue depois para Bob, de noite. Bob é sempre tão engraçado. os 12 caras que escrevem para ele têm o dom de bolar grandes piadas. e Bob tem a naturalidade de uma bosta de cavalo. incrível.

joga fora o charuto de um dólar, acende outro, aumenta a velocidade do Cadillac para 150, e sai chispando no sol que nem flecha. os negócios e a vida correm às mil maravilhas. e os pneus rodam em cima dos mortos, dos moribundos e dos futuros defuntos.

ZUUUUUMMMMMM!

---

* *Grande M.:* Grande Maçã. Nova York.

3 mulheres

Morávamos, Linda e eu, bem na frente do McArthur Park, e uma noite, enquanto bebíamos, vimos o corpo de um homem cair diante da nossa janela. foi o tipo da visão estranha, até parecia piada, mas quando bateu na calçada já não dava vontade de rir.

– minha nossa! – exclamei – estourou feito tomate podre! a gente não passa de tripas, merda e gosma! chega aqui! vem cá! espia só!

Linda chega na janela, depois corre ao banheiro e vomita. vem de volta. me viro e olho para ela.

– tô te falando, meu bem, ele tá que é uma baita travessa de carne e espaguete estragada, com o terno e a camisa em petição de miséria!

Linda corre lá dentro e despeja tudo de novo.

me sento e tomo meu vinho. dali a pouco se escuta a sirene. mas o que vão precisar mesmo é da Saúde Pública. ah, fodam-se, já bastam os problemas que a gente tem. eu nunca sabia de onde tirar dinheiro para pagar o aluguel e a nossa ressaca diária reforçava a minha falta de disposição para procurar emprego. toda vez que nos preocupávamos, a única solução era foder. ajudava a esquecer um pouco. fodíamos à beça e, para sorte minha, Linda era boa de cama. o hotel inteiro vivia cheio de gente como nós, tomando vinho e fodendo, sem saber o que vinha pela frente. volta e meia alguém saltava pela janela. mas sempre, quando tudo indicava que a gente teria que se contentar em comer a própria merda, o dinheiro surgia, como por encanto, na nossa mão. uma vez, 300 dólares de um tio falecido; outra, a restituição atrasada do imposto de renda. houve ainda uma terceira. estava andando de ônibus e vi, no banco na frente do meu, aquelas moedas de 50 cents. não tenho a menor ideia de como teriam ido parar ali ou de quem poderiam ser. até hoje não encontro explicação. só sei que troquei de lugar e comecei a forrar os bolsos com aquelas pratinhas. quando senti que já estavam cheios, puxei o cordão da campainha e saltei na próxima parada. ninguém reclamou nem tentou impedir. o que quer dizer que, quando a gente é bêbado, tem que ter sorte, e quando não é, também tem que ter.

passávamos boa parte do dia no parque, olhando os patos. quando se fica com a saúde abalada de tanto beber e de não ter comida decente para comer, e já se anda exausto de foder para tentar esquecer, não há nada como patos, podes crer. quero dizer que é preciso sair um pouco de casa, senão você acaba numa fossa danada e não demora está saltando também da janela. nem imagina como é fácil se meter numa dessas. Linda e eu, portanto, sentávamos num banco e olhávamos os patos. os desgraçados não tinham absolutamente nada para se preocupar – sem problemas de aluguel, ou de roupa, e comendo até dizer chega –, passavam o tempo todo deslizando em cima da água, de um lado para outro, cagando e grasnando. mastigando, mastigando, se empanturrando sem parar. volta e meia algum hóspede do hotel pegava um deles de noite, matava o infeliz, levava para o quarto, limpava e cozinhava. a ideia nos seduziu, mas nunca pusemos em prática. de mais a mais, eram difíceis pra burro de pegar; a gente chegava bem perto e SLAAASH!!! se encharcava de alto a baixo e o filho da puta sumia! a maior parte do tempo nos defendíamos com pequenas panquecas de água com farinha ou, de vez em quando, roubando espigas de milho de qualquer quintal – tinha um que era cheio de pés de milho que acho que o dono nem chegava a colher. depois sempre se dava um jeito de afanar alguma coisa da quitanda ao ar livre – aliás, uma banca de legumes instalada diante da mercearia, o que significa um que outro tomate ou um pepino pequeno, mas só roubávamos ninharias, lance de pivete, e se dependia muito da sorte. com os cigarros ficava mais fácil – um passeio à noite –, alguém sempre esquecia a janela do carro aberta e o maço inteiro ou pela metade no porta-luvas. claro que o vinho e o aluguel constituíam os verdadeiros problemas e a gente vivia fodendo, por causa dessa preocupação constante.

e como todo desespero um dia chega ao auge, o nosso finalmente chegou. não sobrou mais vinho, nem sorte, nem nada. não havia mais crédito com a dona do hotel ou na loja que nos vendia bebida fiado. resolvi botar o despertador para as 5 e meia e ir procurar emprego no Mercado de Trabalho Rural. mas até o relógio se rebelou contra nós. tinha estragado e inventei de consertar. uma mola estava quebrada e a única maneira de fazê-la funcionar de novo era cortando um pedacinho, encaixar outra vez no lugar, blindar a tampa do mecanismo e dar corda. agora, se você quiser saber qual é o efeito de uma mola mais curta num despertador ou, acho eu, em qualquer tipo de relógio, eu digo. quanto menor ela for, mais rápido hão de girar os ponteiros dos minutos e das horas. garanto como aquele relógio tinha que ser meio doido, e quando a gente se cansava de foder para esquecer as preocupações, ficava-se olhando para ele e tentando adivinhar que horas *de fato* seriam. dava para enxergar o ponteiro dos minutos se mexendo – sempre ríamos por causa disso.

um dia então – levamos uma semana para descobrir – constatou-se que o relógio marcava *30* para cada 12 horas *de verdade*. e que também tinha de se dar corda 2 ou 3 vezes por dia, senão ele parava. volta e meia a gente acordava, olhava para o despertador e ficava imaginando que horas seriam.

– ah, que droga, meu bem – exclamava –, não dá pra calcular? o relógio anda 2 vezes e meia mais depressa do que devia. é simples.

– sim, mas que horas estava marcando quando botamos pra despertar? – retrucava ela.

– pô, como é que vou saber? eu tava bêbado.

– bom, mas se você não der corda, ele vai parar.

eu dava, depois a gente fodia.

de maneira que, na manhã em que resolvi ir procurar emprego no Mercado de Trabalho Rural, não houve jeito de botar o relógio para despertar. arranjamos uma garrafa de vinho num lugar qualquer e fomos bebendo aos poucos. eu olhava para o tal relógio, sem saber que horas eram e, de medo de não acordar bem cedo, fiquei simplesmente deitado na cama e passei a noite inteira em claro. depois levantei, me vesti e fui a pé à rua San Pedro. parecia que todo mundo estava ali parado, esperando. havia uma porção de tomates no peitoril das janelas. peguei 2 ou 3 e comi. vi um vasto quadro negro: PRECISAM-SE DE COLHEDORES DE ALGODÃO EM BAKERSFIELD. COM DIREITO A REFEIÇÃO E ALOJAMENTO. que diabo de história seria essa? *algodão* em Bakersfield, Califórnia? eu pensava que o Eli Whitney e o gin tirado do algodão tinham acabado com aquilo. aí surgiu um caminhão enorme e ficou-se sabendo que precisavam era de colhedores de tomates. ora, que bosta, não gostei nada da ideia de deixar Linda assim, completamente sozinha naquela cama, de uma hora para outra. ela jamais se resignaria muito tempo com uma situação dessas. mas resolvi tentar. todo mundo se pôs a subir no caminhão. esperei, como perfeito cavalheiro, que as mulheres entrassem primeiro. algumas eram gordíssimas. depois que não sobrou mais ninguém, me dispus também a subir. um volumoso mexicano, sem dúvida o capataz, começou a fechar a parte traseira – "desculpe, señor, lotado!" o caminhão arrancou e fiquei plantado ali mesmo.

a essa altura eram quase 9 horas. e a caminhada de volta ao hotel demorava uma hora. passei por toda aquela gente bem vestida e com cara de idiota e por pouco não fui atropelado por um sujeito furioso que dirigia um Cadillac preto. sei lá por que estaria furioso. por causa do tempo, talvez. fazia um calor de rachar. quando cheguei ao hotel, tive que subir pela escada porque o elevador ficava bem do lado da porta da proprietária e ela vivia fuçando por ali, polindo metais, ou pura e simplesmente bisbilhotando a vida alheia.

nosso quarto era no sexto andar e, antes de entrar, escutei risadas lá dentro. aquela sirigaita da Linda nem tinha esperado a cama esfriar para entrar em ação. muito bem. ia dar umas boas palmadas na bunda dela e do parceiro. abri a porta.

e vi Linda com Jeanie e Eve.

– paixãozinha! – exclamou Linda, correndo ao meu encontro.

estava toda vestida e de salto alto. meteu bem a língua na minha boca quando beijamos.

– Jeanie acaba de receber o primeiro cheque do seguro-desemprego e Eve ganhou a subvenção! estamos festejando!

havia muito vinho do Porto. entrei, tomei banho e depois saí só de short. sempre gosto de exibir minhas pernas. são as pernas mais impressionantes de homem que já vi. o resto que eu tenho para oferecer não é lá essas coisas. sentei com o meu short rasgado e estiquei as pernas em cima da mesinha de centro.

– pô! espia só que pernonas! – exclamou Jeanie.

– é mesmo – concordou Eve.

Linda sorriu. me serviram de vinho.

vocês sabem como são essas coisas. bebemos e conversamos, e vice-versa. as garotas saíram para buscar mais garrafas. e toca a bater papo. os ponteiros do relógio iam girando sem parar. não demorou muito, escureceu. já estava bebendo sozinho, sempre de short rasgado. Jeanie tinha ido lá para o quarto, onde caiu chumbada na cama. Eve apagou no sofá e Linda num outro, menor e de couro, que ficava no corredor que levava ao banheiro. eu continuava sem entender o tal mexicano fechando a parte traseira do caminhão na minha cara.

fui ao banheiro e deitei na cama com Jeanie. era gorda e estava nua. comecei a beijar os seios, chupando-lhe os mamilos.

– ei, o que é que você tá fazendo?

– fazendo? eu vou te foder!

enfiei o dedo na buceta e mexi para frente e pra trás.

– eu vou te foder!

– não! a Linda me mata!

– ela nem fica sabendo!

fui por cima e aí, bem DEVAGAR, SEM PRESSA E SEM FAZER BARULHO, cuidando para as molas não estalarem, meti e tirei, meti e tirei, O MAIS LENTAMENTE POSSÍVEL, e, quando gozei, cheguei a pensar que nunca mais ia parar. foi das melhores fodas da minha vida. e enquanto me limpava no lençol me veio uma ideia – era bem provável que há séculos a humanidade não andasse fodendo direito.

aí saí de novo do quarto, sentei no escuro e bebi um pouco mais. não lembro quanto tempo fiquei ali parado. mas bebi um bocado. depois procurei Eve. Eve, a da subvenção. também era gorda, meio enrugada, mas dona de uns lábios sensualíssimos. obscenos, horrendos, mas sensualíssimos. comecei a beijar aquela boca horrível e linda. não ofereceu a menor resistência. abriu as pernas e eu entrei. parecia uma porquinha, peidando, resmungando, fungando, e se contorcendo toda. quando gozei não foi igual à trepada com Jeanie – um orgasmo longo e trêmulo – foi só ploft, ploft e mais nada. Saí de cima dela e, antes que pudesse chegar de novo na minha poltrona, recomeçou a roncar. assombroso – fodia com a mesma naturalidade com que respirava – como se não fosse nada. nenhuma mulher fode do mesmo jeito que a outra, e é isso que mantém o interesse do homem, contribuindo para ele cair na armadilha.

me sentei e bebi mais um pouco, pensando no filho da puta que controlava a parte traseira e tinha feito aquilo comigo. não vale a pena ser educado. aí me lembrei da subvenção. será que um homem e uma mulher, não casados, recebem também o benefício? claro que não. deixariam os dois morrendo de fome. e amor, pensando bem, não passa de uma espécie de palavrão. mas tinha qualquer coisa a ver com o que existia entre Linda e eu – amor. era por isso que a gente sofria privações lado a lado, e bebia e morava junto. o que significava o casamento? apenas uma FODA santificada e toda FODA santificada, sempre, em última análise, acaba, infalivelmente, ficando CHATA, se transformando em OBRIGAÇÃO. mas é isso mesmo que o mundo quer: algum pobre filho da puta, encurralado e infeliz, com uma obrigação a cumprir. ora, que merda, era melhor me mudar para a parte mais pobre da cidade e Linda passar a morar com o Big Eddie. Big Eddie podia ser idiota, mas pelo menos lhe compraria roupas e lhe poria alguns bifes no estômago; bem mais do que eu estava em condições de fazer.

Bukowski Pernas de Elefante, o fracasso social.

liquidei com a garrafa e cheguei à conclusão que precisava dormir um pouco. dei corda no despertador e me deitei ao lado de Linda. ela acordou e começou a se roçar em mim.

– ah porra, que coisa – disse. – não sei o que tenho!

– que foi, meu bem? tá se sentindo mal? quer que ligue pro Hospital de Clínicas?

– claro que não, pô, estou só com TESÃO! com TESÃO! ai que TESÃO!

– como é que você disse?!

– eu disse que estou queimando de tesão! ME FODE!

– Linda...

– sim? o quê?

– eu estou morto. faz 2 noites que não durmo. aquela longa caminhada de ida e volta ao Mercado de Trabalho, 32 quarteirões sob um sol de rachar... e no fim, tudo pra nada. perdi a boca. tô cansado pra caralho.

– vou te AJUDAR!

– como?

foi se agachando até a metade do sofá e começou a lamber o pênis. gemi de exaustão.

– meu bem, 32 quarteirões sob um solão de rachar... tô inutilizado.

não desistiu. tinha uma língua de lixa e sabia o que fazer com ela.

– meu bem – repeti –, sou uma nulidade social! não mereço você! para, pelo amor de Deus!

como já disse, ela entendia do assunto. algumas têm jeito, outras não têm. a maioria é tradicional, só sabe ficar na glande. Linda começava pelo pênis, soltava, descia para os bagos, aí largava, voltava de novo para o pênis, que nem picolé, numa demonstração de vitalidade tremenda, SEMPRE DEIXANDO A CABEÇA POR ÚLTIMO. SEM TOCAR NELA. por fim só me faltava subir pelas paredes de tanto gemer, pregando tudo quanto era espécie de lorota sobre o que faria com ela quando, finalmente, sentasse o rabo num emprego decente e parasse de vadiar.

aí ela veio, pegou a cabeça, enfiou a terça parte da pica na boca, mordeu de leve na base, com presas de lobo, e gozei outra vez – completando 4 orgasmos numa só noite e me deixando totalmente arrasado. tem mulheres com mais recursos que a medicina.

quando acordei, todas as 3 já estavam de pé e vestidas – e com ótima disposição –, Linda, Jeanie e Eve. me cutucaram sob as cobertas, rindo às gargalhadas.

– ei, Hank! nós vamos lá embaixo, à procura de um lugar bem animado! precisamos de um trago pra abrir os olhos! passa no Tommi-Hi's que a gente te espera!

– tá certo, legal, tchau!

e saíram rebolando porta afora.

a humanidade em peso está perdida.

mal peguei no sono, o ramal tocou.

– que é?

– Mr. Bukowski?

– que é?

– eu vi aquelas tipas! saíram daí do seu quarto!

– como que a senhora sabe? o hotel tem 8 andares, cada um com 10 ou 12 quartos.

– conheço todo mundo que mora aqui, Mr. Bukowski! as pessoas que se hospedam no meu hotel são trabalhadoras e de respeito!

– é?

– é, sim, Mr. Bukowski. faz 20 anos que cuido deste lugar e nunca, jamais, vi coisa parecida com o que acontece aí no seu quarto! aqui só se hospeda gente respeitável, Mr. Bukowski.

– sim, tão respeitável que de vez em quando um filho da puta qualquer sobe lá no telhado e se joga de ponta-cabeça no cimento da entrada, entre aqueles seus vasos de planta artificial.

– lhe dou até o meio-dia pra dar o fora daqui, Mr. Bukowski!

– que horas já são?

– oito.

– obrigado.

desliguei. achei um alka-seltzer. tomei num copo sujo. depois descobri um resto de vinho. abri as cortinas e olhei o sol. que mundo de merda, sem novidades e ainda por cima detesto a pobreza. gosto de peças pequenas, com espaço suficiente para uma briguinha. uma mulher. um drinque. mas nada de emprego fixo. não dá para juntar uma coisa com a outra. não sou tão esperto assim. me lembrei de saltar da janela, mas me faltou a coragem. me vesti e fui ao Tommi-Hi's. as garotas estavam rindo com dois caras, bem nos fundos do bar. Marty, que atendia no balcão, me conhecia. fiz sinal de que não queria nada. não tinha grana. fiquei lá sentado.

vi uísque com água de repente na minha frente. com um bilhete.

"te encontra comigo no Hotel Roach*, quarto 12, à meia-noite. farei a reserva pra nós. beijos, Linda."

tomei a bebida, deixei a costa livre para ela e à meia-noite tentei o Hotel Roach.

---

* *Roach:* barata

– nada feito – disse o cara da portaria. – não tem nenhum quarto 12 reservado para qualquer Bukowski.

voltei uma hora depois. tinha passado o dia inteiro sentado no parque, a noite também. a mesma coisa.

– nenhum quarto 12 reservado pro senhor.

– não tem nenhum outro, reservado em meu nome ou no de Linda Bryan?

verificou nos livros.

– nada, meu senhor.

posso dar uma espiada no 12?

– não tem ninguém lá, meu senhor. eu já disse.

– estou apaixonado, cara. me desculpa. por favor, me deixa ir dar uma espiada!

me lançou um daqueles olhares que a gente costuma reservar aos imbecis de pai e mãe, e me jogou a chave da porta.

– se não voltar dentro de 5 minutos, vai ter.

abri a porta, acendi as luzes.

– Linda!

as baratas, enxergando a luz, saíram todas correndo para baixo do papel da parede. eram milhares. quando apaguei a luz de novo, dava para ouvir o barulho da correria. o próprio papel de parede parecia uma enorme casca de barata.

peguei o elevador e desci até a portaria.

– obrigado – disse –, você tinha razão. não tem ninguém lá no 12.

pela primeira vez o tom da voz dele teve qualquer coisa de amável:

– sinto muito, cara.

– obrigado – repeti.

quando me vi do lado de fora do hotel, virei à esquerda, que dá para o leste, a parte mais pobre da cidade, e enquanto os meus pés me arrastavam vagarosamente para lá, pensei: por que será que as pessoas mentem? agora não me faço mais essa pergunta, porém não esqueci e, quando alguém mente, sinto quase na mesma hora, mas ainda assim não adquiri a sabedoria daquele cara da portaria do hotel das baratas, que sabia que a mentira está espalhada por toda parte, ou das pessoas que mergulhavam diante da minha janela, enquanto bebia vinho do Porto nas tardes quentes de Los Angeles, bem na frente do Park McArthur, onde continuam caçando, matando e comendo patos. e pessoas.

    o hotel ainda existe. e o nosso quarto também. se um dia quiser aparecer por aqui, posso mostrar a você. mas com que propósito, não é mesmo? digamos apenas que uma noite fodi, ou fui fodido por 3 mulheres. acho que basta como história.

3 galinhas

Vicki até que era legal. mas tínhamos os nossos problemas. íamos de vinho. do Porto. quando ficava no porre e desandava a falar, inventava as coisas mais sórdidas, inconcebíveis, a meu respeito. e aquele tom de voz: vulgar, sibilando os esses, áspera, irritante. enlouquecia qualquer um. como terminou me enlouquecendo.

certa vez se pôs a berrar tudo quanto era maluquice lá da cama de armar no nosso apartamento. implorei para que se calasse. não quis nem por nada. finalmente me limitei a chegar perto, levantar a cama com ela em cima e fechar tudo na parede do armário.

depois voltei para onde estava, sentei e fiquei escutando os berros.

mas não parava mais e então fui até lá de novo e tornei a retirar a cama do armário. ela estava segurando um dos braços, alegando que teria ficado quebrado.

– não pode ter ficado – protestei.

– ficou, ficou sim. ah, seu punheteiro sacana nojento, você me quebrou o braço!

tomei mais uns tragos, e ela sem tirar a mão do braço, se lamuriando sem parar. por fim achei que não dava mais para aguentar e, avisando que não ia demorar, desci ao andar térreo, saí e encontrei uma pilha de caixotes velhos atrás de uma mercearia. escolhi umas ripas bem resistentes, arranquei do caixote, tirei os pregos, entrei de novo no elevador e voltei para o apartamento.

só precisei usar quatro. prendi em torno do braço com as tiras de um vestido dela. se acalmou por umas 2 horas. depois recomeçou. ficou simplesmente insuportável. então chamei um táxi. seguimos para o Hospital das Clínicas. mal o táxi foi embora, tirei as ripas e joguei tudo fora. aí bateram uma radiografia do PEITO e engessaram o braço. vê se é possível! no mínimo se tivesse fraturado o crânio, tirariam radiografia do rabo.

seja lá como for, depois disso, quando sentava num bar, ela dizia:

– sou a única mulher que ficou fechada na parede com uma cama de armar.

e nem DISSO eu tinha muita certeza, mas deixei que continuasse dizendo.

agora, numa outra ocasião, me incomodou tanto que tive que esbofeteá-la, mas foi na boca e quebrou-lhe a dentadura postiça.

levei um susto quando vi os dentes partidos. saí para comprar cola de cimento especial e consertei a dentadura para ela. resistiu durante algum tempo e, de repente, uma noite, estava lá sentada, tomando seu vinho e, quando viu, a boca se encheu toda de dentes quebrados.

o tal vinho era tão forte que acabou com a cola. uma coisa repugnante. tivemos que conseguir dentadura nova para ela. não me lembro mais que jeito a gente deu, mas ela afirmava que a dentadura nova a deixou com cara de cavalo.

quase sempre discutíamos depois de beber bastante, e Vicki sempre alegou que eu me comportava com muita mesquinhez quando me embriagava, mas acho que a mesquinhez era dela. seja lá como for, a certa altura da discussão se levantava, batia a porta com toda a força e saía correndo à procura de um bar. "de um bem animado", como diziam as garotas na época.

sempre me dava uma sensação muito ruim quando ela saía. sou forçado a reconhecer. às vezes só voltava depois de 2 ou 3 dias. e noites. não era uma atitude lá muito simpática da parte dela.

uma vez saiu correndo e me deixou ali sentado, tomando vinho, pensando no assunto. depois levantei, consegui localizar o elevador e também desci até a rua. fui encontrá-la no seu bar predileto. estava lá sentada, com uma espécie de echarpe roxa na mão. nunca tinha visto a tal echarpe antes. fingiu que não me conhecia. me aproximei e disse bem alto:

– tentei te transformar numa mulher decente, mas você não passa de uma piranha muito ordinária, porra! o bar estava cheio de gente. com todos os lugares tomados. levantei o braço. e apliquei a bolacha. o dorso da minha mão derrubou a infeliz daquele banquinho de merda. caiu no chão e abriu o berreiro.

isso aconteceu bem nos fundos do bar. nem sequer me virei para olhar de novo para ela. atravessei o salão e, quando cheguei na porta da rua, me virei de frente para todo mundo. um silêncio de morte.

– agora – desafiei –, se aqui tem alguém que não GOSTOU do que eu disse, é só FALAR...

um silêncio maior do que a morte.

dei as costas e saí pela porta. assim que cheguei na calçada, veio lá de dentro um murmúrio e um zunzum que não acabava mais.

CALHORDAS! não tinha ninguém que fosse homem no meio daquela cambada!

mas ela, é lógico, voltou. e, bem, continuando com a história, nessa noite recente a que já me referi, estávamos lá sentados tomando vinho quando de repente Vicki recomeçou com a mesma ladainha de sempre.

– VOU DAR O FORA DESTE BURACO DE MERDA! esbravejei. – PORRA, NÃO DÁ MAIS PRA AGUENTAR OS TEUS DESAFOROS!

ela saltou feito gata para a frente da porta.

– só se passar por cima do meu cadáver. é o único jeito que tem de sair daqui!

– tá legal, foi você que pediu.

dei-lhe uma bofetada que derrubou-a no chão, diante da porta. tive que empurrar o corpo para poder passar.

entrei no elevador e desci. me sentindo bastante bem. uma viagenzinha lampeira, passando por 4 andares até chegar ao andar térreo. o elevador era uma espécie de gaiola, uma engenhoca com cheiro de meia velha, luvas antigas, enxergões imprestáveis para tirar pó, mas transmitia uma sensação de segurança e poder – não sei como – e o vinho girava pelo meu corpo todo.

mas de repente me vi em plena rua e mudei de ideia. fui até a loja de bebidas. comprei mais 4 garrafas de vinho, voltei para onde morava e subi de novo pelo elevador. com a mesma sensação de segurança e poder. entrei no apartamento. Vicki, sentada numa poltrona, chorava.

– voltei pra você, sua queridinha de sorte – falei.

– miserável, você me bateu. VOCÊ ME BATEU!

– humhum – confirmei, abrindo uma nova garrafa –, e é só continuar com besteira que bato outra vez.

– ÉÉÉ! – esbravejou – EM MIM VOCÊ BATE, MAS NÃO TEM PEITO PRA BATER NUM HOMEM DE VERDADE!

– CLARO QUE NÃO, PÔ! – revidei – PRA QUE QUE EU IA BATER? PENSA QUE SOU LOUCO? O QUE É QUE O CU TEM A VER COM AS CALÇAS?

Isso serenou um pouco os ânimos. ficamos algum tempo sentados. emborcando copos e mais copos comuns, cheios de vinho. do Porto.

aí recomeçaram de novo os insultos, alegando, principalmente, que eu me masturbava enquanto ela dormia.

ora, mesmo que fosse verdade, ela não tinha nada que ver. e, se não fosse, então estava louca DE ATAR. alegou que eu me masturbava no banho, no armário embutido, no elevador, em tudo quanto era lugar.

cada vez que me levantava da banheira, ela vinha correndo.

– olha ali! PENSA QUE NÃO ESTOU VENDO? ESPIA SÓ!

– sua doida maluca, é apenas uma sujeirinha boiando.

– não, isso aí é PORRA! é PORRA!

ou então entrava feito bala, enquanto eu passava água nas axilas ou no meio das pernas, e gritava:

– tá vendo, tá vendo, TÁ VENDO?! você tá BATENDO!

– batendo O QUÊ? será que não posso mais lavar os BAGOS? isto aqui são MEUS bagos, porra! será que um cara nem pode lavar mais os próprios bagos?

– que negócio é aquele meio duro ali embaixo?

– é o dedo indicador da mão esquerda. agora DÁ O FORA DAQUI, SUA CHATA!!!

ou na cama, eu no bom do sono e, de repente, aquela mão me agarrando no saco, nos ovos, vou te contar, eu no bom do sono, no meio da noite, com aquelas UNHAS!

– AH HA! TE PEGUEI! TE PEGUEI!

– sua doida maluca, a próxima vez que você fizer isso EU JURO QUE TE MATO!

– TE PEGUEI, TE PEGUEI, TE PEGUEI!

– pelo amor de Deus, vai dormir...

então, como ia dizendo, naquela noite ela simplesmente se parou ali sentada, vociferando acusações de que eu vivia me masturbando. eu, também sentado, continuei a tomar o meu vinho, sem negar coisa alguma. isso foi deixando Vicki irritada. cada vez mais.

e mais.

finalmente, até ela não suportou mais toda aquela conversa sobre a minha masturbação, quero dizer, sobre a minha SUPOSTA masturbação. e eu ali sentado, sorrindo, sem dizer nada. de repente deu um salto e saiu correndo do quarto.

não fiz o menor gesto para impedir. fiquei ali sentado, tomando o meu vinho. do Porto.

a mesma história de sempre.

pensei bem no caso. hum, hum, bem.

aí, sem nenhuma pressa, me levantei, entrei no elevador e desci. com a mesma velha sensação de poder. não sentia raiva. estava calmíssimo. aquela briga não era novidade.

saí caminhando pela rua, mas não fui ao bar predileto de Vicki. para que repetir a mesma cena? você não passa de uma piranha; tentei te transformar numa mulher decente. saco. é só o cara não se cuidar que daqui a pouco já está dando vexame. pedi uma bebida, tomei um gole, pousei o copo no balcão e então enxerguei. ela. Vicki. na extremidade oposta do bar. por algum motivo qualquer, parecia que estava morta de medo.

mas não arredei pé do meu canto. olhei com a maior naturalidade para ela, como se nem conhecesse.

aí então reparei numa coisa a meu lado, com uma daquelas peles de raposa que se usavam antigamente. o focinho da raposa morta pendia sobre o seio, apontando para mim. o que estava apontando para mim era o seio.

– a tua raposa tá com cara de quem precisa de um trago, queridinha – falei.

– tá morta; não precisa de trago nenhum. quem precisa sou eu. senão morro.

ora, um cara legal como eu. quem sou eu para andar matando gente por aí? paguei bebida para ela. o nome, me disse, era Margy. eu disse que o meu era Thomas Nightengale, vendedor de calçados. Margy. todas aquelas mulheres com nomes, bebendo, pregando lorota, e todo mês de paquete. fodendo com homens. ficando encerradas em camas de armar na parede. era dose.

tomamos mais 2 drinques e lá estava ela, já com a mão metida na bolsa, para mostrar a foto dos filhos, um pirralho medonho com cara de doido e uma garota sem cabelo nenhum, moravam num lugar sem graça em Ohio, tinham ficado com o pai, uma besta quadrada, que só sabia ganhar dinheiro, sem um pingo de senso de humor, ou sensibilidade. ah, um dos TAIS? e trouxe pra casa aquelas mulheres e trepou com todas na frente dela, e com a luz acesa, ainda por cima.

– sim, sei, sei – disse eu. – é, lógico, os homens, a grande maioria, não passam de bestas. simplesmente não têm capacidade pra compreender. e você é TÃO queridinha, que diabo, não tá direito.

propus que fôssemos para outro bar. o rabo de Vicki estava abanando e ela era mestiça com índio.

saímos e ela ficou por lá mesmo, fomos até a esquina. tomamos um drinque ali.

aí convidei-a para ir ao apartamento. para comer. quero dizer, para cozinhar, preparar, fritar qualquer coisa.

não falei nada a respeito de Vicki, naturalmente. mas Vicki vivia se gabando dos seus malditos frangos assados. talvez fosse porque se pareciam com ela. uma galinha assada com dentes de cavalo.

por isso sugeri que se comprasse um frango, para assar e passar nele um pouco de uísque. nem titubeou.

portanto. loja de bebidas. meio litro de uísque. cinco ou seis garrafas de cerveja.

encontramos um supermercado que ficava aberto a noite inteira. tinha até açougue.

– queremos uma galinha pra assar – expliquei.
– ah, meu Deus – exclamou o açougueiro.

deixei cair uma das garrafas de cerveja. explodiu que deu gosto.

– ah, meu Deus – exclamou.

deixei cair outra, só para ver o que ele ia dizer.

– ah, céus – exclamou.
– quero TRÊS GALINHAS – acrescentei.
– TRÊS?!
– ah, meu deus, ah céus, sim – respondi.

o açougueiro estendeu a mão e pegou 3 galinhas bem branco-amareladas, com uns pelos pretos compridos que não haviam sido arrancados e que nelas pareciam cabelos humanos. enrolou todas as 3 num papel forte, rosado, e fez um pacote simplesmente imenso, preso com uma fita adesiva incapaz de rebentar. paguei e saímos de lá.

no caminho deixei cair mais 2 garrafas de cerveja no chão.

subi no elevador com a sensação que o meu poder ia aumentando. quando já estávamos dentro do apartamento, levantei a saia de Margy para ver o que prendia as meias no alto das coxas. depois passei-lhe o dedo do meio da mão direita pelo rego da bunda. ela deu um grito e o imenso pacote cor-de-rosa caiu em cima do tapete, abrindo e esparramando tudo pelo chão. aquelas 3 galinhas, bem branco-amareladas, com seus 29 ou 30 cabelos humanos pegajosos, retorcidos, assassinados, grudados nelas. pareciam estranhíssimas ali, boquiabertas naquele tapete surrado, com flores, árvores e dragões chineses, em cores amarelas e pardas, sob a luz elétrica de Los Angeles no fim do mundo, perto da esquina da rua 6 com a Union.

– ooh, as galinhas.

– que se fodam.

a cinta da liga dela estava suja. simplesmente perfeito. passei-lhe o dedo pelo rego outra vez.

ah, que droga. então sentei e abri a garrafa de uísque. enchi 2 copos comuns até a borda, tirei os sapatos, as meias, as calças, a camisa e peguei um dos cigarros dela. fiquei sentado só de cueca. sempre faço assim, logo de saída. gosto de me sentir à vontade. se a fulana achar ruim, foda-se. porta da rua, serventia da casa. mas elas nunca vão embora. deve ser por causa do meu jeito. tem umas que dizem que podia ser rei. outras falam coisas bem diferentes. fodam-se.

tomou quase toda a bebida e se levantou para apanhar a bolsa.

– tenho 2 filhos em Ohio. são crianças lindas...

– deixa pra lá. já passamos por essa fase. me diz uma coisa, você chupa pica?

– como assim?

– AH, SACO! – espatifei o copo contra a parede.

depois peguei outro, enchi e bebemos mais um pouco.

não sei quanto tempo a gente ficou no uísque, mas deve ter sido bastante porque quando vi estava deitado, completamente nu, em cima da cama. olhava fixamente para a lâmpada acesa no teto e Margy, de joelhos e também nua, esfregava o meu pênis bem rápido com a tal pele de raposa. e a todas essas repetia sem parar:

– vou te foder, vou te foder...

– escuta aqui – interrompi. – eu não sei se vai dar pra você me foder. bati uma punheta no elevador no início da noite. acho que deviam ser umas 8 horas.

– seja lá como for, eu vou te foder.

e acelerou de fato a tal pele de raposa. até que não era nada mau. talvez pudesse conseguir uma para mim. certa vez conheci um cara que botava fígado cru dentro de um copo grande e fodia aquilo. quanto a mim, nunca gostei de meter o meu troço dentro de qualquer coisa capaz de quebrar ou cortar. imagina a gente procurando um médico com o pau sangrando todo e tendo que explicar que ele se cortou enquanto fodia um copo. um dia eu andava vagabundeando numa cidadezinha do Texas e vi uma fulana, bem moça, corpo bacana, devia ser uma trepada fantástica, casada com um velho baixo e encarquilhado, sempre de mau humor e com uma espécie de doença que deixava ele tremendo dos pés à cabeça. a garota aguentava tudo e ainda tinha que empurrá-lo, para cima e para baixo. numa cadeira de rodas. e eu ficava pensando como é que ele fazia quando chegava a hora de papar toda aquela carne gostosa. até dava para ver o quadro, sabe, e aí, de repente, me contaram como era a história. quando ainda estava na adolescência, tinha enfiado uma garrafa de Coca na vagina, depois simplesmente não conseguiu mais tirar e teve que procurar o médico. aí ele resolveu o problema e, não sei como, todo mundo soube. depois disso não houve mais salvação para ela na tal cidadezinha e ela não teve cabeça para dar o fora de lá. ninguém mais quis a garota pra nada, a não ser aquele anão mal-humorado, cheio de tremeliques. estava pouco ligando
– a melhor foda local era a dele.

onde é que eu parei? ah, sim.

a pele de raposa foi acelerando cada vez mais e já estava, enfim, obtendo bons resultados quando, de repente, ouço o barulho de uma chave na porta. ah, merda, no mínimo Vicki!

ora, é simples, pensei. dou-lhe um bom pontapé na bunda e continuo a tratar da minha vida.

a porta se abriu e lá estava Vicki, com 2 policiais parados atrás dela.

– TIREM ESSA MULHER DAQUI DE DENTRO DA MINHA CASA! – berrou.

POLÍCIA! mal pude acreditar. cobri com o lençol o meu palpitante, sedento, gigantesco órgão sexual e fingi que dormia. dava impressão que tinha um pepino escondido ali embaixo.

Margy já estava respondendo aos berros também:

– pensa que não te conheço, Vicki? isto aqui não é tua casa porra nenhuma! este cara GANHA a vida te lambendo os pentelhos do cu! te deixa nas nuvens, se acabando em código Morse, com essa língua de lixa que tem, e você não passa de uma grandessíssima PUTA, uma verdadeira piranha que não se envergonha de cobrar 2 dólares pra comer bosta. e QUE andava por aí com o Franky Delano Roosevelt quando você já tinha 48 ANOS NA ÉPOCA!

ouvindo isso, o meu pepino murchou. as duas já deviam andar pelos 80. cada uma, bem entendido, porque juntas no mínimo poderiam ter chupado o Abrahão Lincoln. ou qualquer coisa no gênero. o general Robert E. Lee, Patrick Henry. Mozart. o dr. Samuel Johnson. Robespierre. Napoleão. quem sabe até Maquiavel? o vinho preserva. Deus perdura. e as putas, ali, oh, firmes, sempre caindo de boca.

e Vicki, sem deixar a peteca cair, aos gritos:

– QUEM QUE É PUTA? QUEM QUE É PIRANHA, HÃ? VOCÊ É QUE É! MAIS NINGUÉM! HÁ 30 ANOS QUE VEM VENDENDO ESSA TABACA FEDIDA DE GONORREIA PRA CIMA E PRA BAIXO AÍ NA RUA ALVARADO!

ATÉ UM RATO CEGO TERIA QUE RECUAR 4 VEZES DEPOIS DE ENTRAR NELA! E QUANDO TEM SORTE DE CONSEGUIR QUE O CARA GOZE, COMEÇA A BERRAR "BOA! BOA!" COISA QUE *NÃO* SE USA MAIS DESDE QUE CONFÚCIO FODIA A MÃE DELE!

– ORA, SUA CADELA ORDINÁRIA. VOCÊ JÁ PASSOU MAIS DOENÇAS VENÉREAS QUE UMA SURUBA NA ZONA. ORA SUA...

– olha aqui, minhas senhoras – interrompeu um dos guardas. – vou ter que pedir pra cuidar com o que dizem e baixar o volume. a compreensão e a amabilidade são os princípios fundamentais do ideal democrático. ah, eu simplesmente ADORO a maneira do Bobby Kennedy usar aquela deliciosa, gostosa, franja de cabelo tão sexy do lado daquela testa que é um amor, vocês não concordam?

– ah, seu veado, vai te foder – retrucou Margy –, é por isso que vocês andam com a calça tão justa, pra deixar o rabinho mais doce? deus do céu, FICA BEM mesmo! até me dá água na boca. quando vejo vocês, seus merdinhas, curvados para dentro da janela dos carros, multando na estrada, sempre sinto cócega nos dedos, de vontade de beliscar a bundinha apertada que vocês têm.

de repente surgiu um clarão no olhar mortiço do guarda. desprendeu do cinto o porrete e bateu de leve na nuca de Margy. ela rolou no chão.

depois passou-lhe as algemas nos pulsos. dava para ouvir os estalos. os cretinos SEMPRE fechavam apertado demais. mas se sentiam quase BEM quando já se estava preso naquilo, com uma espécie de poder e de domínio, e a gente pensava que era Cristo ou qualquer coisa dramática no estilo.

não abri os olhos e por isso não vi se jogaram o roupão ou coisa que o valha para ela se cobrir.

aí então o guarda das algemas falou para o outro:

– eu levo ela no elevador. a gente vai de elevador.

e não dava para ouvir direito, mas fiquei prestando atenção enquanto desciam e escutei os gritos de Margy.

– aiiiii, aiiiiiiii, seu desgraçado. me solta, me larga! – e ele repetindo, sem parar:

– cala a boca, fecha esse bico! cala a boca, fecha esse bico! você tá recebendo só o que merece! e ainda nem viu NADA! isto... é apenas... o começo!

aí mesmo é que ela gritou de verdade.

depois o outro guarda chegou perto de mim. franzindo de leve o olho, vi quando colocou aquele baita sapato preto reluzente em cima do colchão, sobre o lençol.

me olhou lá de cima.

– será que este cara é puto? jeito ele tem, quanto a isso não resta a menor dúvida, porra.

– ACHO que ele não é. pode ser que seja. mas foder a gente direito, posso garantir que ele sabe.

– você quer que eu prenda ele? – perguntou para Vicki.

continuei com os olhos fechados. foi uma longa espera. deus do céu, se foi. aquele baita pé ali em cima do meu lençol. a luz forte da lâmpada no teto.

aí ela respondeu. afinal.

– não, ele é... até que é legal. deixa aí mesmo.

o guarda tirou o pé. ouvi os passos dele atravessando o quarto, depois esperou na porta. falou com Vicki.

– vou ter que cobrar mais 5 paus pela tua proteção no mês que vem. tu tá ficando cada vez mais difícil de cuidar.

e então se foi. quero dizer, saiu pelo corredor. esperei que entrasse no elevador. fiquei ouvindo ele descer até chegar no térreo. contei até 64. aí, SALTEI FORA DA CAMA.

minhas narinas palpitavam que nem o Gregory Peck quando está com tesão.

– SUA CADELA DE BOSTA! EXPERIMENTA FAZER ISSO DE NOVO, QUE EU TE MATO!

– NÃO, NÃO, NÃO!!!!!

levantei a mão para lhe aplicar a velha chapuletada.

– EU PEDI PRA ELE NÃO TE PRENDER! – lembrou, aos gritos.

– hummm. é mesmo. vou ter que levar isso em conta.

103

baixei a mão.

aí havia um pouco de uísque sobrando e de vinho também. me levantei e passei a corrente na porta.

apagamos as luzes e ficamos ali sentados, bebendo, fumando e conversando sobre uma porção de coisas. sobre isso e aquilo. com calma e naturalidade. então, como nos bons tempos, olhamos para o cavalo vermelho que sempre voava no letreiro em néon da parte lateral de um prédio na direção do centro da cidade, do lado leste. passava a noite inteira voando na parede do tal prédio. acontecesse o que acontecesse. sabe como é, uma espécie de cavalo vermelho, com asas da mesma cor, em néon. mas eu já disse isso. um cavalo alado. seja lá como for. como sempre, contamos: 1, 2, 3, 4, 5, 6, 7. as asas sempre batiam 7 vezes. aí o cavalo, tudo, parava. depois recomeçava de novo. todo o apartamento ficava iluminado por aquele clarão vermelho. de repente, quando o cavalo interrompia o voo, as coisas, não sei como, clareavam feito relâmpago não sei por quê. acho que era por causa de um anúncio luminoso embaixo do tal cavalo. dizia, um produto qualquer, compre isso ou aquilo, com aquela BRANCURA toda. bom, seja lá como for.

ficamos ali sentados, conversando, bebendo e fumando.

mais tarde fomos juntos para a cama. me beijou de um jeito muito gostoso, a língua parecia que estava meio tristonha, quase como que se desculpando.

depois fodemos. enquanto o cavalo vermelho voava.

as asas bateram 7 vezes. e no meio do tapete continuavam as 3 galinhas. olhando. foram ficando vermelhas, brancas, vermelhas. 7 vezes vermelhas, depois brancas. 14 vezes vermelhas. depois brancas. 21 vezes vermelhas. depois brancas. 28 vezes...

a noite terminou bem melhor que a maioria.

10 punhetas

O velho Sánchez é um gênio, mas o único que sabe disso sou eu, e é sempre um prazer visitá-lo. são raríssimas as pessoas com quem aguento ficar mais de 5 minutos sem me chatear. Sánchez já foi aprovado no teste, e sou muito testudo, ha ha ha, ah meu deus, mas seja lá como for, de vez em quando vou visitá-lo naquele sobrado, construído à mão. instalou seu próprio encanamento, tem luz elétrica tirada de uma linha de alta voltagem, ligou o telefone por fio subterrâneo ao número do vizinho, mas já me explicou que não pode fazer nenhum interurbano ou para fora dos limites da cidade sob pena de revelar sua condição de parasita. mora inclusive com uma jovem que fala pouquíssimo, pinta, caminha da maneira mais excitante que existe e faz amor com ele, e ele com ela, evidente. comprou o terreno por uma mixaria e embora o lugar seja bastante longe de Los Angeles, pode-se até encarar isso como vantagem. senta-se no meio de fios, revistas sobre mecânica, gravadores, prateleiras e mais prateleiras repletas de livros sobre tudo quanto é assunto. sabe ser conciso sem apelar para a grossura; é bem-humorado e mágico, escreve muito bcm, mas não está interessado em ser famoso. lá uma vez ou outra sai da sua toca e vai ler seus poemas em alguma universidade, e consta que as paredes e as trepadeiras estremecem e sacodem durante semanas a fio junto com as universitárias. já gravou 10.000 fitas de conversa, ruídos, música... sem graça ou empolgantes, banais ou originalíssimos. as paredes estão cobertas de fotos, cartazes, desenhos, pedaços de pedra, peles de cobra, caveiras, galochas ressequidas, fuligem, prata e manchas de pó dourado.

– estou achando que não valho pra nada – digo-lhe –, 11 anos no mesmo trabalho, as horas se arrastando feito bosta mole, e a cara de todo mundo se reduzindo a uma massa disforme, matraqueando, rindo sem motivo nenhum. não sou esnobe, Sánchez, mas às vezes a coisa fica um verdadeiro show de terror e a única saída é a morte ou a loucura.

– a sanidade mental é uma imperfeição – sentencia, botando 2 comprimidos na boca.

– pô, o que eu quero dizer é que estudam minha obra em várias universidades, tem um profe aí escrevendo um livro sobre mim... já me traduziram para uma porção de línguas...

– todos nós passamos por isso. você está ficando velho, Bukowski, tá se deixando levar. não entrega a rapadura. Vitória ou Morte.

– Adolph.

– Adolph.

– quanto maior a jogada, pior o fracasso.

– exatamente, mas também se pode inverter pro homem comum.

– ah, foda-se.

– é isso aí.

uma pequena pausa. aí ele sugere:

– você podia vir morar com a gente.

– claro, cara, obrigado. mas acho que antes vou insistir mais um pouco com a rapadura.

– a jogada é sua.

Em cima da cabeça dele tem uma tabuleta preta, sobre a qual ele colou, em letra de imprensa branca:

"UM GAROTO QUE NUNCA CHOROU, NEM MANCHOU MIL QUIMONOS".

– *Dutch Schultz, em seu leito de morte.*

"PRA MIM, A ÓPERA DRAMÁTICA É O MÁXIMO."
— *Al Capone.*

"NE CRAIGNEZ POINT, MONSIEUR, LE TORTUE."
— *Leibniz.*

"TÁ TUDO ACABADO."
— *Lema do Touro Sentado.*

"O CLIENTE DA POLÍCIA É A CADEIRA ELÉTRICA."
— *George Jessel.*

"LEVIANO PRA UMA COISA,
LEVIANO PRA TUDO.
NUNCA ACHEI ISSO JUSTO. VOCÊ TAMBÉM NÃO VAI ACHAR. ALIÁS, NINGUÉM VAI."
— *Detetive Bucket.*

"A CONCORDÂNCIA É A INFLUÊNCIA DOS NÚMEROS."
— *Pico Della Mirandola* — *em suas conclusões cabalísticas.*

"O ÊXITO COMO RESULTADO DO ESFORÇO É UM IDEAL DE CAIPIRA."
— *Wallace Stevens.*

"PARA MIM, A MINHA MERDA FEDE MELHOR, COM EXCEÇÃO TALVEZ DE UM CACHORRO."
— *Charles Bukowski.*

"AGORA OS PORNÓGRAFOS ESTAVAM REUNIDOS DENTRO DO CREMATÓRIO."
— *Anthony Bloomfield*

"ADÁGIO DA ESPONTANEIDADE – O SOLTEIRÃO RASPA SEU CHOCOLATE SOZINHO."
— *Marcel Duchamp.*

"BEIJA A MÃO QUE NÃO PUDERES DECEPAR."
— *provérbio oriental.*

"TODOS NÓS, NO NOSSO TEMPO, FOMOS ESPERTOS."
— *almirante St. Vincent.*

"O MEU SONHO É PRESERVÁ-LOS DA NATUREZA".
— *Christian Dior.*

"ABRE-TE, SÉSAMO – EU QUERO DAR O FORA."
— *Stanislas Jerzy Lec.*

"UMA FITA MÉTRICA NÃO QUER DIZER
QUE O OBJETO A SER MEDIDO
TEM UM METRO DE COMPRIMENTO."
— *Ludwig Wittgenstein.*

a cerveja me deixa meio alto.
— olha aí, gostei desse último: "o objeto a ser perdido não precisa ter um metro de comprimento."
— acho que fica até melhor, mas não é o que está ali.
— tá bom. como vai a Kaka? isso significa merda em tatibitati. e mulher mais sexy eu nunca vi.
— eu sei. e foi por causa do Kafka. ela vivia lendo Kafka e o apelido pegou.
se levanta e vai até a uma fotografia.
— vem cá, Bukowski.
jogo a minha latinha de cerveja na lixeira e me aproximo.
— o que é isto? — me pergunta Sánchez.
olho a foto. é ótima.
— bem, parece um caralho.
— que tipo de caralho?
— um caralho duro. e grande.
— é o meu.
— bom e daí?

— não nota nada?
— o quê?
— o esperma.
— sim, tô vendo. não quis comentar...
— por que não? que que tá havendo com você, porra?
— não estou te entendendo.
— quero dizer, tá vendo o esperma ou não?
— mas o que é que você quer dizer com isso?
— quero dizer que tô BATENDO PUNHETA, será que você não entende como é chato ter que fazer isso?
— não tem nada de chato, Sánchez, eu vivo batendo...
— ah, seu animal! eu quero dizer que armei a câmera com uma cordinha. você se dá conta do esforço que tive que fazer pra ficar parado, quietinho no foco, e depois ejacular e puxar a cordinha da câmera ao mesmo tempo?
— eu não uso câmera.
— e quantos usam? você, como sempre, tá querendo tirar o corpo fora. porra, como é que te traduziram pro alemão, pro espanhol, francês, o escambau, eu nunca vou ser capaz de adivinhar! escuta aqui, dá pra imaginar que levei TRÊS DIAS pra tirar esta SIMPLES foto? sabe quantas PUNHETAS tive que bater?
— quatro?
— DEZ!
— ah, meu Deus! e a Kaka?
— ela *gostou* da foto.
— eu quero dizer...
— santo deus, rapaz, haja saco pra aguentar a tua ingenuidade.

dá uma volta pela sala e torna a se jogar na poltrona que ocupava antes, no meio de todos aqueles fios, alicates, traduções e uma agenda enorme, que tem colado na capa preta o nariz de Adolph com os contornos do abrigo à prova de balas de Berlim ao fundo.

— estou com uma coisa agora em andamento – explico –, uma história em que eu entro pra entrevistar o grande compositor. ele tá de pileque. eu também fico. tem uma criada. estamos tomando vinho. ele se inclina pra frente e me diz: "Os Humildes Herdarão a Terra"...

— ah é?

— e aí ele acrescenta: "isso, traduzindo em miúdos, significa que os burros têm mais persistência".

— meio fraco – comenta –, mas pra você até que não está ruim.

— só que não sei o que fazer com a história. tem essa tal de criada, andando pra lá e pra cá, com uma coisinha bem curta, e não sei o que fazer com ela. o compositor fica de porre, eu também e ela pra lá e pra cá, exibindo o rabo, uma tesão de deixar qualquer diabo doido, e não sei o que fazer com tudo isso. pensei que desse pra salvar a história batendo com a fivela do meu cinto na criada e depois chupando a pica do compositor. mas nunca chupei pica, nunca senti vontade, sou careta, por isso deixei a história pela metade e não terminei.

— todo homem é entendido e gosta de chupar pica; toda mulher é sapatão. por que é que você se preocupa tanto com isso?

— porque se não me sinto feliz, não sirvo pra nada e eu quero servir pra alguma coisa.

ficamos imóveis ali um instante e de repente ela me desce a escada, com aquele cabelo liso, solto e branco.

acho que é a primeira mulher que seria capaz de comer de verdade.

mas ela passa por Sánchez, ele molha os lábios dele com a língua, passa por mim feito rolamentos de esferas independentes de uma carne mágica, ondulante, enlouquecedora, e que me cortem os bagos se não for exatamente como estou dizendo, e deixa um rastro deslumbrante como uma avalanche estraçalhada pelo sol...

— olá, Hank – diz ela.

— Kaka – respondo, com uma risada.

vai para trás de sua mesa e se põe a dar pinceladas num quadro. e Sánchez fica ali sentado, a barba mais preta que o poder negro, mas na maior tranquilidade, sem pretensões. começo a me embriagar, a dizer coisas desagradáveis, a falar tudo o que me vem à cabeça. depois vai me dando um torpor. gaguejo, murmuro.

– ah, desculpem... não queria estragar a noite de vocês... sinto muito, seus sacanas...vocês... sou um assassino, mas não vou matar ninguém. tenho classe. meu nome é Bukowski! traduzido em SETE IDIOMAS! SOU O TAL! BUKOWSKI!

ao tentar olhar de novo para a foto da punheta, tropeço e caio pesadamente por cima de alguma coisa. é um dos meus sapatos. tenho esse maldito e péssimo costume de viver tirando os sapatos na casa dos outros.

– Hank – diz ela –, cuidado.
– Bukowski? – pergunta ele – você se machucou?
ajuda a me levantar.
– acho melhor você dormir aqui, cara.
– NÃO, PORRA, NÃO POSSO PERDER O BAILE DOS LENHADORES!

quando vejo, estou por cima do ombro dele. Sánchez subiu a escada me levando nas costas e vai entrando no quarto de cima, sabe, onde ele e a mulher dele fazem o troço, e de repente caio na cama, ele já saiu, a porta fechou, e aí escuto uma música qualquer lá embaixo, e risadas, dos dois, mas é um riso cúmplice, sem maldade, e já não sei mais o que devo fazer, nunca se espera demais, da sorte ou dos outros, no fim não há quem não decepcione você, bem, e aí então a porta se abre, a luz se acende, e eis Sánchez de novo...

– ei, Bubu, uma garrafa do melhor vinho francês... toma devagar, vai te fazer bem. inclusive dormir. fica contente. não vou dizer que a gente te ama, é fácil demais. e se quiser vir lá pra baixo, pra dançar e cantar, bater papo, tudo bem. faça o que você achar melhor. o vinho está aqui.

me entrega a garrafa. ergo como se fosse uma corneta maluca qualquer, de novo e mais uma vez. pela cortina rasgada, salta um pedaço da lua minguante. é uma noite simplesmente perfeita; não é uma prisão; longe disso...

de manhã, quando acordo, desço para mijar, volto do banheiro, e encontro os dois dormindo naquele sofá tão estreito que mal dá para um, só que são dois, com os rostos colados, adormecidos, pra que ser piegas??? sinto apenas um pequeno nó na garganta, a melancólica constatação imediata da beleza, de que alguém seja capaz, que nem sequer me odeiem... que até mesmo me desejam o quê?...

saio dali resoluto, com dó, sentimento, ressaca, tristeza, o velho Bukowski, dia claro, sol alto e o céu ainda estrelado, meu deus, chegando à última esquina, a derradeira detonação da meia-noite, o frio Mr. C., o baita H, mari mari, liso como um inseto na parede, a tesão de dezembro, uma teia cerebral passando pela minha sempiterna coluna, Mercy* que nem a garota morta de Kerouac estatelada nos trilhos ferroviários mexicanos no sempiterno julho de túmulos sugados, deixo os dois em seus, suas, deles, o gênio e o seu amor, ambos melhores do que eu, mas Significando, em si mesmo, cagando, se mexendo de um lado para outro, enchendo a ampulheta de areia, até que eu talvez esteja escrevendo isto aqui sozinho, suprimindo algumas coisas, (já fui ameaçado por diversas forças poderosas por fazer coisas apenas normais e caducas que senti prazer em fazer).

e entro no meu carro que já tem 11 anos
e agora não estou mais ali
e vejo que estou aqui
escrevendo para vocês uma pequena história ilícita
de amor
fora do meu alcance
mas, talvez, compreensível para
vocês.

atenciosamente,
Sánchez e Bukowski

p.s. – desta vez a Tesão negou fogo. não queira ter o olho maior que a barriga: em amor, tesão ou ódio.

---

* *Mercy:* piedade, em inglês.

12 macacos alados não conseguem trepar sossegados

Toca a campainha. Abro a janela ao lado da porta. É noite.
– Quem é? – pergunto.
Alguém chega perto, mas não dá para distinguir o rosto. Há 2 lâmpadas acesas em cima da minha máquina de escrever. Fecho a janela com força, mas ouço conversas lá fora. Sento diante da máquina, e as vozes continuam. Me levanto de um salto, escancaro a porta e berro:
– JÁ PEDI PRA PARAR COM ESSA VEADAGEM AÍ FORA!
Olho de um lado para outro e vejo, primeiro, um cara lá embaixo em pé, junto da escada e, depois, outro, mijando na varanda. E mijando bem em cima de um arbusto à esquerda da entrada. O mijo, que sai da beira da varanda, descreve um arco de jorro grosso que despenca sobre o arbusto.
– Ei, esse cara aí está mijando nas minhas plantas – reclamo.
O sujeito ri, mas não para de mijar. Pego o desgraçado pelos fundilhos da calça, levanto e atiro bem longe, sempre mijando, por cima das plantas, no meio da escuridão. Some de vista.
– Por que você fez isso? – pergunta o outro.
– Porque me deu vontade.
– Tá de porre.
– De porre? – rebato.

Ele corre até a esquina, dobra e desaparece. Fecho a porta e torno a me sentar diante da máquina. Muito bem, estou às voltas com um cientista louco que ensina macacos a voar e consegue 11 com asas. Os macacos são fantásticos. Aprenderam até a correr com o cientista. É, correr ao redor de pilastras. Agora vejamos. Precisa sair coisa que preste. Para uma história dar certo, tem que ter foda no meio. Uma porção, se possível. Quem sabe não seria melhor botar 12 macacos? Seis machos e o resto a gente já sabe. Pronto. Começou a corrida. Lá vão eles passando pela primeira pilastra. Como vou fazer para começar a fodança? Há 2 meses não vendo história nenhuma. Devia ter continuado naquela porcaria do correio. Muito bem. Lá vão eles. Chegam à primeira pilastra. E se saíssem voando? De uma hora para outra. Que tal essa? Voando rumo a Washington, D. C., onde andam por cima do Capitólio, dando cagadas na cabeça do pessoal, mijando em todo mundo, sujando a Casa Branca com os seus cagalhões. E se um acertasse na cabeça do presidente? Não, seria bom demais. Tá, então na do secretário de Estado. Dão ordens para serem derrubados a tiros. Que tragédia, não é? Mas, e as fodas? Tá bom, tá bom, a gente dá um jeito. Vejamos. Tá legal, 10, coitadinhos, são atingidos. Só restam mais 2. Um macho. Um macho e o outro a gente já sabe. Ninguém consegue localizá-los. De repente, uma noite, o guarda fazendo a ronda do parque dá de cara com os 2, os últimos macacos, com as asas nas costas, trepando feito doidos. O guarda chega mais perto. O macho escuta passos, vira a cabeça, levanta os olhos, faz aquele sorrisinho encolhido de mico, sem nunca parar de meter, depois vira de novo para frente e continua a trepada. O guarda estoura os miolos. Do macaco, bem entendido. A fêmea, enojada, se livra do corpo do macho e se põe de pé. Para uma macaca, até que é engraçadinha. O guarda pensa um pouco, quem sabe?... Mas não, deve ser muito apertada, talvez, e é capaz também de morder. Enquanto ele fica pensando, ela vira as costas e começa a levantar voo. A todas essas o guarda faz pontaria, atira, acerta e a macaca cai. Ele sai correndo e vai ver. Está ferida, mas ainda com vida. O guarda olha para os lados, levanta a macaca do chão, tira o pau para fora, tenta meter. Tempo perdido. Só cabe a cabeça. Merda. Joga a coitada de novo no chão, encosta a pistola no crânio dela e BUM! acabou.

A campainha toca outra vez.

Abro a porta.

Entram 3 caras. Sempre esses caras. Nenhuma mulher se lembra de mijar na minha varanda, nem sequer de passar por aqui. De onde vou tirar ideias para cenas de sexo? Já quase esqueci como é que se faz. Mas dizem que é o mesmo que andar de bicicleta, a gente sempre se lembra. Só que é melhor que andar de bicicleta.

É Jack Doidão e dois caras que nunca vi.

– Olha, Jack – advirto –, pensei que tivesse me livrado de você.

Jack simplesmente se senta. Os outros dois seguem o exemplo. Jack tinha me prometido que nunca mais voltaria, mas passa a maior parte do tempo tomando vinho, e não dá para a gente se fiar nas promessas dele. Mora com a mãe e finge que é pintor. Conheço 4 ou 5 caras que moram com a mãe ou são sustentados por elas, e todos se dão ares de gênio. E as mães são todas iguais: "Ah, o Nelson nunca vendeu nenhum quadro. É vanguardista demais". Mas digamos que Nelson seja pintor e dê um jeito de participar de uma exposição: "Ah, o Nelson está com um quadro nas Galerias WarnerFinch esta semana. Até que enfim começam a reconhecer o valor dele! Está pedindo 4.000 dólares pelo quadro. Você acha que é muito?". Nelson, Jack, Biddy, Norman, Jimy e Ketya. Fodam-se.

Jack está de jeans, descalço, sem camisa, nem camiseta, apenas um xale marrom jogado por cima dos ombros. Um dos caras usa barba, sorri e encabula a toda hora. O outro só é gordo. Um parasita qualquer.

– Tem visto o Borst? – pergunta Jack.

– Não.

— Me dá uma das tuas cervejas.

— Não. Vocês vêm aqui, bebem toda essa porra e depois dão o fora. Não deixam nenhum pingo de amostra.

— Tá legal.

Se levanta de um pulo, corre lá fora e pega a garrafa de vinho que escondeu embaixo da almofada na cadeira da varanda. Volta, tira a rolha, toma um gole.

— Eu tava lá em Venice com aquela gata, no maior pique. achei que a polícia ia dar uma prensa e corri junto com a gata pra casa do Borst, no maior pique. Bati na porta e disse pra ele: "Depressa, deixa eu entrar! Tô no maior pique e a polícia não larga o meu pé!" O sacana me fecha a porta na cara. Dou um chute, rebento tudo e entro correndo com a gata. Borst está deitado no chão, batendo punheta num cara. Me tranco no banheiro com a gata. Borst bate na porta. Eu grito: "Não se atreva a entrar aqui!" Fiquei ali dentro com a gata mais ou menos uma hora. A gente deu 2 trepadas pra matar o tempo. Depois saímos.

— E se livrou do pique?

— Não, porra, foi rebate falso. Mas o Borst ficou uma fera.

— Besteira — digo eu —, o Borst não escreve um poema que preste desde 1955. Vive às custas da mãe. Desculpa. Mas o que eu quero dizer é que a única coisa que ele sabe fazer é assistir televisão, comer todos aqueles aipos e legumes delicados, e praticar cooper na praia de cueca suja. Já foi um grande poeta, quando morava com aqueles pirralhos na Arábia. Mas não sinto a mínima pena. Quem sonha com a glória não pode ficar de papo pro ar. É como dizia o Huxley, o Aldous, bem entendido: "Qualquer homem é capaz de..."

— E você, como é que tá?

— Continuam devolvendo tudo o que eu mando — respondo.

Um dos caras começa a tocar flauta. O parasita fica simplesmente sentado. Jack levanta a garrafa de vinho. É uma noite bonita em Hollywood, Califórnia. De repente o vizinho que mora no pátio dos fundos cai, bêbado, da cama. Faz um estrondo daqueles. Já estou habituado. Com o pátio inteiro, aliás. Todos ficam sentados por lá, com as persianas fechadas. Se acordam ao meio-dia. Deixam os carros na frente, sob capas de lona para proteger da poeira, os pneus quase carecas, a bateria nas últimas. Misturam birita com droga e, ao que se saiba, não dispõem de recursos. Simpatizo com eles. Não me atrapalham.

O cara se deita e cai da cama outra vez.

– Pô, seu burro idiota – ouve-se ele dizer –, não sabe mais te deitar na cama?

– Que barulhada é essa? – pergunta Jack.

– O vizinho dos fundos. Ele é muito sozinho. Volta e meia toma umas e outras. A mãe morreu no ano passado e deixou 20 milhas para ele. Passa o tempo todo sentado, se masturbando, assistindo a jogos de beisebol e filme de faroeste na tevê. Trabalhava num posto de gasolina.

– Temos que ir chegando – diz Jack –, não quer vir com gente?

– Não.

Explicam que têm algo a ver com a Casa das Sete Torres. Vão falar com alguém que andou metido com a Casa das Sete Torres. Não se trata do roteirista, do produtor, dos atores, é outro cara qualquer.

– Não quero, não – afirmo.

Todos saem. É um alívio digno do paraíso.

Aí me sento para enfrentar outra vez os macacos. Talvez possa misturar a macacada toda. Se desse para reunir os 12 numa suruba! É isso mesmo! Mas como? E por quê? Que tal o Royal Ballet de Londres? Mas a troco de quê? Estou ficando maluco. Tá bom. O Royal Ballet de Londres é uma ideia. Doze macacos voando enquanto eles dançam. Só que antes do espetáculo alguém aplica em todos a Mosca Espanhola. Não nos bailarinos. Nos macacos. Mas a Mosca Espanhola é um mito, não é? Tá bom, entra em cena outro cientista louco com uma Mosca Espanhola de verdade! Não, não, não, ah meu Deus, não há jeito de dar certo!

Toca o telefone. Atendo. É Borst:
– Alô. Hank?
– Que é?
– Vou ter que ser rápido. Tô duro.
– Sim, Jerry.
– Pois é, perdi minhas 2 fontes de renda. A bolsa de valores e o miserável do dólar.
– Hã hã.
– Bom, eu sabia que um dia isso tinha que acontecer. De modo que vou embora de Venice. Não dá pra viver aqui. Vou pra Nova York.
– Como?
– Pra Nova York.
– Foi o que pensei que você tinha dito.
– Pois é, eu tô duro, sabe, e acho que lá é que é o lugar onde posso viver numa boa.
– Claro, Jerry.
– Perder minhas 2 fontes de renda foi a melhor coisa que já me aconteceu.
– É mesmo?
– Agora me deu vontade de lutar novamente. Você já ouviu falar nesse pessoal que anda apodrecendo aí pela praia. Pois foi só o que fiz até hoje: apodrecer. Tenho que cair fora daqui. E não estou preocupado. A não ser com os baús.
– Que baús?
– Não consigo arrumar todas as minhas coisas dentro deles. Por isso a minha mãe vai voltar do Arizona pra morar aqui enquanto eu estiver fora, mas não demora apareço outra vez.
– Tá certo, Jerry.
– Só que antes de ir pra Nova York vou dar um pulo na Suíça e na Grécia, talvez. Depois volto pra Nova York.
– Tá certo, Jerry. Manda notícias. É sempre bom receber.

Aí retorno aos macacos de novo. Doze macacos capazes de foder, voando no ar. Como é que se dá um jeito nisso? Já acabei com uma dúzia de garrafas de cerveja. Encontro meu meio litro de reserva de uísque na geladeira. Misturo um terço de bebida com dois terços de água num copo. Devia ter continuado naquela porcaria do correio. Mas mesmo aqui, dessa maneira, a gente tem uma chance, por pequena que seja. É só conseguir que esses 12 macacos trepem. Se eu tivesse nascido pra ser condutor de camelos na Arábia, não teria sequer essa chance. Portanto, endireita as costas e bota essa macacada em ação. Você foi abençoado com um talento que não é de se jogar fora e por sorte não vive na Índia, onde é mais provável que, se não fossem analfabetos, duas dúzias de garotos seriam capazes de escrever melhor que você. Bem, duas dúzias pode ser exagero, uma dúzia redonda talvez.

Liquido com o meio litro, tomo metade de uma garrafa de vinho, vou me deitar, deixa pra lá.

Na manhã seguinte, às 9 em ponto, toca a campainha da porta. Tem uma mocinha negra ali parada, com um sujeito branco, com cara de burro, e óculos sem aro. Os dois me dizem que prometi andar de barco com eles durante uma festa 3 noites atrás. Me visto, entro no carro com a dupla. Vamos a um apartamento, de onde sai um garoto de cabelo preto.

– Oi, Hank – me diz.

Não sei quem é. Parece que nos conhecemos na festa. Ele distribui pequenos salva-vidas cor de laranja. Quando vejo, estamos no cais. Não consigo notar nenhuma diferença entre o cais e a água. Me ajudam a descer por uma espécie de escada de madeira oscilante que vai dar num trapiche flutuante. O pé dessa escada fica a mais ou menos um metro de distância do tal trapiche. Me ajudam a saltar.

– O que que é isto, porra? – pergunto. – Alguém trouxe alguma coisa pra beber?

Nessa eu entrei de gaiato. Ninguém trouxe. De repente me vejo dentro de uma canoa, alugada, e ligada a um motor de meio cavalo-vapor. O fundo da canoa está cheio de água, com 2 peixes mortos. Não sei quem é essa gente. Mas eles me conhecem. Tudo bem, ótimo. Saímos para o mar. Vomito. Passamos perto de um baleote boiando quase na superfície.

Um baleote, creio eu, todo enroscado num macaco voador. Não, que coisa horrível. Vomito de novo.

– Como vai o grande escritor? – pergunta o sujeito com cara de burro na proa da embarcação, o tal dos óculos sem aro.

– Que grande escritor? – retruco, pensando que se refiria a Rimbaud, embora jamais me lembrasse de chamá-lo de grande escritor.

– Você – me responde.

– Eu? – exclamo. – Ah, muito bem. Acho que ano que vem vou à Grécia.

– Pra quê? – debocha. – Pra dar o rabo?

– Não – respondo –, pra comer o teu.

Tomamos o rumo do alto-mar, onde Conrad se deu bem. Conrad que vá à merda. Prefiro coca com uísque nacional num quarto escuro de Hollywood em 1970, ou seja lá qual foi o ano em que você estiver me lendo. O ano da suruba dos macacos que nunca houve. O motor ronca e voa pelo mar afora; lançamo-nos a caminho da Irlanda. Não, isto aqui é o Pacífico. Então lançamo-nos a caminho do Japão. Ah, que vá tudo à merda.

25 pés-rapados

Sabe como é com quem aposta em cavalos. basta ganhar uma boa bolada e o cara já pensa que tudo aquilo acabou. eu tinha essa casinha de fundos, com jardim privativo, onde cultivava a maior variedade de tulipas, que cresciam, uma beleza, um assombro. andava com mão boa para tudo o que fosse verde – planta ou dinheiro. não lembro mais que sistema inventei, só que não me dava trabalho – maneira bastante agradável de viver. e depois havia Kathy. que estava com tudo. o velhote vizinho se babava, literalmente, quando encontrava com ela. andava sempre batendo na porta.

– Kathy! oooh, Kathy! Kathy!

eu ia atender, só de cueca.

– ooooh, pensei...

– o que é que a boneca quer?

– pensei que a Kathy...

– a Kathy está dando uma cagada. quer deixar recado?

– eu... eu comprei estes ossos pro cachorro de vocês.

trazia uma vasta sacola, cheia de ossos de galinha.

– dar osso de galinha pra cachorro é o mesmo que botar pedaço de lâmina de gilete em mingau de criança. está querendo matar o meu cão, seu sacana?

– claro que não!

– então enfia esses ossos e te manda.

– não estou entendendo.

– mete essa sacola de ossos de galinha no rabo e dá o fora daqui, porra!
– apenas pensei que Kathy...
– já *disse,* a Kathy está dando uma CAGADA!
bati a porta dos fundos na cara dele.
– não devia ser tão duro com o coitado, Hank. ele é um saco, eu sei, mas diz que sou parecida com a filha, quando era mais moça.
– está bem, quer dizer então que traçava a filha. que vá meter num queijo suíço. não quero saber desse velho aqui em casa.
– vai ver você acha que eu deixo ele entrar depois que sai pras corridas?
– nem pensei nisso.
– no que é que pensou?
– em qual dos dois deita em cima.
– seu filho da puta, vai embora de uma vez, anda!
eu estava botando a camisa e a calça, depois as meias e os sapatos.
– é só eu ficar a 4 quarteirões daqui e vocês já se atracam pra valer.
me jogou um livro na cabeça. eu não estava olhando e a ponta da capa me pegou na vista direita, abrindo um corte, e um pingo de sangue caiu bem em cima da minha mão quando amarrava o cordão do pé direito.
– desculpa, Hank.
– não chega PERTO de mim!
saí, entrei no carro, dei marcha à ré em direção à rua a 60km/h, arrancando primeiro uma parte da cerca viva, depois um pedaço do reboco da casa da frente com a esquerda do para-choque traseiro. a essa altura já tinha sangue até na camisa. tirei o lenço do bolso e estanquei o corte no canto do olho. ia ser um sábado ruim lá no jóquei. fiquei uma fera.

apostei como se a bomba atômica já estivesse a caminho. queria ganhar 10 milhas. só apostei em azarão. não consegui cobrar uma pule sequer. perdi 500 paus. tudo o que trazia no bolso. só sobrou um dólar na carteira. cheguei devagar com o carro. ia ser uma noite de sábado horrível. estacionei e entrei pela porta dos fundos.

— Hank...
— que é?
— você tá com uma cara de morte. que foi que houve?
— me ralei. pra valer. 500 mangos.
— nossa. que pena — disse ela —, a culpa foi minha.
se aproximou e me abraçou.
— puxa vida, que pena, velhão. a culpa foi minha, eu sei.
— deixa pra lá. não foi tu que apostou.
— ainda tá brabo comigo?
— não, não, eu sei que tu não anda fodendo com aquele velho babão.
— quer que vá preparar alguma coisa pra você comer?
— não, não. compra só uma garrafa de uísque pra gente. e o jornal.

me levantei e fui ao esconderijo onde guardava o dinheiro. estávamos reduzidos a 180 dólares. ora, não era a primeira vez e outras tinham sido muito piores, mas achei que teria que voltar para as fábricas e os armazéns, *se* pudesse. separei uma nota de 10. o cachorro ainda gostava de mim. puxei-lhe as orelhas. ele pouco estava ligando se eu andava com muita ou pouca grana. um cão de raça, verdadeiro campeão. saí do quarto. Kathy retocava o batom diante do espelho. belisquei-lhe a bunda e beijei-a na orelha.

— traz cerveja e charuto também. preciso esquecer.

saiu e fiquei escutando o estalo metálico do salto alto batendo na calçada. era das melhores mulheres que já tinha encontrado. e tinha sido num bar. recostei na poltrona, contemplando o teto. um pé-rapado. um verdadeiro pé-rapado. sempre aquela relutância para trabalhar, sempre tentando viver às custas da própria sorte. quando Kathy voltou, pedi-lhe para encher bem o copo. ela sabia. tirou até o celofane do charuto e acendeu para mim. estava com uma cara engraçada. e ótima. íamos fazer amor. íamos fazer amor para espantar as tristezas. apenas detestava ter que me desfazer de tudo: do carro, da casa, do cachorro, da mulher. a vida tinha sido calma e muito agradável.

acho que estava abalado porque abri o jornal e procurei logo os ANÚNCIOS DE EMPREGOS.

– ei, Kathy, escuta só isto aqui. precisa-se de homens, domingo. pagamento no mesmo dia.

– ah, descansa, amanhã, Hank. terça você acerta lá no turfe. aí então tudo vai mudar de figura.

– mas, pô, neguinha, o importante é não perder tempo! domingo não tem corrida. a não ser em Caliente, é, mas não dá pra engolir aqueles 25% que descontam por lá, sem falar na distância. eu posso beber à vontade hoje de noite e ainda pegar essa joça amanhã. essa grana extra é bem capaz de pesar na balança.

Kathy me olhou atravessado. nunca tinha me visto falar desse jeito. eu sempre agia como se o dinheiro jamais fosse acabar. aquele prejuízo de 500 paus havia me deixado em estado de choque. me serviu outra dose cavalar. emborquei o copo de uma vez só. choque, choque, meu deus, meu deus, as fábricas. os dias perdidos, os dias sem sentido, os dias de chefes e burros, e o relógio, feito lesma, brutal.

bebemos até as 2 da madrugada, que nem lá no bar, depois fomos para a cama, fizemos amor e dormimos. botei o despertador para as quatro, acordei, peguei o carro e cheguei na parte mais pobre do centro da cidade às 4 e meia. fiquei parado na esquina com outros 25 pés-rapados. estavam lá parados, enrolando cigarro e tomando vinho.

ora, é grana, pensei. ainda me recupero... um dia hei de passar as férias em Paris ou em Roma. estou cagando pra estes caras. isto aqui não é lugar pra mim.

aí qualquer coisa me disse: é exatamente o que todos estão pensando – isto aqui não é lugar pra mim. cada um DELES está pensando nisso a respeito de SI MESMO. e com toda a razão. e o que é que isso altera?

o caminhão apareceu lá pelas 5 e 10 e subimos nele.

meu deus, a essas horas poderia estar dormindo colado naquela bunda maravilhosa da Kathy. mas se trata de dinheiro.

os caras comentavam que acabavam de saltar do caminhão de carga. estavam fedendo, coitados. mas não pareciam infelizes. o único que parecia, pelo jeito, era eu.

a essa altura estaria me levantando da cama para ir dar uma mijada. tomaria uma cerveja na cozinha, olhando para o sol, vendo ele ficar cada vez mais forte, espiando as tulipas. depois voltando para a cama com Kathy.

– ei, parceiro! – falou o cara do meu lado.

– que é? respondi.

– sou francês – explicou.

não comentei nada.

– tá a fim de uma chupada?

– não – respondi.

– hoje de manhã vi um cara chupando outro lá no beco. o cara tinha uma pica branca GRANDE FINA, o outro ainda tava chupando e a porra escorria pelo canto da boca. fiquei olhando e vendo aquilo e, puta que pariu, me deu uma tesão desgraçada. deixa eu te chupar a pica, companheiro!

– não – repeti –, agora não tô com vontade.

– ué, já que não dá, quem sabe tu chupa a minha?

– cai fora, porra! – gritei.

o francês mudou de lugar, mais para o fundo do caminhão. depois que já tínhamos percorrido outros dois quilômetros, enxerguei a cabeça dele, indo pra trás e pra frente. estava chupando no meio de todo mundo, de um cara meio velho que parecia índio.

– AÍ, GAROTINHO, VAI FUNDO!!! – gritou alguém.

alguns pés-rapados riram, mas a maioria preferiu se manter calada, tomando seu vinho e fazendo seu cigarro. o velho índio fingiu que nem era com ele. quando chegamos em Vermont, o francês já tinha ido fundo e nós todos saltamos do caminhão, o francês, o índio, eu e os outros pobres-diabos. Cada um recebeu um cupom. entramos num bar. o cupom dava direito a uma rosquinha com café. a garçonete torceu o nariz. fedíamos. imundos chupadores de pica.

aí alguém finalmente berrou:

– todo mundo lá fora!

fui atrás dos outros. passamos para um vasto salão e sentamos naquele mesmo tipo de classe que a gente usava na escola, ou melhor, na faculdade, nas aulas de Apreciação Musical, por exemplo. com a grande prancha de madeira lateral para apoiar o braço direito, abrir o caderno e tomar anotações. seja lá como for, ficamos ali esperando outros bons 45 minutos. até que apareceu um fedelho ranheta, com uma latinha de cerveja na mão, dizendo:

– tá bom, peguem as SACOLAS!

os pobres-diabos saltaram em pé IMEDIATAMENTE e CORRERAM para outro salão que havia nos fundos. porra, para que tanta pressa?, pensei. me dirigi para lá devagar e dei uma olhada. os caras estava ali se empurrando e brigando para pegar as melhores sacolas de entregar jornal. uma batalha feroz, sem eira nem beira. depois que o último saiu do segundo salão, entrei e peguei a primeira que achei caída no chão. estava sujíssima, cheia de rasgões e furos. quando voltei para o salão da frente, os infelizes já estavam com as sacolas nas costas, feito mochila. encontrei uma cadeira vazia e me limitei a ficar lá sentado, com a sacola no colo. a todas essas acho que já sabiam o nome de cada um; devia ter sido na hora de entregar o cupom para poder tomar café com rosca. e assim a gente continuou ali, esperando, enquanto iam chamando, em grupos de 5, 6 ou 7. o que levou, aparentemente, mais uma hora. de qualquer forma, quando entrei com alguns outros na parte traseira de uma camionete, o sol já estava bem alto. cada um recebeu um pequeno mapa com as ruas em que teríamos que entregar os jornais. abri o meu. já conhecia, e como, aquelas ruas: AH DEUS TODO-PODEROSO, COM TODA A CIDADE DE LOS ANGELES À DISPOSIÇÃO, FORAM LOGO ESCOLHER O MEU PRÓPRIO BAIRRO!

já tinha fama de pau-d'água, jogador, bofe, malandro, especialista em pegar qualquer boa boca. como poderia ser VISTO com aquela sacola suja e asquerosa nas costas? entregando jornais cheios de anúncios classificados?

me largaram bem na minha esquina. ambiente mais conhecido, impossível. lá estava a floricultura, o bar, o posto de gasolina, tudo... dobrando a esquina, a minha casinha, com Kathy dormindo naquela cama quentinha. até o cachorro ainda dormia. ora, é domingo de manhã, pensei. ninguém vai me ver. o pessoal acorda mais tarde. vou percorrer toda essa porra de itinerário. e comecei.

percorri, ida e volta, 2 ruas bem depressa, sem ninguém enxergar o ilustre cavalheiro de alta classe, de mãos brancas e macias, e grandes olhos cheios de dignidade. ia conseguir me safar.

aí entrei na terceira rua. ia tudo bem até eu escutar uma voz de garotinha. estava num quintal. teria seus 4 anos.

– ei, moço!
– ah, sim? menininha? que foi?
– onde tá o teu cachorro?
– ah, hahaha, ele ainda está dormindo.
– ah.

sempre levava o cachorro para passear nessa rua. havia um terreno baldio onde ele sempre cagava. foi o que bastou. peguei todos os jornais que ainda faltava entregar e atirei na parte traseira de um carro abandonado, perto da pista de alta velocidade. fazia meses que o tal carro andava por lá e todas as rodas já tinham sumido. ignoro o motivo. mas deixei o maço de jornais no chão do banco de trás. depois dobrei a esquina e fui para casa. Kathy ainda dormia. tive que acordá-la.

– Kathy! Kathy!
– oh, Hank... tudo bem?

o cachorro entrou correndo no quarto. acariciei o danado.

– sabe o que aqueles filhos das putas FIZERAM?
– que foi?

– escolheram o meu *próprio* bairro pra eu entregar jornais!

– ah bom, claro que é sujeira, mas acho que ninguém vai se incomodar por causa disso.

– você não entende? e onde é que fica a FAMA que eu tenho?! eu sou um bofe! não posso ser visto por aí com uma sacola de asneiras nas costas!

– ah, assim também já é exagero. que FAMA? isso é coisa que você meteu na cabeça.

– escuta aqui, tá a fim de me gozar, é? enquanto tu ficou aqui, esquentando o rabo na cama, eu andava dando duro por aí, junto com um bando de chupadores de pica!

– não precisa ficar brabo. espera aí que eu tenho que fazer xixi.

fiquei ali esperando enquanto ela dava aquela mijada sonolenta de mulher. puta merda, como DEMORAM! não resta dúvida que buceta é uma máquina de mijar muito ineficiente. qualquer pau tira de letra.

Kathy veio do banheiro.

– por favor, Hank, não se preocupe. vou botar um vestido velho pra te ajudar a entregar os jornais. domingo o pessoal dorme até tarde.

– mas eu já fui VISTO!

– já foi? por quem?

– por aquela menininha da casa de tijolos cheia de macegas, ali na Westmoreland.

– a Myra, você quer dizer?

– sei lá o nome dela!

– mas ela só tem 3 anos.

– sei lá a idade dela! perguntou pelo cachorro!

– perguntou o quê?

– perguntou onde é que ele ESTAVA!

já estava botando um vestido velho rasgado.

– eu já me livrei. não tem mais nada. joguei tudo na parte traseira daquele carro abandonado.

– não vão descobrir?

– FODAM-SE! estou me lixando pra eles.

entrei na cozinha e peguei uma cerveja. quando voltei, encontrei Kathy de novo na cama. sentei numa cadeira.

– Kathy?

– hã?

– você simplesmente não sabe com quem está vivendo! sou um cara de classe, tenho classe pra dar e vender! estou com 34 anos, mas se trabalhei 6 ou 7 meses ao todo, desde que completei 18, foi muito. e sem dinheiro nenhum. olha só as minhas mãos! são mãos de pianista!

– classe? PRECISAVA OUVIR o que você diz quando fica bêbado! uma coisa medonha, medonha!

– tá querendo começar a encher de novo, Kathy? tu vive na maior sombra e água fresca desde que te tirei daquele inferninho lá da Alvarado.

Kathy não fez nenhum comentário.

– pra falar a verdade – afirmei –, sou um gênio. só que o único que sabe disso sou eu.

– não duvido – disse ela.

e afundou a cabeça no travesseiro e ferrou outra vez no sono.

terminei a cerveja, bebi outra, depois caminhei 3 quarteirões e fui sentar nos degraus de uma mercearia fechada que, segundo o mapa, serviria de ponto de encontro para o tal sujeito vir me buscar. esperei ali das 10 da manhã às 2 e meia da tarde. a coisa mais chata, besta, sem graça, massacrante e imbecil que se possa imaginar. Aí a desgraçada da camionete apareceu. às 2 e meia da tarde.

– ei. companheiro?

– hum?

– já tá pronto?

– humhum.

– foi rápido!

– é.

– quero que tu ajude um cara a completar o itinerário dele.

ah, que saco.

entrei na camionete e ele me mostrou onde eu ia encontrar o tal cara. o sujeito era uma LESMA. jogava o jornal com o maior cuidado, de casa em casa. cada uma recebia tratamento especial. pelo jeito, gostava do trabalho que tinha para fazer. só faltava o último quarteirão. acabei com a história toda em 5 minutos. aí a gente sentou na calçada e esperou pelo caminhão. durante uma hora.

fomos levados de novo para o escritório, onde tornamos a sentar nas mesmas classes escolares. aí surgiram 2 fedelhos ranhetas, ambos de latinha de cerveja na mão. enquanto um ia chamando os nomes da lista, o outro efetuava o pagamento de cada um.

no quadro-negro, escrito a giz, atrás das cabeças dos 2 ranhetas, havia um aviso:

"TODO AQUELE QUE TRABALHAR 30 DIAS CONSECUTIVOS PARA A EMPRESA
SEM NUNCA FALTAR
RECEBERÁ COMO PRÊMIO
UM TERNO DE SEGUNDA MÃO."

eu não conseguia despregar os olhos de cada sujeito que recebia o pagamento. não era possível. PARECIA que cada um ganhava 3 notas de um dólar. na época, o menor salário-mínimo permitido por lei era um dólar por hora. eu havia chegado na tal esquina às 4 e meia da madrugada. agora já eram 4 e meia da tarde. pelos meus cálculos, isso dava 12 horas.

fui dos últimos a serem chamados. o antepenúltimo, acho eu. nenhum pé-rapado botou a boca no trombone. aceitavam tranquilamente os 3 dólares e iam-se embora.

– Bukowski! – berrou o fedelho ranheta.

me apresentei. o outro fedelho separou 3 Washingtons limpíssimas e estalantes de novas.

– olha aqui – reclamei –, será que não sabem que existe uma lei do salário-mínimo? uma prata por hora.

o ranheta tomou um gole da latinha de cerveja.

– nós descontamos o transporte, o lanche e assim por diante. só pagamos pelo período médio de trabalho, que calculamos que seja de mais ou menos 3 horas.

– pois eu perdi 12 horas da minha vida. e agora tenho que pegar o ônibus pra ir buscar o carro no centro da cidade e voltar com ele pra casa.

– sorte sua de ter carro.

– e sorte tua de eu não te enfiar essa latinha de cerveja no rabo!

– não sou eu que determino as normas da empresa, meu senhor. faça o favor de não botar a culpa em mim.

– vou dar parte na Junta Regional de Trabalho!

– Robinson! – berrou o outro ranheta.

o penúltimo pé-rapado se levantou para ir receber os seus 3 dólares enquanto eu saía pela rua afora e seguia pelo Beverly Boulevard. para esperar o ônibus. até chegar em casa e segurar um copo de bebida na mão já eram 6 horas ou por aí. aí tomei um porre federal. me senti tão frustrado que fodi Kathy 3 vezes. espatifei vidraça. cortei o pé em caco de vidro. cantei umas músicas de Gilbert e Sullivan, que aprendi quando estudava com um professor maluco de inglês que começava a dar aula às 7 da manhã. na Universidade Municipal de L.A. o nome dele era Richardson. e talvez não fosse maluco. mas me ensinou Gilbert e Sullivan e me deu uma nota baixa em inglês por sempre chegar com meia hora de atraso, no mínimo, e ainda por cima de ressaca, QUANDO chegava. mas isso já são outros 500. naquela noite, Kathy e eu até que rimos bastante e embora tivesse quebrado algumas coisas, não me portei tão mal nem tão estupidamente como era meu hábito.

e naquela terça-feira ganhei 140 dólares no hipódromo de Hollywood Park e voltei a ser, mais uma vez, o amante bastante displicente, o bofe, o jogador, o cafetão regenerado e o cultivador de tulipas. cheguei com o carro bem devagar, saboreando os últimos raios do pôr do sol. depois, sem a mínima pressa, entrei pela porta dos fundos. Kathy estava preparando um bolo de carne com bastante cebola, trigo e

tempero, exatamente do jeito que eu gosto. encontrei-a entretida no fogão e agarrei-a pelas costas.
– aaaaaah...
– escuta aqui, neguinha...
– sim?
ficou ali parada, com a colher grande, pingando, na mão. enfiei uma nota de 10 atrás da gola do vestido.
– dá pra você ir comprar uma garrafa de uísque?
– claro que dá.
– e um pouco de cerveja e charutos. eu cuido da comida.
tirou o avental e entrou um instante no banheiro. cantarolava baixinho. dali a pouco, já sentado na minha poltrona, escutei o estalido do salto alto descendo pela calçada. havia uma bola de tênis na sala. peguei e atirei com força no chão para que fosse bater na parede e zunisse alto no ar. o cachorro, que tinha 1 metro e meio de comprimento e quase um de altura, mestiço de lobo, deu um salto e abocanhou a bola com os dentes, já quase no teto. pareceu, de repente, imobilizado no espaço. que cachorro bonito, que vida maravilhosa. quando caiu, de novo, no chão, me levantei e fui olhar o bolo de carne, estava indo muito bem. como tudo, aliás.

Dicas de cocheira sem a menor sujeira

bem, a temporada do Hollywood Park já está comendo solta e eu, naturalmente, volta e meia dou um pulo até lá. o ambiente é aquilo que todo mundo sabe: o focinho dos cavalos continua o mesmo, o do pessoal é que piorou um pouco. cada apostador mistura, em doses equivalentes, pretensão arraigada, desvario e ganância. um dos grandes discípulos de Freud (cujo nome de momento me escapa, lembro apenas que li o livro) afirmou que o jogo de azar não passa de masturbação mental. evidentemente, essas afirmações categóricas sempre correm o risco de serem vistas como possíveis falácias, simples mentiras ou modismos ultrapassados, como uma gardênia murcha, por exemplo. entretanto, conferindo o mulherio presente (nos intervalos, entre um páreo e outro), constato uma peculiaridade que ainda persiste: antes da primeira corrida, mantêm-se com o devido recato, mas, à proporção que as horas escoam, vão levantando a saia cada vez mais, até que, no momento exato do início do nono páreo, precisa-se dispor de elevadíssimo grau de controle para resistir à tentação de violentar uma dessas maravilhas. se isso provém de impulso masturbatório ou da necessidade que essas adoráveis criaturas têm de pagar pontualmente o aluguel e a conta da mercearia, eu não saberia dizer. trata-se, provavelmente, da combinação de ambos os fatores. já vi uma mulher acertar no cavalo vencedor e sair saltando 2 ou 3 filas de cadeiras aos gritos e guinchos, divina como vodca com toronja gelada depois de uma boa ressaca.

– daqui a pouco ela vai acabar gozando! – comentou minha namorada.

– é – retruquei –, mas quem dera que fosse por minha causa.

como desconfio que o leitor não esteja familiarizado com os princípios básicos das corridas de cavalo, vou tomar a liberdade de dar uma série de dicas. o problema que qualquer pessoa encontra para se retirar do hipódromo com algum dinheiro no bolso torna-se compreensível ao se levar em conta que tanto o jóquei quanto o governo ficam aproximadamente com 15% de cada dólar apostado – isso sem falar nos quebrados. esses 15% são divididos praticamente meio a meio entre o governo e o hipódromo. ou, por outras palavras, 85 cents de cada dólar são restituídos aos portadores das pules acertadoras. digamos, para ficar ainda mais claro, que a máquina de calcular determine que o pagamento será de $ 16.84. nesse caso, o apostador vitorioso ganha $ 16.80 e os 4 cents restantes de cada pule vencedora tomam outro rumo. agora, eu não tenho muita certeza, porque isso *não* é divulgado, mas também creio que num pagamento de $ 16.89, por exemplo, o apostador continua recebendo 16.80, e os 9 cents da fração tomam outro destino, mas já é coisa que não posso afirmar com segurança absoluta e, depois, *Open City** certamente não está em condições, atuais ou futuras, de responder por processos de calúnia, e eu menos ainda. não farei, portanto, nenhuma suposição dogmática, mas se o leitor de *O. C.* dispuser de provas a esse respeito, gostaria muito que me informasse, aos cuidados da redação da revista. só a diferença nas frações inferiores a 10 centavos já basta para deixar qualquer um milionário.

agora pegue-se um trouxa qualquer, que dá duro a semana inteira e anda à procura de um pouco de sorte, divertimento, masturbação. pegue-se 40 caras desse gênero,

---

* Jornal alternativo que publicou este artigo.

entregue-se 100 dólares a cada um deles na presunção de que sejam apostadores comuns – a média geral, considerando-se a taxa de 15% e deixando sempre fora os quebrados, seria de $ 85 por cabeça. mas não é assim que a coisa funciona – 35 vão sair praticamente sem nada no bolso, um ou dois acabam ganhando 85 ou 100 dólares de pura sorte, por terem apostado no cavalo certo, sem saber como. os 3 ou 4 restantes saem quites, ficando elas por elas.

tá legal, então quem é que fica com todo esse dinheiro que o pequeno apostador perde depois de dar duro a semana inteira em cima de um torno mecânico ou do volante de um ônibus? muito simples: as cavalariças do turfe, que mandam montarias em más condições para hipódromos de lucro certo. essas cavalariças não se mantêm somente com a venda antecipada de apostas, isto é, a maioria, ao menos. basta o haras contar com um cavalo muito cotado para não querer outra vida, mas mesmo assim precisa recorrer a pistolões e páreos onde a marmelada corre grossa para ter chance de competir num grande prêmio. trocando em miúdos, suponhamos que um concorrente de grande popularidade, qualificado em 65 quilos pelo encarregado da raia para uma primeira corrida de 25 mil dólares, se empenhe em perdê-la a fim de se qualificar, com esse desempenho, para outra, mais tarde, cujo prêmio seja de 100 mil. agora, isso são suposições que carecem de provas, mas se quiser se basear nessa conjetura, você pode perfeitamente ganhar algum dinheiro ou, no mínimo, economizar um pouco. mas é o haras que precisa competir em páreos sem importância para ganhar prêmios de reduzido valor que tem que manipular suas montarias em troca de um alto risco. há casos em que o próprio proprietário do cavalo, ou dos cavalos, ignora essas maquinações; isso porque os treinadores, os cavalariços, os que refrescam as montarias depois da corrida, os aprendizes, todos recebem salários de fome (em comparação com outras atividades, quanto a horas de trabalho e esforço empreendido) e a única saída que encontram é o conchavo. os hipódromos estão perfeitamente cientes dessa situação e tudo fazem para manter a lisura do jogo, para conferir-lhe uma aura de respeitabilidade, mas apesar de todas as medidas tomadas – proibindo a entrada de valentões, vigaristas, sindicatos e especuladores nas raias, ainda há muita marmelada para tapear a multidão, como os pretensos azarões que de repente "acordam" e vencem por 3 a 10 corpos de diferença, quando as probabilidades são de 5 até 50 a 1. mas aí se trata apenas de animais e não máquinas. existe, portanto, uma desculpa, um pretexto para extrair 1 milhão de dólares das pistas de corridas, com isenção de impostos. a ganância humana não dá tréguas e desconhece limites. os comunistas que se danem.

tudo bem. isso, por si só já bastaria. mas vejamos a situação de outro ângulo. além do instinto do público viver sistematicamente enganado (perguntem a qualquer corretor da bolsa de valores – quando se quer saber a tendência do mercado, é só seguir o rumo oposto da grande massa de pequenos investidores assustados, de escassos recursos), existe ainda outra coisa: um possível cálculo matemático. tomando o dólar por base – você investe o primeiro, recebe de volta 85 cents. desconto automático. no segundo páreo, deve *acrescentar* 15 cents, e aí calcular outro desconto de 15%. agora pegue 9 páreos e faça um desconto de 15% – numa base de elas por elas – no dólar inicial. é apenas 9 vezes 15% ou é muito mais? seria preciso um desses cobras da Califórnia Tech para me dizer a resposta, e o diabo é que não conheço nenhum. de qualquer forma, se você entendeu toda essa explicação até agora, certamente já se deu conta de como é difícil "ganhar a vida" no Jóquei, ao contrário do que alguns deslumbrados sonhadores de olhos abertos gostariam de imaginar.

sou "duro na queda", o que significa que não é fácil que alguém me faça perder muita grana em qualquer dia ou hipódromo que seja; em compensação, também não vou ganhar grande coisa. tenho bons palpites, naturalmente, e não sou bobo nem nada para andar divulgando os meus macetes por aí. senão, mais cedo ou mais tarde deixam de dar resultado. é só o público ter acesso a um segredo para perder toda a graça e a gente ter que mudar de estratégia. ninguém nunca permitiu que o público ganhasse qualquer jogo inventado até hoje, o que inclui a Revolução Americana. mas vou dar umas dicas fundamentais aos leitores de *Open City,* que talvez contribuam para economizarem um pouco. prestem bem atenção.

a) cuidado com as barbadas. uma barbada é o cavalo que mais se aproxima das probabilidades fixadas pelo treinador no apronto. quer dizer, o treinador classifica o cavalo com chances de 10 a 1, quando o certo seria 6 a 1. dinheiro é uma coisa muito mais séria do que parece. verifique cuidadosamente as barbadas, e se a classificação não for apenas um erro negligente do treinador e o cavalo não demonstrar nenhuma atuação brilhante recente ou o jóquei não tiver sido trocado por outro de "renome", e se o cavalo não estiver perdendo peso e vai concorrer com outros da mesma categoria, você provavelmente terá ocasião de assistir a um páreo espetacular.

b) desista dos favoritos. esse é o cavalo que, digamos, se manteve com 5 a 16 corpos de vantagem sobre os demais desde a largada até a reta de chegada e, mesmo assim, não ganhou a corrida e vai competir de novo na mesma categoria ou noutra semelhante. a multidão adora o "favorito", de puro medo, dinheiro curto e burrice, mas ele, geralmente, não passa de um bunda-mole preguiçoso que só ganha de concorrentes exaustos, capazes de fazer qualquer negócio para se manter na dianteira. a multidão não só adora esse tipo de cavalo nulo como também aposta sistematicamente nele contra probabilidades inferiores a 1/3 do seu valor. e embora essa espécie de montaria quase sempre perca, o público, de puro medo, prefere apostar nela porque não quer abrir mão do dinheiro do aluguel e porque pensa que um favorito é dotado de uma superqualidade qualquer. 90% dos páreos são ganhos por cavalos que se mantêm na dianteira ou perto da dianteira durante toda a corrida, a preços plausíveis e razoáveis.

c) se você insiste em apostar num "favorito", só faça isso em páreos mais curtos, de 1.200 a 1.400 metros, onde a multidão acredita que ele não tem tempo para "se levantar".

nesse caso, o que eles querem é rapidez e de novo saem ferrados. 1.400 metros é o melhor páreo que existe para o favorito por ter apenas *uma* curva. um cavalo rápido tem a vantagem de largar na frente e poupar terreno nas voltas. 1.400 metros com uma curva e a longa reta dos fundos é o páreo ideal para o favorito; muito melhor que 2.000 ou 2.400 metros. estou lhes dando aqui uma ótima dica, espero que saibam aproveitar.

d) fique de olho no marcador – a sociedade americana considera o dinheiro um assunto muito mais sério que a morte, o que torna dificílimo conseguir alguma coisa a troco de nada. se um cavalo for classificado com probabilidades de 6 a 1 no apronto e na hora da largada o marcador lhe der 14 até 25 a 1, desista. ou o treinador estava de ressaca quando cronometrou o tempo de manhã ou o haras simplesmente nem vai competir nesse páreo. não se ganha nada de graça neste mundo; se você desconhece tudo a respeito de corridas, por favor, aposte em cavalos *que mantêm, na hora da largada, as mesmas chances da marcação do apronto.* as barbadas infalíveis não existem e são praticamente impossíveis. quem não seguir esse conselho vai acabar como aquelas vovozinhas que ficam em casa mastigando torradas amargas com a gengiva desdentada em cima da certidão de óbito do marido.

e) só aposte quando puder se dar ao luxo de perder. quero dizer, sem depois ter que dormir num banco de praça ou se privar de 3 a 4 refeições. o essencial é primeiro pagar o aluguel. evitar problemas. terá mais sorte. e lembre-se do que dizem os profissionais: "se tiver que perder, perca com classe". noutras palavras, desafie os outros a derrotarem *você*. se *de um jeito ou doutro* tiver que perder, então mande tudo para o inferno, pegue alguém para dançar nos portões de saída, a vitória é tua enquanto ninguém te derrotar, até que passem por cima do teu cadáver. o preço que se paga geralmente não é muito caro, pois o público detesta o que chama de "desistente" – um cavalo que já amanhece encilhado e ainda consegue perder. para eles não há nada pior. para mim, um "desistente" é *qualquer* cavalo que não ganhe a corrida.

f) todo empreendimento que acarrete lucros e perdas depende não do número dos participantes vitoriosos, mas *dos que lucram em relação ao preço de custo*. já se ergueram impérios com a quarta parte de 1%. mas, voltando aos pontos fundamentais, você pode ter 3 cavalos vencedores com chances de 6 a 5 em 9 páreos e entrar pelo cano, e ter apenas um, com 9 a 1, e outro, com 5 a 1, e pegar uma boa bolada. isso não quer dizer que uma aposta com chances de 6 a 5 seja mau negócio, mas, se você entende muito pouco ou quase nada de corridas, é preferível apostar quando as chances são de 7 a 2 ou 9 a 1. ou, desejando entregar-se a fantasias extravagantes, ir mais longe e só apostar quando as chances estiverem entre 11 a 19 a 1. e a verdade é que muitas de 18 ou 19 a 1 dão certo quando o faro da gente não falha.

mas, para falar com franqueza, a gente está sempre aprendendo, tanto a respeito de corridas de cavalo quanto de qualquer outra coisa. e quando se pensa que já se sabe tudo, o aprendizado mal começou. nunca me esqueço de um verão em que ganhei 4 milhas do Hollywood Park e fui lá para Del Mar de carro novo, cheio de prosa, arrogante, lírico, com ar de quem tem rei na barriga, o mundo todo a meus pés, e aluguei um motelzinho à beira-mar e o mulherio aparecia como sempre faz quando a gente anda bebendo e rindo muito, sem ligar para nada, com grana no bolso (dinheiro em bolso de otário não dura), dando festa todas as noites, trocando de parceira de 2 em 2 dias, e bolei uma espécie de piada pra dizer para elas. O motel ficava bem em cima do mar e eu, depois de encher a cara e bater muito pago então dizia: "neguinha, eu, quando gozo, é como o REPUUUXO DO MAR!"

Outras dicas de cocheira

a temporada de corridas de charrete já está "em andamento", como dizem, há umas 2 semanas e fui 5 ou 6 vezes lá para ver como vai indo, talvez me preparando para os páreos, o que é uma perda de tempo infernal – como tudo, aliás, que não seja uma boa trepada, um dia de sorte na máquina de escrever, um período de convalescença ou a crença cega que se possa ter numa espécie de amor & felicidade futuros. no fim todo mundo vai parar mesmo no penico de excrementos do fracasso – na morte ou no erro, dependendo do nome que cada um preferir. não sou nenhum intelectual, mas acredito piamente que a gente deve se adaptar ao que vem pela frente, o que se poderia chamar de experiência, ainda que não se tenha muita certeza de que junto com ela se adquira sabedoria. além disso, é bem possível também que uma pessoa passe uma vida inteira de erros constantes numa espécie de estado de torpor e horror. vocês já viram esses rostos. eu já vi o meu.

portanto, durante toda a onda de calor, eles, os apostadores, andam sempre por lá, depois de juntar uma graninha num canto qualquer, da maneira mais dura possível, e tentando fugir do desconto de 15%. às vezes acho que aquela multidão está hipnotizada, um montão de gente que já não tem onde cair morta. e que depois das corridas entra no seu carro velho, vai para seu quarto solitário e fica olhando para a parede, perguntando-se como é que foi cair naquela cilada – com o salto do sapato já gasto, os dentes em petição de miséria, problemas de úlcera, empregos péssimos, homens sem mulheres, mulheres sem homens, tudo uma grandessíssima merda.

volta e meia dá para a gente rir. ainda bem. outro dia, no mictório dos homens, entre uma corrida e outra, deparei com um rapaz com ânsias de vômito e depois gritando, furioso:

– desgraçado de um filho da puta! esse sacana miscrável não puxou a descarga! DEIXOU A MERDA TODA ALI! filho da puta, eu entrei e lá ESTAVA! aposto como em casa ele faz o mesmo!

o garoto berrava. o resto do pessoal estava lá parado, mijando ou lavando as mãos, pensando no páreo que acabava de terminar ou no que ia começar. conheço tarados que ficariam loucos de contentamento se encontrassem um penico cheio de cagalhões frescos. mas a vida é assim mesmo – o cara que encontra não tem nada a ver.

noutra ocasião, eu já estava exausto de tanto suar, batalhar, me coçar, rezar e tocar punheta para que me sobrassem uns 10 ou 12 paus numa corrida de charrete difícil à beça, acho até que nem os próprios jóqueis sabiam quem ia ganhar, quando me surge pela frente essa baita mulherona, uma enorme baleia de gordura fedorenta saudável, e se encostando em mim com toda aquela bola de sebo, esmigalha os dois olhinhos, a boca e o resto contra a minha cara e pergunta:

– sabe me dizer quanto está dando o primeiro cavalo?

– quanto está dando o primeiro cavalo?

– é, sabe me dizer quanto está dando?

– ah, minha senhora, vá se foder, cai fora, não atrapalha. vê se te manca! te arranca daqui!

ela se arrancou. o prado inteiro vive cheio de gente maluca. os portões ainda nem abriram direito e já estão chegando. se deitam em qualquer lugar, em cima de um banco e passam a tarde toda dormindo. nunca assistem a páreo nenhum. outros caminham pra lá e pra cá, mal se dando conta de que está havendo uma corrida. ficam tomando cafezinho ou simplesmente param, sem fazer nada, com ar aturdido, como se nem estivessem ali. às vezes se vê um desses de pé, num canto escuro, engolindo um cachorro quente inteiro, se engasgando todo, com falta de ar, achando uma graça danada naquilo. e no fim de cada dia se dá com 1 ou 2 de cabeça abaixada entre as pernas. às vezes chorando. onde é que um perdedor pode se meter? quem vai querer saber do infeliz?

no fundo, de um jeito ou doutro, todo mundo pensa que tem a chave da vitória, mesmo que seja apenas uma pressuposição tão injustificada que a sorte deles teria que mudar. há quem aposte baseando-se nos astros, ou em números, alguns se fixam no cronômetro, outros nos jóqueis, ou nos favoritos, na velocidade, nos nomes ou sabe lá deus no quê. quase todos perdem, constantemente quase toda a renda dessa gente termina nos guichês dos hipódromos. e a maior parte tem ideias insuportavelmente fixas – são de uma burrice simplesmente tenaz.

ganhei alguns dólares no dia 1° de setembro. vamos dar uma olhada no cartão. *Sonho de Andy* ganhou o primeiro páreo com 9 a 2 depois de aprontar 10 de manhã. boa exibição. ação injustificada em cavalo derrotado que corria por fora. segundo páreo – *Jerry Perkins,* castrado de 14 anos que ninguém quer arriscar por causa da idade, paga 14 dólares para quem arriscou. uma boa montaria, consistente dentro de sua categoria, mas tinha-se que aceitar 8 a 5, depois de um apronto de 4. ganhou fácil. terceiro páreo, vitória de *Produto Especial,* um cavalo que venceu as 4 últimas corridas de que participou, com vastas margens de chance. ganhou novamente desta vez, freando, se endireitando e ainda terminando por derrotar o favorito (por 3 a 5) *Golden Bill.* uma aposta possível para quem mantém contato com Deus, se Deus estiver interessado. 10 a 1. no quarto páreo, *Hal Richard,* um sistemático castrado de 4 anos ganhou com 3 a 1, derrotando 2 opções mais apertadas que apresentavam tempo superior, mas nenhuma capacidade para vencer a prova. uma boa aposta. no quinto, *Eileen Colby* sai vitoriosa depois que *Tiny Star* e *Marsand* perdem impulso e a multidão faz *April Fool* largar com 3 a

5. *April Fool* só conseguiu ganhar 4 dos 32 páreos em que competiu e um palpiteiro local classificou-o de "melhor que os seus concorrentes por 5 corpos de diferença". tudo isso por causa da última corrida, numa categoria superior, em que *April Fool* chegou na reta final e ganhou por 7 corpos. a multidão entra bem, de novo.

depois, no sexto páreo, *Mister Honey* apronta 10 de manhã, mas na largada sai como segunda opção, com 5 a 2, e ganha fácil, tendo vencido 3 de 9 corridas numa categoria mais exigente e com menor margem de chances. *Newport Buell*, um cavalo de menos valor, sai do partidor com cotação equilibrada por ter sido favorito da última vez com 9 a 1. má aposta. a multidão fica sem entender patavina. no sétimo, *Bill Snookums,* vencedor de 7 entre 9 na mesma categoria e como jóquei principal Farrington na sela é aclamado, com justiça, o novo favorito com 8 a 5.

a multidão aposta em *Princesa Sampson* com 7 a 2. essa égua só ganhou 6 dos 67 páreos em que concorreu. a multidão, naturalmente, se ferra outra vez.

Princesa Sampson apresenta o melhor tempo numa corrida mais disputada, mas simplesmente não está com a mínima vontade de ganhar. a multidão se amarra num tempo. não compreende que tempo é resultado de ritmo, que, por sua vez, resulta da discrição – ou falta de – dos jóqueis principais. no oitavo, *Abbemite Win* se destaca numa disputa renhida de 4 ou 5 montarias. era uma corrida aberta, na qual não devia ter me metido. no nono, deram uma colher de chá para o público. *Luella Primrose*. a égua vinha falhando constantemente com chances apertadas e hoje encontrou seu ritmo próprio sem a menor concorrência. 5 a 2. quem gostou foi o mulherio, que berrou até dizer chega. um nome bonito. e o pessoal vinha perdendo até as calças naquilo a tarde toda.

a maioria dos cartões é tão razoável quanto esse, e por isso muita gente há de pensar que seja possível ganhar a vida no turfe mesmo com o desconto de 15%. mas existem outros fatores externos que liquidam com qualquer aspiração. o calor.

o cansaço. as pessoas cuspindo cerveja na camisa da gente. aos gritos. pisando nos pés. mulheres exibindo as coxas. punguistas. vendedores de barbadas. malucos. antes de começar o nono páreo eu estava com 24 dólares de lucro no bolso e não tinha nada que me interessasse.

de puro cansaço, não resisti à tentação de jogar. na hora da largada já havia apostado 16 paus, no escuro, à cata de um vencedor que não deu as caras. aplicaram em mim o mesmo golpe que aplicam no povo. eu não estava satisfeito com um lucro de 24 paus. certa vez ganhei 16 depois de uma semana de trabalho em Nova Orleans. não tive força suficiente para me contentar com um pequeno lucro e terminei saindo de lá com outro ainda menor: 8 dólares. não valeu a pena: antes tivesse ficado em casa e escrito um poema imortal.

para o homem capaz de ganhar no Jóquei não existe praticamente desafio que não saiba enfrentar. precisa ter caráter, conhecimentos, vontade própria. mesmo com essas qualidades, as corridas são fogo, principalmente com o aluguel esperando e a tua piranha de língua de fora, pedindo cerveja. têm armadilhas e mais armadilhas, sem fim. e dias, em que tudo o que parece impossível de repente acontece. numa tarde dessas, o primeiro páreo estava pagando 50 a 1, o segundo 100 a 1 e, para completar, o último era de 18 a 1. quando se faz a maior ginástica para juntar uns trocados para pagar o senhorio e comprar batatas e ovos, esse tipo de coisa acaba deixando o cara com a nítida sensação de ser um perfeito idiota.

mas se voltar no dia seguinte, vão te dar 6 ou 7 possíveis vencedores por preços bem razoáveis. o negócio continua lá, só que a maioria não volta. requer muita paciência e é um trabalho difícil: a gente tem que pensar. é um campo de batalha que pode deixar o cara em estado de choque. outro dia vi por lá um amigo meu com o olhar vidrado, nocaute. foi no fim da tarde e o cartão até que não havia sido dos piores, mas, sabe-se lá por quê, ele tinha se ralado e dava para ver que, na ânsia de se recuperar, também tinha apostado demais. passou por mim, sem saber onde andava. fiquei cuidando. entrou direto no cagador das mulheres. deram em grito e ele saiu correndo de lá. era o que estava precisando. se refez do estupor e acertou no vencedor do páreo seguinte. mas eu não recomendaria esse método para qualquer perdedor.

a gente ri, mas também se entristece. tem um velhote que uma vez chegou para mim.

– Bukowski – declarou, bem sério –, eu quero acertar nos cavalos antes de morrer.

o cabelo dele é branco, completamente branco, os dentes já eram, e me vi assim daqui a 15 ou 20 anos, se chegar até lá.

– gosto do nº 6 – disse ele.

– boa sorte – desejei-lhe.

o coitado tinha, como sempre, escolhido um abacaxi. um favorito geral que só havia ganho uma corrida nas 15 largadas daquele ano. os palpiteiros públicos também indicavam o cavalo como favorito. tinha recebido um prêmio de 88 mil dólares no ano PASSADO. com o melhor tempo. apostei 10 pratas em *Miss Lustytown,* vencedora de 9 páreos este ano. *Miss Lustytown* pagava 4 a 1. o favorito chegou em último lugar.

o velhote apareceu, fulo de raiva.

– porra, como é que pode! *Farrapo Feliz* na última vez correu com 2m e 1s e 1/5 e perde pra uma égua que me faz 2m e 2s e 1/5! a polícia tinha que fechar esta bagunça!

bate com o programa na mão, vociferando na minha cara o rosto está tão vermelho que até parece queimadura do sol. me afasto, vou ao guichê de pagamento e recebo o que ganhei.

quando chego em casa, encontro uma revista deixada pelo carteiro, THE SMITH, parodiando o meu estilo em prosa, e uma outra, THE SIXTIES, parodiando o meu estilo em verso.

escrever? que diabo significa isso? alguém está com medo ou com raiva do que escrevo. olho bem, e claro que tem uma máquina de escrever por perto. posso ter uma espécie de escritor, mas lá fora existe outro mundo, feito de manobras, imposturas, grupos e macetes.

deixo correr a torneira da água quente, entro na banheira, tiro a tampa de uma latinha de cerveja, abro o programa de corridas. o telefone toca. não vou atender. para mim, para você talvez não, está fazendo muito calor para foder ou escutar algum poeta menor. Hemingway tinha lá suas camangas. prefiro ancas de cavalo – sempre chegam mais rápido.

Nascimento, vida e morte de um órgão da imprensa alternativa

Primeiro fizeram uma série de reuniões na casa do Joe Hyans, onde eu, geralmente, já aparecia de porre, por isso não me lembro direito como começou *Open Pussy**, o jornal alternativo, e só depois me contaram o que foi que houve. Ou melhor, o que eu fiz.

Hyans – Você disse que ia fazer uma limpeza geral na sala, começar pelo cara que estava na cadeira de rodas. Aí ele caiu no choro e o pessoal levantou pra ir embora. Você pegou uma garrafa e bateu na cabeça de um cara.

Cherry (mulher de Hyans) – Não queria ir embora e bebeu um litro inteiro de uísque, dizendo pra mim, a toda hora, que ia me foder de pé, encostada na estante de livros.

– E fodi?

– Não.

– Ah, então fica pra próxima vez.

Hyans – Olha aqui, Bukowski, a gente tá procurando se organizar e a única coisa que você sabe fazer é vir aqui e estragar tudo. Tu é o pior biriteiro de merda que já vi *até hoje!*

– Tá legal, eu saio. Foda-se. Quem é que dá bola para esses jornais?

– Não, a gente quer que você escreva uma coluna. O pessoal te acha o melhor escritor de Los Angeles.

Levantei o copo.

---

* *Open pussy*: xota fodida.

– Que insulto mais sacana! Não vim aqui pra ser ofendido!

– Tá legal, talvez você seja o melhor escritor da Califórnia.

– Lá vem você! *Ainda* me insultando!

– Seja como for, a gente quer que você escreva numa coluna.

– Eu sou poeta.

– Qual a diferença entre poesia e prosa?

– A poesia diz tudo no menor espaço de tempo; a prosa demora muito pra dizer quase nada.

– A gente quer uma coluna pra *Open Pussy*.

– Me dá mais um drinque e eu topo.

Hyans deu. E topei. Terminei a bebida e voltei a pé para o meu pátio lá na parte mais pobre da cidade, pensando no erro que tinha cometido. Estava com quase 50 anos de idade e me fodendo com esses fedelhos de barba e cabelo comprido. Ah, meu Deus, *que barato,* velhão, *que barato!* A guerra é uma merda. A guerra é um pé no saco. Foda, não lute. Estava farto de conhecer aquilo há 50 anos. Para mim não tinha mais graça. Ah, e sem esquecer a *erva.* A moamba. *O maior barato,* bicho!

Achei uísque em casa. tomei, e, depois de 4 latinhas de cerveja, escrevi a primeira coluna. Era sobre uma puta de 150 quilos que fodi certa vez na Filadélfia. Uma boa coluna. Corrigi os erros de datilografia, soquei uma punheta e fui dormir...

Tudo começou no andar térreo do sobrado alugado onde Hyans morava. Havia uns voluntários não fedem-nem-cheiram, a coisa era novidade, e todo mundo, menos eu, estava na maior empolgação. Me limitei a procurar uma boa trepada, mas todas as mulheres tinham *a mesma cara* e se comportavam *da mesma maneira* – louras desbotadas de *19 anos,* bunda caída, seio pequeno, ocupadas, confusas e, de certo modo, presumidas, sem saber muito bem por quê. Cada vez que botava minhas mãos de pau-d'água numa delas, a reação era invariavelmente fria. Mas fria mesmo.

– Olha, vovô, a única coisa que eu quero que você *levante* é a bandeira do Vietnã do Norte!

– Ah, vai ver, tua xota é fedorenta!

– Mas que velhote mais desbocado! Você é mesmo... nojento!

E depois saíam rebolando aquelas apetitosas nadegazinhas de maçã na minha frente, só segurando na mão – em vez da minha bela glande roxa – algum artigo pueril protestando contra agressões policiais em cima da garotada e o recolhimento dos bastões de beisebol em Sunset Strip. Ali estava eu, o maior poeta vivo desde Auden, incapaz de foder até mesmo o cu de um cachorro...

O jornal ficou grande demais para o meu gosto. Ou Cherry começou a se preocupar comigo, deitado no sofá, bêbado e de olho na filha de 5 anos. A coisa realmente passou a pretear quando a menina resolveu sentar no meu colo e, enquanto se esfregava toda, me encarando de frente, dizer:

– Bukowski, eu gosto de você. Conversa comigo. Deixa eu ir buscar outra cerveja pra ti, Bukowski.

– Não demora, amoreco!

Cherry – Escuta aqui, Bukowski, seu velho tarado...

– Cherry, as crianças me adoram. O que é que eu vou fazer?

Zaza, a garotinha, voltava correndo com a cerveja e sentava de novo no meu colo. Eu abria a latinha.

– Bukowski, eu gosto de você, me conta uma história.

– Tá legal, meu bem. Bom, era uma vez um velho e uma menininha muito bonitinha que um dia se perderam juntos na floresta...

Cherry – Escuta aqui, seu velho tarado...

– Tsk, tsk, Cherry, tô achando que você só pensa em sujeira *mesmo*!

Cherry subia a escada correndo, à procura de Hyans, que estava dando uma cagada.

– Joe, Joe, esse jornal não pode continuar sendo feito aqui em casa! Não estou brincando!

Descobriram uma casa vazia, do outro lado da rua, de dois andares. E uma noite, já a altas horas, enquanto eu tomava vinho do Porto, segurei a lanterna para Joe arrombar a cabine de telefone público que ficava ao lado, para ele dar um jeito nos fios que permitisse puxar extensões sem ter que pagar. A essa altura o único órgão rival de imprensa alternativa de Los Angeles acusou Joe de ter roubado uma cópia da lista de seus assinantes. Eu, naturalmente, sabia que Joe era um homem de princípios, escrúpulos e ideais – foi por isso que desistiu de trabalhar para o maior jornal da cidade. E por isso também se demitiu do outro órgão alternativo. Joe tinha vocação para Cristo. Que dúvida.

– Segura firme essa lanterna aí – pediu...

Na manhã seguinte o telefone tocou lá em casa. Era o meu amigo Mongo, o Gigante da Grandeza Eterna.

– Hank?
– Que que há?
– Cherry teve aqui ontem à noite.
– E daí?
– Tinha a tal lista de assinantes. Estava muito nervosa. Queria que eu escondesse. Disse que Jensen andava atrás dela. Escondi no porão, embaixo de uma pilha de desenhos a nanquim que o Jimmy Anãozinho fez antes de morrer.

– Comeu ela?
– Pra quê? É puro osso. Com aquelas costelas, ia me cortar todo feito picadinho, se a gente fodesse.
– Lá por isso você comeu o Jimmy Anãozinho, que pesava só uns 40 quilos.
– É, mas ele tinha dignidade.
– É mesmo?
– É.
Desliguei...

Nos 4 ou 5 números seguintes, *Open Pussy* saiu com tiradas assim:

"ADORAMOS O FREE PRESS* DE L.A.", "AH, COMO NÓS ADORAMOS O FREE PRESS DE L.A.", "AMEM, AMEM, AMEM O FREE PRESS DE L.A."

Também pudera. Estavam com a lista de assinantes deles.

Uma noite Jensen e Joe jantaram juntos. Depois Joe me disse que agora tudo "estava legal". Sei lá quem se fodeu nem o que se passou por baixo dos panos. E pouco estava ligando...

E não demorei muito para descobrir que contava com outros leitores além dos barbudos e colhudos...

O novo Edifício Federal de Los Angeles é um vasto arranha-céu todo de vidro, uma loucura moderna, com uma série kafkiana de salas, cada qual dotada de seu próprio banheiro privativo, com bidê para punheteiro e não sei mais o quê; com tudo saindo de tudo quanto é outro lugar e dando uma espécie de sensação de calidez e falta de jeito de pato fora d'água. Paguei meus 45 cents por meia hora de estacionamento, ou melhor, recebi um bilhete desse valor e entrei no Edifício Federal, que tinha no térreo murais que Diego Rivera poderia ter feito se o tivessem privado de nove décimos de sua sensibilidade artística – marinheiros, índios e soldados americanos sorrindo feito bestas, se esforçando para manter a dignidade no meio daqueles amarelos berrantes, verdes podres de provocar vômito e azuis de dar vontade de mijar.

Havia sido chamado pelo departamento de pessoal. Sabia que não era para nenhuma promoção. Pegaram a carta e me deram um chá de cadeira durante 45 minutos. Fazia parte da velha e conhecida rotina você-tem-merda-no-cu-e-nós-não. Ainda bem que, não sendo marinheiro de primeira viagem, li o aviso enrugado e fui me acalmando aos poucos, imaginando como cada garota que passava por ali ficaria em cima de uma cama, de coxas para o alto, ou com uma boa piroca na

---

* *Free Press:* Imprensa livre, liberdade de imprensa

goela. Daí a pouco já estava com um troço enorme no meio das pernas – bem, enorme para mim – e tive que desviar os olhos para o chão.

Por fim fui chamado por uma negra bem preta, sinuosa, elegante e simpática, com muita classe e inclusive uma ponta de dignidade, cujo sorriso dizia que estava sabendo que eu ia me foder, mas também insinuava que não se incomodaria de me ceder uma vaga no seu buraquinho de fazer xixi. Me senti mais à vontade. Não que sentisse vontade.

E entrei.

– Sente-se, por favor.

Um sujeito atrás da escrivaninha. A mesma onda de sempre. Sentei.

– Mr. Bukowski?

– É.

Disse o nome dele. Eu não estava interessado.

Recostou-se na cadeira e ficou me olhando, enquanto girava de um lado para outro.

Tenho certeza que esperava que eu fosse mais moço, bonito, brilhante, com cara mais inteligente, meio pérfida... A minha era apenas velha, gasta, desinteressada, de ressaca. Ele era meio grisalho e distinto, se é que você conhece o tipo de distinção a que me refiro. De quem nunca colheu beterrabas de um monte de terra com um bando de costas suadas nem teve que ir 15 ou 20 vezes ao bebedouro de água. Ou apanhou limões às 6 da manhã, sem camisa, porque já sabia que ia fazer um calor de rachar ao meio-dia. Só os pobres estão por dentro do sentido da vida; os ricos e os prudentes têm que adivinhar. Por estranho que pareça, comecei então a pensar nos chineses. A Rússia não era mais a mesma; talvez só os chineses estivessem por dentro, cavando bem lá no fundo, cansados de tanto papo furado. Acontece, porém, que não me amarro em política, que é outra vigarice: a história, no fim, fode nós todos. Estava prematuramente acabado – frito, fodido e mal pago. Não restava mais nada.

– Mr. Bukowski?
– Sim?
– Bem, hã... recebemos uma informação...
– Sim. Pode continuar.
– ... dizendo que o senhor não é casado com a mãe de sua filha.

Imaginei, então, o sujeito enfeitando o pinheirinho de Natal com o copo de drinque na mão.

– É verdade. Não sou casado com a mãe de minha filha, que tem 4 anos.
– O senhor sustenta a menina?
– Sim.
– Quanto paga por mês?
– Não vou lhe dizer.

Ele se recostou novamente.

– O senhor deve compreender que nós, os funcionários do governo, precisamos manter certos padrões de conduta.

Como não me sentia realmente culpado *de coisa alguma*, nem me dignei a retrucar.

Fiquei esperando.

Ah, garotada, onde é que vocês andam? Kafka, cadê você? Lorca, baleado na lama da estrada, cadê você? Hemingway, alegando que estava sendo perseguido pela C.I.A., sem que ninguém, a não ser eu, levasse a sério...

Aí então o velho, grisalho, distinto, tranquilo, que nunca havia colhido beterrabas, virou as costas e estendeu a mão para um pequeno e bem envernizado balcão que estava atrás dele e pegou 6 ou 7 números de *Open Pussy*.

Atirou tudo em cima da escrivaninha como se fosse uma pilha de cagalhões fedorentos. Bateu de leve neles com uma daquelas mãos que nunca tinham colhido limões.

– Segundo tudo indica, o SENHOR é o autor destas colunas, *Notas de um Velho Safado*.
– Sou.
– O que tem a dizer sobre estes artigos?
– Nada.

– Chama isso de *literatura?*
– É o máximo que posso fazer.
– Pois eu sustento 2 filhos que atualmente estão estudando jornalismo em ótimas faculdades, e ESPERO...

Bateu de leve nas folhas, que para ele fediam à merda, com os dedos cheios de anéis daquela mão que não conhecia fábricas nem prisões e continuou:

– Espero que nunca venham a escrever como o SENHOR!
– Pode ficar sossegado – garanti.
– Mr. Bukowski, creio que não temos mais nada a dizer.
– É – concordei.

Acendi um cigarro, levantei da cadeira, cocei a barriga cheia de cerveja e saí.

A segunda entrevista veio mais depressa do que eu esperava. Lá estava eu, com a mão firme – lógico – no batente, entregue a uma das minhas mais importantes tarefas manuais, quando o alto-falante retumbou: *"Henry Charles Bukowski, queira comparecer à sala do superintendente!"*

Deixei cair o que estava fazendo, peguei uma autorização com o sacana do encarregado da seção e me dirigi à sala indicada. O secretário do superintendente, um velhote frouxo e grisalho, me olhou de alto a baixo.

– Charles Bukowski é *você?* – perguntou, evidentemente decepcionado.
– Sim, cara.
– Me acompanhe, por favor.

Fui atrás dele. O prédio era imenso. Descemos uma porção de escadas, atravessamos um longo corredor, depois entramos num salão mal iluminado que comunicava com outro, também enorme e escuro à beça. Vi 2 homens sentados na ponta de uma mesa que devia ter mais de 20 metros de comprimento. Estavam embaixo de um foco de luz. E na outra extremidade da mesa tinham colocado uma cadeira isolada – para mim.

Entrei. Os dois levantaram. Lá estávamos nós no escuro, iluminados por um único foco de luz. Não sei por quê, me lembrei de todos aqueles assassinatos.

De repente pensei, isto aqui é a América, velhão, Hitler já morreu. Ou estarei enganado?

– Bukowski?

– Sim.

Os dois me apertaram a mão.

– Sente-se.

Que barato, garoto.

– Mr... de Washington – apresentou o outro sujeito, que era um dos mandachuvas de merda locais.

Eu não disse nada. O foco de luz era bacana. Feito de peles humanas?

Mr. Washington tomou a palavra. Estava com uma pasta cheia de documentos.

– Agora, Mr. Bukowski...

– Sim?

– O senhor tem 48 anos e é funcionário do Governo dos Estados Unidos há 11.

– Sim.

– O seu primeiro casamento durou 2 anos e meio. Aí veio o divórcio e o senhor casou outra vez. Quando? Gostaríamos de saber a data.

– Não há data. Nem casamento.

– O senhor não tem uma filha?

– Tenho.

– De que idade?

– Quatro.

– E *não* está casado?

– Não.

– Sustenta a menina?

– Sim.

– Com quanto por mês?

– Com o que é normal.

Aí então ele se recostou na cadeira e ficamos ali, calados. Nenhum de nós abriu a boca durante uns bons 4 ou 5 minutos.

De repente surgiu uma pilha de números da *Open Pussy.*

– O senhor escreve estas colunas? *Notas de Um Velho Safado?* – perguntou Mr. Washington.

– Escrevo.

Entregou um número a Mr. Los Angeles.

– Já viu este aqui?

– Não, não vi, não.

No cabeçalho da coluna havia um caralho ambulante, com pernas e tudo, um caralho ambulante simplesmente descomunal, com pernas e tudo. A história girava em torno de um amigo meu que eu tinha comido por engano, de porre, pensando que era uma das minhas namoradas. Depois foi uma luta para convencê-lo a sair lá de casa. A história era verídica.

– O senhor chama isto de *literatura?* – perguntou Mr. Washington.

– Não entendo de literatura, mas achei que a história era *muito* engraçada. Não achou cômica?

– Mas isto aqui... esta ilustração no cabeçalho?

– O caralho ambulante?

– É.

– Não fui eu que fiz.

– Não decide sobre a escolha das ilustrações?

– O fechamento da edição é nas terças à noite.

– E nas terças à noite eu tenho que estar aqui.

Esperaram um pouco, folheando *Open Pussy,* passando os olhos pelas minhas colunas.

– Sabe de uma coisa – disse Mr. Washington, batendo de leve nas *Open Pussies,* outra vez, com a mão –, não, teria importância se o senhor tivesse se limitado a escrever poemas, mas quando começou a escrever esses *troços...*

Bateu de novo nas *Open Pussies.*

Esperei 2 minutos e 30 segundos. Aí perguntei:

– Será que vamos ter que aceitar os funcionários dos correios como a nova crítica literária?

– Ah, não, não – protestou Mr. Washington –, não é *isso* que queremos dizer.

Continuei sentado, esperando.

– Existe um determinado padrão de conduta a ser mantido pelos nossos funcionários. A gente sempre está à vista do público. Tem que servir de exemplo, levar uma vida exemplar.

– Me parece – disse eu – que os senhores estão querendo ameaçar a minha liberdade de expressão com uma possível perda de emprego. Acho que a O.A.C.* é bem capaz de se interessar.

– Mesmo assim, preferíamos que não escrevesse mais a coluna.

– Cavalheiros, todo homem tem um momento na vida em que precisa decidir se deve resistir ou sair correndo. Eu preferi resistir.

Mutismo total.

Nova espera.

E mais espera.

O barulho das folhas das *Open Pussies*.

Aí Mr. Washington:

– Mr. Bukowski?

– Sim?

– O senhor pretende continuar escrevendo artigos sobre os Correios?

Tinha escrito uma história sobre eles que achei que era mais cômica que propriamente depreciativa – acontece, porém, que talvez a *minha* mentalidade andasse deturpando tudo.

Desta vez fui eu que deixei os dois esperando.

De repente respondi:

– Não, a menos que seja forçado a isso.

Aí foram *eles* que esperaram. Era o tipo do jogo de xadrez em que se torce para que o adversário mexa com a pedra

---

* O. A. C.: Ordem de Advogados da Califórnia.

errada: perdendo tudo, peões, cavalos, bispos, o rei, a rainha e até os culhões. (E neste meio-tempo, enquanto você me lê, lá se vai esta porra do meu emprego. Que barato, garoto. Mande grana para a cerveja e coroas para o Fundo de Reabilitação Charles Bukowski em...)

Mr. Washington se levantou.

Mr. Los Angeles se levantou.

E Mr. Charles Bukowski também.

Mr. Washington declarou:

– Acho que a entrevista está encerrada.

Todos apertamos as mãos feito cobras enlouquecidas pelo sol.

– Até lá, trate de não se jogar de nenhuma ponte por aí... (Estranho: nem tinha pensado nisso.)

– ... faz 10 anos que não aparece nenhum caso como este.

(Dez anos? Quem foi o último infeliz que caiu na cilada?)

– E agora? – indaguei.

– Mr. Bukowski – declarou Mr. Los Angeles –, pode voltar outra vez para o seu lugar.

Me vi realmente em papos (ou serão palpos?) de aranha para encontrar o caminho do andar térreo naquele labirinto kafkiano do subsolo, e quando consegui, todos os meus colegas debiloides de serviço (um bando de bons sacanas) começaram a me chatear:

– Ei, boneco, onde foi que você esteve?

– O que é que eles queriam, velhão?

– Andou derrubando outra lebre preta, paizão?

Tratei-os com o maior Silêncio. Sempre se aprende alguma coisa com o nosso velho e querido Tio Sam.

Não paravam mais de chatear e matraquear, remexendo naquela merda mental. Mas estavam se borrando de medo. Eu era o Velho Kalmão e, se alguém conseguisse me dobrar, não teria o menor problema para fazer o mesmo com qualquer um deles.

– Queriam me nomear diretor-geral – inventei.
– E o que que aconteceu, paizão?
– Mandei que enfiassem um monte de bosta bem quente no rabo.

O chefe da seção ia passando e todos se mostraram submissos no mesmo instante, menos eu, menos aqui o degas, menos o velho Bukowski. Acendi um charuto com calmo floreio de mão, joguei o fósforo no chão e olhei para o teto como se estivesse inspirado por grandes e maravilhosas ideias. Pura tapeação; não conseguia pensar em coisa alguma; só queria saber de uma boa garrafa de uísque, com 6 ou 7 cervejas estupidamente geladas...

O sacana do jornal cresceu, ou pelo menos parecia, e mudou para outro endereço em Melrose. Mas nunca gostei de levar lá os artigos, porque todo mundo era tão cheio de frescura, mas de frescura mesmo, um bando de metidos a besta e sem o menor motivo, ainda por cima. As coisas não mudam. A evolução do homem sempre foi muito lenta. Eram que nem os idiotas que tive que enfrentar quando entrei pela primeira vez na redação do jornal da Faculdade Municipal de Los Angeles em 1939 ou 1940 – todos aqueles bobalhões cheios de nove-horas, com viseira de jornalista na cabeça, a redigir os artigos mais sem graça e burros que se possa imaginar. Se dando tais ares de importância que não tinham nem a decência de demonstrar que estavam vendo a gente ali, nas barbas deles. Pessoal que trabalha em jornal sempre foi a escória do ramo; qualquer faxineiro que recolhe modess usados numa latrina tem mais dignidade – evidentemente.

Olhei para aqueles monstrengos universitários, saí e nunca mais voltei a pôr os pés ali.

Agora. *Open Pussy*. Vinte e oito anos depois.

Com o artigo na mão. Lá estava Cherry na escrivaninha. Falando pelo telefone. Importantíssima. Não dava para interromper. Ou então Cherry sem estar no telefone. Escrevendo qualquer coisa num pedaço de papel. Também não dava para interromper. A mesma vigarice de sempre. Trinta anos e tudo continuava igual. E Joe Hyans correndo pra cá e pra lá, sempre ocupadíssimo, sem tempo para nada, subindo e descendo escadas. Tinha um lugarzinho lá em cima. Só para ele, naturalmente. E algum pobre-diabo, que ficava com ele numa sala nos fundos, onde Joe podia controlar enquanto o infeliz aprontava a matéria para o impressor da IBM. O pobre-diabo ganhava 35 paus por uma semana de 60 horas, vivia feliz da vida, deixava crescer a barba, o olhar adquiria uma bela expressão de dignidade e ele datilografava aquela matéria deplorável de terceira categoria. Com os Beatles a todo volume pelo sistema de música ambiente e o telefone tocando sem parar, Joe Hyans, editor, andava sempre SAINDO CORRENDO PARA ATENDER UM COMPROMISSO IMPORTANTE NALGUM LUGAR. Mas quando se lia o jornal na semana seguinte, ficava-se imaginando aonde tinha ido. Ali é que não estava.

Open Pussy saiu ainda durante algum tempo. As minhas colunas continuaram boas, mas o jornal, em si, fazia o gênero não fede nem cheira. Embora já desse para sentir, pelo aroma, a morte iminente da "xota"...

De 15 em 15 dias, na sexta-feira à noite, todo o pessoal se reunia. Estraguei algumas dessas reuniões. E depois que soube dos resultados, simplesmente deixei de ir. Se o jornal queria continuar existindo, que existisse. Nunca mais dei as caras e passei a enfiar o envelope com o artigo por baixo da porta.

Aí Hyans me pegou pelo telefone:

– Tive uma ideia. Quero que me prepare um material com os melhores poetas e prosadores que você conhece pra gente publicar como suplemento literário.

Eu preparei. Ele publicou. E foi processado pela polícia por "atentado ao pudor".

Mas era simpático. Liguei para ele.

– Hyans?
– Sim?

– Já que tão te processando por aquele troço, vou escrever a minha coluna pra você sem cobrar nada. As 10 pratas que vem me pagando podem ir pro fundo de reserva de *Open Pussy.*

– Muito obrigado – disse.

E o que é que ele queria mais? Conseguir o melhor escritor da América de graça...

De repente, uma noite, Cherry me telefonou.

– Por que é que você sumiu lá das reuniões? Todo mundo já reclamou a tua falta.

– Como é que é? Que diabo você tá dizendo aí, Cherry? Reclamou a minha flauta?

– Não, Hank, o pessoal todo gosta muito de você, mesmo. Vê se aparece, tá?

– Vou pensar.

– Sem você, aquilo é um horror.

– E comigo vira filme de terror.

– Deixa disso, velhão. A gente faz questão.

– Vou pensar, Cherry.

Então fui. O próprio Hyans me deixou com a ideia de que, sendo o primeiro aniversário de *Open Pussy,* ia ter vinho, xota, vida e amor à beça.

Mas entrando já alto e esperando encontrar o pessoal fodendo pelo chão e amor por tudo quanto era canto, vi apenas todos aqueles coitadinhos, tão dignos de carinho, mergulhados no trabalho. Assim curvados e lúgubres, me lembravam muito aquelas velhinhas que trabalhavam por peça e para quem eu entregava tecidos, subindo em elevadores manuais acionados por cordas, cheios de ratos e mau cheiro, centenárias, senhoras que ganhavam por peça. orgulhosas, mortas e neuróticas como o quê, trabalhando sem parar para enriquecer algum candidato a milionário... em Nova York, na Filadélfia, em St. Louis.

Só que *esses,* para *Open Pussy,* trabalhavam *sem ganhar nada,* e eis ali Joe Hyans, com aquele jeito meio brutal de gordo, andando de um lado para outro, atrás deles, de mãos nas costas, verificando se *cada* voluntário (ou voluntária) cumpria direito e com exatidão o seu dever.

– Hyans! *Hyans, seu sacana de merda!* – berrei, logo de entrada. – *Você está dirigindo um mercado de escravos, tá bancando o Simon Legree, pô, dá vontade de vomitar! Vive reclamando que a polícia e o pessoal lá de Washington têm que ser mais justos, e agora tô vendo que você é o maior bandido que existe! Hitler elevado ao cubo, seu filha da mãe de um feitor! Fica aí escrevendo sobre as atrocidades alheias e depois faz mil vezes pior! Porra, quem que a boneca acha que engana? Quem você pensa que é?*

A sorte de Hyans é que toda aquela gente ali já estava acostumada comigo e para eles tudo o que eu dizia era besteira, enquanto Hyans personificava a Verdade.

A Personificação da Verdade se aproximou e pôs um grampeador na minha mão.

– Senta – pediu –, estamos querendo aumentar a circulação. Fica sentado aí quietinho e vai grampeando esses anúncios verdes em cada exemplar. Vamos remeter números encalhados a possíveis assinantes futuros...

O velho e querido Hyans, o Amante da Liberdade, utilizando métodos capitalistas para vender o seu peixe. Excedia, até em matéria de lavagem cerebral.

Finalmente chegou perto de mim e me tirou da mão o grampeador.

– Você não está grampeando com a rapidez que eu quero.

– Vai te foder, boneca. Tinha que estar correndo champanha por tudo isto aqui. Agora só me falta comer grampos...

– Ei, Eddie!

Chamou outro burro de carga – cara chupada, braço que era puro osso, paupérrimo. O pobre Eddie andava passando fome. Todo mundo andava, aliás, em prol da Causa. Exceto Hyans e a mulher dele, que moravam numa casa de 2 andares, com um dos filhos estudando em colégio particular, e o velho Vô lá em Cleveland, um dos maiores borrachos do *Plain Dealer* com tanto dinheiro que nem sabia onde botar.

Hyans então correu comigo e também com outro cara que tinha uma helicezinha no alto de um gorro maluco, "Lovable Doc" Stanley, tenho impressão que se chamava, e inclusive com a mulher do "Lovable Doc", e quando nós três íamos saindo, na maior calma, pela porta dos fundos, dividindo uma garrafa de vinho ordinário, ouviu-se a voz de Joe Hyans:

– E caiam fora daqui, e *nunca mais* me apareçam, mas não estou me referindo a *você,* Bukowski!

Pobre sacana, bem que sabia o que fazia vender o jornal...

Aí houve outra encrenca com a polícia. Desta vez por causa da publicação da foto de uma buceta. Hyans, a essa altura, como sempre, andava metendo os pés pelas mãos. Queria incrementar a circulação, a todo custo, ou então acabar com o jornal e dar no pé. Era um torniquete que não sabia manobrar direito e que ia apertando cada vez mais. Só o pessoal que trabalhava de graça ou por 35 dólares semanais parecia ter qualquer espécie de interesse no jornal. Mas Hyans sempre dava um jeito de traçar algumas das voluntárias mais jovens e portanto não perdia tempo.

– Por que você não larga o péssimo emprego que tem e vem trabalhar conosco? – me perguntou um dia.

– Por quanto?

– Quarenta e cinco dólares por semana. Incluindo a tua coluna. Também se encarrega da distribuição nas caixas postais, nas quartas de noite, no teu carro, a gasolina corre por minha conta, e ainda pode escrever artigos especiais. Das 11 da manhã até as 7 e meia da noite, com folga nas quartas e sábados.

– Vou pensar.

O pai de Hyans veio de Cleveland. Tomamos um pileque juntos lá na casa de Hyans. Hyans e Cherry não pareciam nada satisfeitos com a presença do Vô. E o Vô era uma verdadeira esponja. O uísque simplesmente se evaporava. Não se interessava por pentelhos. Eu, em matéria de esponja, não ficava atrás. Bebemos a noite inteira.

— Ora, o jeito de se livrar do *Free Press* é rebentando com as bancas onde é vendido, correr com os jornaleiros das ruas e deixar alguns deles com a cabeça quebrada. Antigamente a gente fazia assim. Eu tenho dinheiro. Posso contratar uns marginais aí, uns filhos da puta bem maus mesmo. A gente podia contratar o Bukowski.

— Puta que pariu! — berrou o jovem Hyans —, *chega* de tanta *besteira,* estão me ouvindo?

— Que tal o meu plano Bukowski? — me perguntou o Vô.

— Acho bom à beça. Passa a garrafa para cá.

— O Bukowski é um doido! — gritou Joe Hyans.

— Mas você publica a coluna dele — observou o Vô.

— Porque é o melhor escritor da Califórnia — justificou o jovem Hyans.

— O melhor escritor doido da Califórnia — retifiquei.

— Filho — continuou o Vô —, eu tenho toda essa dinheirama aí. Quero promover o teu jornal. A gente só precisa estourar algumas...

— Não. Não. Não! — vociferou Joe Hyans. — Não quero *nem saber!*

E saiu correndo de casa. Que homem maravilhoso, o Joe Hyans. Sair correndo de casa. Preparei nova dose e avisei Cherry que ia fodê-la de pé encostada na estante de livros. Vô falou que seria coisa de poucos segundos. Cherry nos cobriu de palavrões enquanto Joe Hyans, com toda aquela sua dignidade, saía correndo pela rua afora...

O jornal, não sei como, continuou sendo publicado uma vez por semana. Foi então que começou o processo por causa da foto da tal buceta.

O promotor público perguntou a Hyans:

— O senhor faz alguma objeção à prática da cópula oral na escadaria de entrada da Prefeitura?

— Não — respondeu Joe —, só acho que provocaria engarrafamento de trânsito.

Ah, Joe, pensei, como é que você me joga fora uma oportunidade dessas! Você devia ter dito: "Eu preferia que a cópula oral fosse *dentro* da Prefeitura, que aliás é o lugar mais apropriado para isso."

Quando o juiz quis saber o intuito da publicação da foto do órgão sexual feminino, o advogado de Hyans não se fez de rogado:

– Ora, era pra mostrar como é. Só pra mostrar como é que é.

Perderam a questão, claro, mas entraram com recurso.

– Uma simples batida – explicou Joe Hyans aos gatos pingados dos meios de comunicação na saída –, a polícia cismou de implicar com o jornal.

Que criatura brilhante, o Joe Hyans.

Quando ouvi de novo a voz dele foi por telefone:

– Bukowski, acabo de comprar um revólver. Cento e doze dólares. Uma arma bonita pra caramba. Vou matar um cara.

– Onde é que você está?

– Aqui no bar, do lado do jornal.

– Estou indo pra aí.

Quando cheguei lá, encontrei Joe na calçada, andando pra lá e pra cá.

– Entra aqui – disse ele –, te convido para uma cerveja.

Sentamos. O bar estava cheio. Hyans falava quase aos berros. Acho que dava para escutar o que ele dizia até em Santa Mônica.

– *Vou esmigalhar os miolos dele contra a parede, vou matar esse filho da puta!*

– Quem é o cara, rapaz? Por que você quer matar o pilantra?

Não parava de olhar fixamente para frente.

– Que barato, garoto. Por que que você vai matar esse filha da puta, hem?

– Porque ele anda fodendo com a minha mulher, sabia?!

– Ah.

Continuou com aquele olhar parado. Parecia filme. Só que não era tão bom.

– É uma arma bonita pra caramba – repetiu Joe. – A gente põe o pente de balas. Dá 10 tiros. Feito raio. Não vai sobrar nem rastro daquele salafra!

Joe Hyans.

Aquele homem maravilhoso de vasta barba ruiva.

Que barato, garoto.

Mas, voltando ao que interessa:

– E todos aqueles artigos a favor da paz que você publicava? Todo esse papo de amor? Que fim levaram?

– Ah, deixa disso, Bukowski, tá querendo pegar no meu pé? Logo você, que nunca levou a sério essa cascata de pacifismo?

– Pois sabe que eu não sei?... Não tenho lá tanta certeza assim, não.

– Já tinha avisado esse cara que ia acabar com o couro dele se aparecesse de novo na minha casa, e não é que eu entro e dou com ele sentado no sofá da minha sala? Agora, o que é que *você* faria numa hora dessas?

– Acho que você tá encarando isso como uma questão de propriedades pessoais. Por que não manda tudo à merda? Deixa pra lá. Te muda. Os dois que fiquem juntos, se quiserem.

– É isso que você faz?

– Depois que cheguei aos 30, sempre. E a partir dos 40, até que fica mais fácil. Mas, na faixa dos 20, virava bicho. As primeiras queimaduras são sempre as piores.

– *Pois eu pretendo matar esse filho da puta! Vou estourar os miolos daquele cretino!*

O bar em peso prestava atenção. Ama, garoto, ama.

– Vamos dar o fora daqui – sugeri.

Do lado de fora da porta do bar, Hyans se jogou ao chão de joelhos e se parou a berrar. Um inacabável berro de 4 minutos que daria até para leite coalhar. Acho possível que se ouvisse lá em Detroit. Aí ajudei-o a se levantar e levei-o para o meu carro. Quanto já ia entrando, agarrou-se no trinco, caiu ajoelhado de novo e soltou outro uivo de leitão carneado no matadouro. Estava gamado na Cherry, coitado. Levantei-o do chão, coloquei-o no assento, entrei pela outra porta, segui em direção à zona norte, depois dobrei ao leste e, ao chegar num sinal vermelho, na esquina de Sunset com Vermont, o desgraçado me solta outro berro. Acendi um charuto. Os outros motoristas olhavam boquiabertos para o ruivo barbudo a gritar.

Não vai mais parar, pensei. Vou ter que lhe dar um soco.

Mas bem na hora em que o sinal ficou verde, calou o bico. Saí na disparada. Ele não dizia nada, só soluçava. Eu não sabia o que fazer. Não havia nada que pudesse dizer.

Pensei: vou levá-lo lá na casa do Mongo, o Gigante da Grandeza Eterna. Mongo é cheio de babados. Talvez consiga passar a conversa no Hyans. Eu, fazia 4 anos que não morava com mulher alguma. Já andava muito longe daquilo para poder enxergar direito.

Se ele abrir o berreiro de novo, pensei, vou ter que dar um soco. Não dá para aguentar mais nenhum.

– Ei! Aonde é que a gente vai?

– Lá no Mongo.

– Ah, não! Lá no Mongo não! Odeio aquele cara! Só vai fazer troça de mim! É um bom filho da puta, sem dó nem piedade!

Era pura verdade. Mongo podia ter boa cabeça, mas era cruel. Não adiantava nada ir lá. E eu tampouco servia. Continuamos rodando.

– Escuta aqui – lembrou Hyans –, tenho uma namorada por estas bandas. Mais alguns quarteirões aí adiante. Me deixa lá. Ela me compreende.

Segui na direção indicada.

– Olha aqui – pedi –, não atira no cara.

– Por quê?

– Porque você é o único sujeito capaz de publicar minha coluna.

Chegamos no endereço, ele saltou do carro, esperei que abrissem a porta e depois arranquei. Uma boa trepada talvez lhe devolvesse a calma. Eu também estava precisando de uma...

Quando tive notícias de Hyans, já tinha se mudado de casa.

– Não consegui aguentar mais aquilo. Sabe que uma noite dessas tomei banho, já estava me aprontando para foder, queria botar um pouco de vida naquele saco de ossos, e adivinha o que aconteceu?

– O quê?

– Quando entrei no quarto, ela saiu correndo de casa. Que vaca!

– Olha aqui, Hyans, eu conheço esse lance. Não posso falar mal da Cherry porque vocês dois são bem capazes de se reconciliar e aí então você vai se lembrar de todas as sujeiras que eu disse.

– Não pretendo me reconciliar.

– Eu sei.

– Resolvi não dar tiro no salafra.

– Boa.

– Vou desafiar ele pra um jogo de boxe. Bem como manda o figurino. Juiz, arena, luvas e tudo mais.

– Tá legal – concordei.

Dois touros lutando pela vaca. E esquelética, ainda por cima. Mas na América é muito comum o perdedor ficar com a vaca. Instinto maternal? Carteira mais recheada? Piroca mais grossa? Sabe lá Deus o quê...

Enquanto enlouquecia, Hyans contratou um sujeito de cachimbo e gravata borboleta para ir tocando o jornal. Mas era óbvio que *Open Pussy* estava na sua última foda. E ninguém se importava com isso, a não ser o pessoal dos 25 ou 30 dólares semanais e os que colaboravam de graça. Esses gostavam do jornal. Não era dos melhores, mas também não dava para se jogar fora. Havia, por exemplo, a minha coluna: *Notas de um Velho Safado*.

E o cachimbo e gravata borboleta ia publicando o jornal. Parecia que nada tinha mudado. E nesse meio-tempo eu não parava mais de ouvir: "O Joe e a Cherry fizeram as pazes. O Joe e a Cherry se separaram outra vez. O Joe e a Cherry se reconciliaram de novo. O Joe e a Cherry..."

Aí, numa fria e tristonha noite de quarta-feira fui até a banca de revistas para comprar *Open Pussy*. Tinha escrito uma das minhas melhores colunas e queria ver se eles tinham tido culhões para publicá-la. A banca ainda estava com o número da quinzena anterior. Senti um cheiro de cadáver pairando no ar: acabou o jogo. Comprei 2 caixas de latas de cerveja, voltei para casa e bebi pela alma do defunto. Sempre preparado para o fim, quando veio, me pegou de surpresa. Atravessei a sala, arranquei o cartaz da parede e joguei na lixeira: *OPEN PUSSY. UMA RESENHA SEMANAL DA RENASCENÇA DE LOS ANGELES.*

O governo não precisava mais se preocupar. Eu voltava a ser um cidadão exemplar.

Vinte mil exemplares. Se tivéssemos conseguido aumentar para 60 – sem problemas familiares nem batidas de polícia – teria sido um êxito. Não foi.

No dia seguinte liguei para a redação. A garota que atendeu estava em prantos.

– Nós tentamos telefonar ontem de noite pra você, Bukowski, mas ninguém sabia o endereço. Que coisa mais horrível. Acabou. Tá tudo acabado. O telefone toca sem parar. Estou sozinha aqui. A gente vai fazer uma reunião com todo o grupo na terça-feira que vem, à noite, pra ver se dá pra continuar tocando o jornal. Mas o Hyans já levou tudo – os artigos, a lista de assinantes e a máquina da IBM, que nem era dele. Ficamos sem nada. Não sobrou coisa alguma.

Ah, que voz doce que você tem, meu bem, uma voz tão suave, tão triste, dá vontade de te foder, pensei.

– A gente tá cogitando de lançar um jornal ripi. A imprensa alternativa já era. Não deixa de aparecer lá na casa do Lonny na terça de noite, tá?

– Vou fazer força – prometi, sabendo que não iria.

Portanto, era isso aí – quase 2 anos. Acabou-se o que era doce. A polícia, a cidade, o governo – todos tinham vencido. A decência reinava absoluta de novo nas ruas. Talvez os guardas parassem de me multar toda vez que vissem o meu carro. E Cleaver não nos mandasse mais recadinhos lá do seu esconderijo. E se pudesse comprar o *L.A. Times* onde bem entendesse. Jesus Cristo e Maria Santíssima nos Céus, que Vida mais Triste.

Mas dei à moça o meu endereço e número de telefone, na esperança de que a gente se entendesse, quem sabe, numa cama de molas. (Harriet, fiquei esperando e você nunca apareceu lá em casa.)

Mas Barney Palmer, o colunista político, apareceu. Mandei que entrasse e abri as cervejas.

– O Hyans – contou – meteu o revólver na boca e puxou o gatilho.

– E aí, o que aconteceu?

– Não saiu tiro nenhum. Aí ele vendeu o revólver.

Ué, por que é que ele não continuou tentando?

– É preciso ter muito culhão pra tentar uma vez, que dirá duas.

– Tem razão. Me desculpa. A ressaca tá braba.

– Quer saber o que aconteceu?

– Claro. O enterro também é meu.

– Bom, era terça de noite, a gente estava procurando aprontar a edição. Tínhamos a coluna que você escreveu que, graças a Deus era grande, pois estávamos com falta de material. Dava até impressão que o jornal ia sair fino demais. Aparece o Hyans, olhar vidrado, borracho de vinho. Tinha rompido com a Cherry de novo.

– Argh.

– É. Seja lá como for, o material era insuficiente. E o Hyans não parava de atrapalhar. Até que afinal foi lá pra cima, deitou no sofá e apagou. Assim que ele saiu, o número começou a pegar forma. Conseguimos fechar a edição e tínhamos 45 minutos pra chegar na gráfica. Eu disse que levava de carro. Aí sabe o que aconteceu?

— O Hyans acordou.
— Como adivinhou?
— É um dom que eu tenho.
— Bom, ele insistiu em levar pessoalmente a edição lá na gráfica. Jogou tudo dentro do carro, mas nunca foi aonde disse que ia. No dia seguinte, a gente chegou e deu com o bilhete que ele tinha deixado, e não havia mais nada lá dentro – a máquina da IBM, a lista de assinantes, coisa nenhuma...
— Eu já sabia. Muito bem, vamos encarar o negócio da seguinte maneira: foi ele que começou com essa porra, portanto tinha todo o direito de terminar com ela.
— É, mas a máquina da IBM não era dele. Pode entrar numa fria danada por causa disso.
— Hyans tá acostumado a entrar em frias. É louco por elas. Precisava ouvir os berros que ele dá.
— Mas, Buk, e aquela raia miúda? Aqueles caras que por 25 paus por semana abriram mão de tudo pra não deixar a peteca cair? Aqueles caras que usavam papelão no sapato? Que dormiam no chão?
— A raia miúda sempre toma no rabo, Palmer. A história não dá outra coisa.
— Tá falando igualzinho ao Mongo.
— Que em geral tem razão, mesmo que seja um bom filho da puta.

Conversamos mais um pouco, depois fim de papo.

Uma baita bicha preta se chegou para mim aquela noite lá no serviço.
— Como é, bichão, soube que o teu jornal dançou.
— De fato, companheiro, mas como é que você soube?
— Saiu no *L.A. Times* de hoje, na primeira página do segundo caderno. Garanto que estão festejando.
— Acho bem provável.
— O pessoal aqui gostava do teu jornal, cara. E da tua coluna também. Negócio da pesada.
— Obrigado, companheiro.

Na hora do almoço (10 e 24 da noite...) saí e comprei o *L.A. Times*. Botei debaixo do braço, atravessei a rua até o bar que ficava em frente, pedi um canecão de chope, acendi um charuto e fui ler o jornal numa mesa mais iluminada:

OPEN PUSSY NO MAIOR VERMELHO

Open Pussy, que ocupava o segundo lugar entre os maiores órgãos da imprensa alternativa, suspendeu as suas atividades, segundo declarações dos editores, na quinta-feira última. Daqui a 10 semanas o jornal estaria comemorando o segundo aniversário.

"Dívidas de vulto, problemas de distribuição e uma multa de mil dólares numa condenação por atentado ao pudor, em outubro, contribuíram para o desaparecimento do semanário", informou o diretor gerente, Mike Engel. Segundo ele, o jornal circulava ultimamente com cerca de 20.000 exemplares.

Engel e outros membros do corpo editorial disseram, porém, que julgavam que Open Pussy poderia ter continuado e que o seu fechamento era decisão de Joe Hyans, editor-responsável e proprietário da publicação.

Na quarta-feira passada, quando o pessoal da redação chegou à sede, situada na Av. Melrose, 4.369, encontrou um bilhete, deixado por Hyans, cujo texto, em parte, dizia:

"O jornal já cumpriu a sua finalidade artística. Politicamente, nunca conseguiu ser muito eficaz, aliás. O que vem sendo publicado recentemente em suas páginas não representa nenhum progresso em relação ao que se imprimia um ano atrás.

Como artista, tenho a obrigação de me afastar de um trabalho que estagnou... mesmo que seja obra de minhas próprias mãos e esteja rendendo tutu (dinheiro)."

Terminei com o canecão de chope e voltei para o meu trabalho de funcionário público...

Dias depois encontrei um bilhete na caixa da minha correspondência:

Segunda-feira, 10 e 45 da manhã.

Hank:

Achei agorinha mesmo na minha caixa de correspondência um bilhete de Cherry Hyans. (Passei todo o domingo fora de casa, inclusive à noite.) Ela diz que ficou com as crianças, que está doente e no meio de uma encrenca danada na rua Douglas, nº... Não consigo localizar a porra dessa rua na planta da cidade, mas queria que você ficasse sabendo desse bilhete.

Barney

Passaram-se uns dias, o telefone tocou. Não era nenhuma mulher louca de tesão. Era Barney.

– Oi, o Joe Hyans está na cidade.

– Assim como você e eu – retruquei.

– O Joe voltou pra Cherry.

– É?

– Vão se mudar para São Francisco.

– Já deviam ter ido há mais tempo.

– A transa do jornal ripi gorou.

– Pois é. Desculpa eu não ter ido. Pifão.

– Tudo bem. Mas olha, agora estou comprometido com um artigo. Assim que aprontar, quero entrar em contato contigo.

– Pra quê?

– Arrumei um patrocinador com 50 milhas.

– Cinquenta milhas?

– É. Grana da boa. Tá interessado. Quer lançar um novo jornal.

– Vê se não me esquece Barney. Sempre gostei de você. Lembra aquela vez em que nós dois começamos a beber lá em casa às 4 da tarde, batemos papo a noite inteira e só fomos acabar às 11 do outro dia de manhã?

– É. Foi uma noitada espetacular. Pra um sujeito da tua idade, você enche a cara melhor que ninguém.

– Pois é.

– Portanto, assim que me livrar desse tal artigo, te aviso.

– Tá legal. Não esquece de ligar, Barney.

– Eu ligo, sim. Enquanto isso, aguenta as pontas.

– Tá no molho.

Fui à latrina e dei uma belíssima cagada cheia de chope. Depois me deitei na cama, soquei uma bronha e ferrei no sono.

Vida e morte na enfermaria de indigentes

A ambulância já estava cheia, mas descobriram um lugar para mim na parte de cima e lá nos fomos nós. Ia botando muito sangue pela boca e com medo de sujar aquele pessoal ali embaixo de mim. Avançávamos pelas ruas com o som da sirene no ouvido. Parecia distante, como se não viesse da nossa ambulância. Estávamos a caminho do hospital municipal, todos nós. Os pobres. Os casos de indigência. Cada um com um problema grave, porém diferente, e muitos não voltariam. A única coisa que tínhamos em comum era o fato de sermos pobres com poucas chances de sobrevivência. Íamos ali apinhados feito sardinha. Jamais pensei que coubesse tanta gente dentro de uma ambulância.

– Ah, meu Deus, ah, meu Deus do céu – escutei a voz de uma negra logo abaixo de mim –, nunca imaginei que isso fosse capaz de acontecer COMIGO! nunca pensei que uma coisa dessas pudesse, ah meu Deus...

Não era assim que me sentia. Há muito tempo que brincava com a morte. Não que vá dizer que fôssemos grandes amigos, mas a gente se conhecia bastante bem. Nessa noite a aproximação aumentou de repente, meio rápido demais. Não por falta de avisos: dores como espadas cravadas no estômago, que preferi ignorar. Supunha ser rijo e a dor, para mim, não passava de uma espécie de azar: fingia que não notava. Simplesmente despejava uísque em cima dela e continuava tratando da vida. Só que a minha vida consistia em tomar porre. O culpado era o uísque; devia ter ficado no vinho.

O sangue que sai das entranhas não tem a mesma cor vermelha e viva que provém, digamos, de um corte no dedo. É escuro, roxo, quase preto, e tem mau cheiro, um fedor pior que o de merda. Aquela energia toda a expelir fluido, fétido como uma cagada de chope.

Pelo espasmo pressenti outra golfada de sangue. Era a mesma sensação de vômito de comida, e depois que o sangue saía, vinha o alívio. Mas não passava de ilusão... cada acesso fazia mais próxima a presença da Morte.

– Ah meu santo Pai do Céu, nunca pensei...

O sangue veio, mas cerrei os dentes. Já não sabia o que fazer. Ali em cima, na padiola superior, iria encharcar por completo os vizinhos de baixo. Retive o sangue na boca, enquanto procurava solução. A ambulância dobrou numa esquina e os pingos começaram a escorrer pelo canto dos lábios. Ora, mesmo agonizante, um homem precisa manter a linha. Me recompus, fechei os olhos e engoli o sangue de volta. Senti náusea. Mas resolvi o problema. Só torci para que se chegasse logo nalgum lugar onde desse para expelir o próximo.

Na realidade, nem me lembrei que poderia morrer; a única ideia que me passou pela cabeça foi: que coisa mais desagradável, perdi todo o controle do que está me acontecendo. Essa ideia diminuía as possibilidades de saída e me deixava zonzo.

A ambulância chegou ao destino e, quando vi, estava deitado numa mesa, ouvindo perguntas: qual era a minha religião? onde tinha nascido? havia ficado devendo alguma conta anterior ali no hospital? qual a data do meu nascimento? pais ainda vivos? casado? tudo o que se possa imaginar. Falam com um sujeito como se estivesse na maior lucidez; nem se dão ao trabalho de fingir que a gente não vai morrer. E não têm a mínima pressa. Com isso o cara se acalma, mas não por causa deles: são movidos pelo tédio e pouco estão ligando se a gente morre, sai voando ou dá um peido. Não, peidar já é considerado exagero.

Depois me vi num elevador e, quando a porta se abriu, numa espécie de porão escuro. Levaram a maca por diante. Me puseram em cima de uma cama e foram-se embora. Como por passe de mágica, surgiu um enfermeiro com um comprimidozinho branco na mão.

– Tome isto aqui – disse.

Engoli o tal comprimido, ele me deu um copo d'água e sumiu outra vez. Há muito tempo que não me acontecia nada com tanta suavidade. Recostei-me no travesseiro e olhei em volta. Havia 8 ou 10 leitos, todos ocupados por americanos. Cada um tinha um jarrinho com água e um copo na mesa de cabeceira. Os lençóis pareciam limpos. Estava muito escuro ali dentro. E frio. A mesma impressão que se tem no porão de um prédio de apartamentos. Do teto pendia uma pequena lâmpada nua, sem lustre. Do meu lado tinha um sujeito enorme, já velho, de quase 60 anos, mas bem forte ainda: embora grande parte daquela imponência fosse pura gordura, dava sensação de muita força. Estava amarrado na cama. Olhando para o teto, falava sozinho.

– ... e era um garoto tão simpático, tão limpinho, precisava de emprego, falou que precisava de emprego e eu disse: "gostei da tua cara, meu filho, a gente tá precisando de um bom cozinheiro, honesto, que entenda de frituras, e eu, meu filho, vejo logo quando o sujeito presta, pela cara, vejo logo quando é caráter, se tudo der certo você pode trabalhar aqui comigo e com a minha mulher pro resto da vida, meu filho..." e ele falou: "tá legal, patrão", falou bem assim e parecia todo satisfeito com o emprego que tinha arrumado e eu disse: "Marta, conseguimos um ótimo rapaz, simpático, com todo jeito de ser decente, não vai meter a mão no dinheiro da caixa que nem aqueles outros sujos sacanas". Bom, aí eu saí e comprei um montão de galinhas por ótimo preço, um negócio da China. E a Marta sabe fazer de tudo com uma galinha, tem uma mão que é uma beleza. Perto dela o coronel Sanders é fichinha. Saí e comprei 20 galinhas para aquele fim de semana. A gente ia ganhar muito dinheiro no sábado e no domingo. Um prato especial com galinha. Saí e comprei as 20. A concorrência ia ser tão grande que o coronel Sanders não ia poder aguentar, teria que desistir do negócio. Num fim de semana tão bom assim, dá pra tirar 200 pratas só de lucro. O garoto até ajudou a depenar e degolar as galinhas, nas horas de folga. Marta e eu não tivemos filhos. Já tava começando a gostar do danado. Bom, aí a Marta preparou as galinhas lá nos fundos, aprontou todos aqueles pratos... tinha galinha de tudo quanto era jeito, 19 pratos diferentes, havia galinha saindo até pelo rabo da gente. O garoto só teve que cozinhar o resto, os *burgers,* os bifes, e assim por diante. as galinhas não precisavam de mais nada. E, palavra de honra, tivemos um fim de semana espetacular. Sexta de noite, sábado e domingo. Aquele garoto trabalhava pra burro e era tão simpático. Dava prazer ter ele por perto. Inventava boas piadas. Me chamava de coronel Sanders, e eu chamava ele de filho. Coronel Sanders & Filho, era assim que a gente se intitulava. Quando fechamos no sábado de noite, nós estávamos cansados, mas felizes na vida. Pô, não tinha sobrado nem rastro das galinhas. O restaurante ficou lotado, gente fazendo fila pra pegar lugar, nunca vi coisa igual. Tranquei a porta, peguei uma boa garrafa de uísque e ficamos ali, sentados, exaustos, mas felizes da vida, tomando uns tragos. O rapaz lavou toda a louça e varreu o chão. Perguntou: "Muito bem, coronel Sanders, a que horas devo vir amanhã?" Sorria. Respondi que às 6 e meia tava bom, ele botou o gorro na cabeça e foi-se embora. "Pô, Marta, mas que garoto bacana," eu disse e aí fui olhar na caixa pra ver quanto tinha dado de lucro. Tava VAZIA! Isso mesmo, eu disse. "Tava VAZIA!" E a caixa de charutos, com o lucro dos outros 2 dias, ele também descobriu onde eu tinha escondido. Uma rapaz com jeito tão decente... Eu não entendo... Falei que era um emprego pro resto da vida, foi o que eu disse pra ele. 20 galinhas... A Marta conhece galinha que não é brinquedo... E aquele moleque, aquele merdinha de uma figa, sumiu com toda aquela dinheirama, aquele moleque...

De repente deu um grito. Já vi muita gente gritar, mas nunca ouvi nada igual. Se debatia nas tiras que o prendiam no leito e gritava. Parecia que as tiras iam rebentar. A cama toda estalava, a parede devolvia o eco dos gritos. O coitado sofria feito cão. E não eram gritos pequenos. Prolongados, como se jamais fossem parar. De repente parou. Nós, os outros 8 ou 10 americanos doentes, relaxamos os corpos e aproveitamos o silêncio.

Depois recomeçou a falar sozinho.

— Era um rapaz tão simpático, fui logo com a cara dele. Disse que podia ficar lá com a gente o resto da vida. Inventava boas piadas, dava gosto ter o moleque por perto. Saí e comprei aquelas 20 galinhas. 20 galinhas. Num bom fim de semana, são 200 pratas garantidas. Tínhamos 20 galinhas. O moleque me chamava de coronel Sanders...

Me debrucei para fora da cama e vomitei uma golfada de sangue...

No dia seguinte apareceu uma enfermeira que me pegou e ajudou a deitar na maca móvel. Eu continuava botando sangue pela boca e me sentindo fraco. Ela foi me empurrando até o elevador.

O radiologista se colocou atrás do aparelho de raios X. Espetaram uma ponta contra a minha barriga e pediram para ficar ali parado. Parecia que ia desmaiar.

— Tô me sentindo fraco demais para ficar em pé – avisei.
— Fique aí – insistiu o radiologista.
— Tô achando que não vai dar.
— Não se mexa.

Senti que começava a cair para trás.

— Vou cair – preveni.
— Não caia – disse ele.
— Fique firme – recomendou a enfermeira.

Caí de costas. Parecia feito de borracha. Não senti nada quando bati no chão. Só a impressão de ser leve como uma pluma. Como provavelmente era.

– Puta merda! – exclamou o radiologista.

A enfermeira me ajudou a levantar e me encostou de novo no aparelho, com aquela ponta comprimindo o meu estômago.

– Não dá – protestei –, acho que vou morrer. Não consigo ficar em pé. Sinto muito, mas não dá.

– Fique quieto – mandou o radiologista –, não se mexa daí.

– Não se mexa – repetiu a enfermeira.

Me senti zonzo de novo. Caí de costas.

– Me desculpe – disse.

– Seu desgraçado! – berrou o radiologista –, já me fez perder 2 chapas! Essas porcarias custam caro!

– Me desculpe – repeti.

– Leva esse cara embora daqui – pediu o radiologista.

A enfermeira me ajudou a levantar e me deitou outra vez na maca. E, cantarolando, foi me empurrando até o elevador.

Acabaram me tirando daquele porão e me levando para outro salão, muito espaçoso. Ali havia uns 40 moribundos. Tinham cortado o fio das campainhas, e umas portas de madeira, largas e grossas, revestidas de folha de zinco de ambos os lados, nos isolavam das enfermeiras e médicos. Cercaram meu leito com biombos e recomendaram que usasse a comadre, mas não gostei nem um pouco, principalmente de vomitar sangue naquilo e, muito menos ainda, de cagar ali dentro. Se alguém algum dia inventar uma comadre cômoda e prática, pode contar com o ódio dos médicos e enfermeiras por toda a eternidade e por todos os séculos dos séculos, amém.

Continuava achando que devia cagar, mas cadê vontade? Claro que, me alimentando só de leite e com o estômago que era uma chaga viva, não podia de maneira alguma despachar muita coisa pelo intestino abaixo. Uma enfermeira me trouxe um prato de rosbife duro com cenouras malcozidas e um purê de batata intragável. Recusei. Sabia que estavam loucos para desocupar outro leito. De qualquer forma, continuava achando que devia cagar. Troço esquisito. Já era a segunda ou terceira noite que passava no hospital. Me sentia cada vez mais fraco. Consegui tirar uma das guardas laterais da cama e levantei. Fui até a latrina e fiquei lá sentado. Fiz força. Nada. Tornei a fazer força. Aí me levantei e olhei. Nada. Só uma minúscula poça de sangue. De repente a cabeça começou a girar feito carrossel, apoiei a mão na parede e botei uma golfada pela boca. Puxei a descarga e voltei ao dormitório. Mal estava na metade do caminho quando senti vontade de vomitar outra vez. Caí no chão. E ali me veio mais um acesso e expeli sangue à beça pela boca. Nunca pensei que a gente pudesse ter tanto sangue assim. Soltei nova golfada.

– Seu filho da puta – gritou um velho lá do seu leito –, vê se fecha essa boca pra gente poder dormir.

– Desculpe, companheiro – pedi, perdendo os sentidos...

A enfermeira ficou furiosa.

– Seu desgranido – ralhou –, eu avisei que não era pra tirar as guardas da cama. Vocês não passam de uns chatos de merda que fazem tudo o que podem pra deixar a gente a noite inteira acordada!

– Sua buceta fedorenta – revidei –, teu lugar devia ser num puteiro do México.

Me levantou pelos cabelos e esbofeteou com toda a força no lado esquerdo do rosto e depois bateu com o dorso da mão no lado direito.

– Retira o que tu disse! – gritou. – Retira o que tu disse!

– Florence Nightingale, eu amo você – retruquei.

Soltou minha cabeça de novo e saiu da enfermaria. Era uma mulher de fibra que não admitia brincadeiras; gostei daquilo. Virei o corpo sobre o meu próprio sangue, encharcando a bata. Assim ela ia aprender.

Florence Nightingale voltou em companhia de outra sádica. As duas me puseram numa cadeira de rodas que foram empurrando pelo salão até chegar no meu leito.

– Quando é que vão parar com esse barulho infernal?! – gritou o velho, com toda a razão.

Me deitaram de novo e Florence levantou as guardas da cama outra vez.

– Seu filho da puta – disse –, agora fica aí bem quieto, senão da próxima vez você vai se dar mal.

– Me chupa – pedi –, me chupa antes de ir embora.

Ela se debruçou na guarda da cama e me olhou bem na cara. Tenho uma expressão muito trágica. Certas mulheres não resistem. Os olhos dela eram grandes e ardentes e encararam os meus. Baixei os lençóis e levantei a bata. Me cuspiu na cara e depois foi-se embora...

De repente vi a enfermeira-chefe na minha frente.

– Mr. Bukowski – anunciou –, não podemos lhe dar mais sangue. O senhor não dispõe de crédito para transfusão.

Sorria. Estava me comunicando que iam deixar que eu morresse.

– Tudo bem – retruquei.

– Quer falar com o padre?

– Pra quê?

– Na sua ficha de entrada o senhor botou que é católico.

– Botei por botar.

– Por quê?

– Porque já fui. Se a gente põe que não tem religião, as pessoas fazem uma porção de perguntas.

– Pra nós o senhor é católico, Mr. Bukowski.

– Escute aqui, pra mim tá difícil falar. Tô morrendo. Tá legal, tá legal, sou católico, faça o que bem entender.

– Não podemos lhe dar mais sangue, Mr. Bukowski.

– Olha, o meu pai é funcionário público. Acho que eles tão fazendo aí uma campanha pra conseguir novos doadores. Museu Municipal de L.A. Um tal de Mr. Henry Bukowski. Ele me odeia.

– Nós vamos mandar verificar...

Houve um reboliço qualquer com a minha papelada enquanto estive lá em cima. Não vi nenhum médico antes do quarto dia de internação e a essa altura tinham descoberto que o pai que me odiava era um bom sujeito que tinha emprego e um filho bêbado moribundo e desempregado, e havia doado sangue para a campanha de novos doadores, e por isso prenderam um frasco num gancho e fizeram a transfusão que precisava. 13 frascos de meio litro de sangue e outros 13 de meio litro de glicose, sem parar. A enfermeira vinha correndo, de tudo quanto era lugar, para aplicar a agulha...

Uma hora acordei e dei com o padre parado ao meu lado.

– Padre – pedi –, por favor, vá-se embora. Posso morrer sem isso.

– Quer que me retire, meu filho?

– Quero, sim, padre.

– Perdeu a fé?

– Perdi, sim.

– Meu filho, quem é católico, nunca deixa de ser.

– Pura onda, padre.

Na cama ao lado, um velho chamou:

– Padre, padre, quero falar com o senhor. Fale comigo, padre.

O sacerdote foi para lá. Fiquei esperando a morte. Você está careca de saber que acabei não morrendo, senão não estaria agora aqui escrevendo tudo isto...

Me mudaram para um quarto onde havia um negro e um branco. O branco vivia recebendo rosas novas todos os dias. Cultivava rosas que vendia para os floristas. De momento não podia tratar dos negócios. O negro tinha rebentado o estômago que nem eu. O branco sofria do coração e o caso dele era grave. Ficávamos lá deitados, o branco comentando a plantação de roseiras, as rosas que colhia e a vontade doida que lhe vinha de fumar um cigarro, meu deus, como ele precisava de um cigarro. Eu já havia parado de botar sangue pela boca, agora só botava pelo cu. Estava desconfiado de que ia escapar. Tinha acabado de esvaziar um frasco de sangue e já tinham retirado a agulha da veia.

– Vou buscar um maço pra você, Harry.

– Meu Deus, obrigado, Hank.

Levantei da cama.

– Me dá dinheiro.

Harry me deu umas moedas.

– Se fumar, ele morre – garantiu Charley. Era o negro.

– Deixa de conversa, Charley, algumas tragadas nunca fizeram mal a ninguém.

Saí do quarto e atravessei o corredor. Havia uma máquina automática no saguão. Tirei um maço e voltei. Aí então Charley, Harry e eu ficamos lá deitados, fumando os cigarros. Isso foi de manhã. Lá pelo meio-dia o médico chegou e colocou um aparelho no peito de Harry. O aparelho cuspiu, peidou e roncou.

– Andou fumando, não é? – perguntou o médico ao Harry.

– Não, doutor, palavra de honra, não fumei, não.

– Qual de vocês dois comprou cigarro pra ele?

Charley olhou para o teto. Fiz o mesmo.

– É só você fumar outro que morre – disse o médico.

Pegou então o aparelho e foi embora. Mal sumiu de vista, tirei o maço de baixo do travesseiro.

– Deixa eu fumar um – pediu Harry.

– Você ouviu o que o doutor disse – retrucou Charley.

– É – concordei, expelindo um lindo rolo de fumaça azul –, você ouviu o que ele disse: "É só você fumar outro que morre".

– Prefiro morrer contente do que viver infeliz – disse Harry.

– Não quero ser o responsável pela tua morte, Harry – declarei –, vou passar estes cigarros pro Charley e ele, se quiser te dar um, que dê.

E entreguei o maço a Charley, que ocupava a cama do meio.

– Tá bom, Charley – disse Harry –, joga pra cá.

– Não posso, Harry, não quero que você morra.

E me devolveu o maço.

– Anda, Hank, deixa eu dar uma tragada.

– Não, Harry.

– Por favor, estou te pedindo, cara, só uma tragadinha, uma só!

– Ah, que saco, pô!

Atirei o maço inteiro para ele. A mão tremia quando tirou o cigarro.

– Não tenho fósforos. Quem é que tem?

– Ah, pelo amor de Deus – gemi.

E joguei-lhe os fósforos.

Entraram e me prenderam noutro frasco. Uns 10 minutos depois chegou meu pai. Vicki estava com ele, tão bêbada que mal podia parar em pé.

– Paixão! – exclamou – paixãozinha!

Cambaleou contra a beira da cama.

Olhei para o velho.

– Seu filho da puta – disse –, não precisava ter vindo aqui com ela bêbada deste jeito.

– Paixão, tu não queria me ver, hã? Hã, paixão?

– Eu te avisei para não te meter com uma mulher dessa laia.

– Ela tá que não se aguenta. Seu cretino, você pagou uísque pra ela, até que ficasse de pileque, só pra trazer até aqui.

– Eu te disse que ela não prestava, Henry. Te disse que ela era à toa.

– Tu não gosta mais de mim, paixãozinha?

– Te arranca com ela daqui... JÁ! – gritei com o velho.

– Não, nada disso, quero que veja o tipo de mulher que você tem.

– Sei muito bem o tipo de mulher que eu tenho. Agora te arranca de uma vez com ela daqui, senão juro por Deus que tiro esta agulha do braço pra te dar uma boa lambada no rabo!

O velho empurrou Vicki para a saída. Caí de novo no travesseiro.

– Ela é um peixão – comentou Harry.

– Eu sei – disse –, eu sei...

Parei de cagar sangue, recebi uma lista do que podia comer e me preveniram que morreria com o primeiro drinque que tomasse. Também tinham dito que podia preparar o caixão se não fizesse a operação. Precisei discutir aos gritos com uma médica japonesa a respeito de operações e mortes. Fui categórico: "Nada de operar", e ela saiu do quarto furiosa, requebrando a bundinha. Quando tive alta, Harry continuava vivo, curtindo seus cigarrinhos.

Caminhei à luz do sol, para ver a sensação que dava. Era boa. O tráfego ia passando ao meu lado. As calçadas estavam do jeito que sempre estiveram. Fiquei pensando se devia pegar o ônibus ou tentar ligar para alguém ir me buscar. Entrei num lugar para telefonar. Mas primeiro sentei para fumar um cigarro.

O garçom saiu do balcão para vir me atender e pedi uma garrafa de cerveja.

Quais são as novas? – perguntou.

– Tudo velho – respondi.

Se afastou. Despejei a cerveja no copo, depois fiquei olhando algum tempo a bebida e aí emborquei metade de um gole só. Alguém colocou uma ficha na eletrola e a música começou a tocar. A vida já parecia um pouco melhor. Terminei o copo, enchi outro e me pus a imaginar se meu pau conseguiria endurecer de novo. Olhei de um lado para outro no bar: não havia nenhuma mulher. E fiz o que só me restava fazer: peguei o copo e esvaziei todo de um trago.

O dia em que se conversou sobre James Thurber

Atravessava uma fase de azar ou tinha perdido o talento. Foi Huxley, ou um dos seus personagens, creio eu, que disse em *Contraponto:* "Qualquer homem pode ser gênio aos 25 anos: aos 50 fica bem mais difícil". Ora, eu estava com 49, o que não é 50 – faltavam alguns meses. E já andava devagar, quase parando. Tinha lançado, recentemente, um pequeno volume de poemas: *O céu é a maior buceta que existe,* que me rendeu 100 dólares 4 meses atrás, e agora esse troço virou preciosidade de colecionador, cotado a 20 pratas nas livrarias de edições raras. Nem sequer tinha um exemplar de minha própria obra. Um amigo, se aproveitando da minha bebedeira, havia roubado o único que tinha. Amigo?

Andava azarado. Genet, Henry Miller, Picasso, e não sei quem mais, me conheciam, e no entanto não conseguia emprego nem para lavar pratos. Tentei num restaurante, mas só fiquei uma noite com minha garrafa de vinho. Uma gorda descomunal, sócia da casa, proclamou: "Mas este homem não sabe *nem* lavar pratos!" Aí me mostrou como um lado da pia – que continha uma espécie de ácido – servia para se colocar *primeiro* os pratos e *depois* passar para o lado da água com sabão. Fui despedido naquela mesma noite. Mas, a todas essas, já havia bebido duas garrafas de vinho e comido metade de uma perna de ovelha que haviam deixado bem atrás de mim.

De certo modo era terrível fracassar desse jeito, mas me doía, acima de tudo, lembrar que tinha lá em São Francisco uma filha de 5 anos, a única pessoa que eu amava no mundo, que precisava de mim, e de sapatos, vestidos, comida, carinho, cartas, brinquedos e, de vez em quando, uma visita.

Me vi forçado a morar com um grande poeta francês que agora estava radicado em Veneza, Califórnia, e esse cara cortava dos 2 lados – quer dizer, fodia homens e mulheres e era enrabado por homens e mulheres. Sabia ser simpático e tinha uma maneira de falar engraçada e brilhante. E usava uma pequena peruca que sempre saía do lugar e tinha que ficar arrumando aquele troço na cabeça enquanto conversava com a gente. Falava sete idiomas, mas comigo eu o obrigava a falar em inglês. E conhecia cada um tão bem como se fosse a sua própria língua materna.

– Ah, não se preocupe, Bukowski – dizia, sorrindo –, eu me *encarrego* de você!

Tinha uma pica de 30 centímetros, mole, e quando chegou em Veneza alguns jornais alternativos publicaram notas e críticas sobre seu valor como poeta (uma das críticas tinha sido escrita por mim), acompanhadas, às vezes, pela foto do grande poeta francês – nu. Não media mais que metro e meio de altura e era todo coberto de pelos, no peito e nos braços. Na frente, descia do pescoço até encobrir os ovos – uma massa de pelos pretos, grisalhos, fedorentos – e bem na metade da foto estava aquela coisa monstruosa caída ali, de cabeça redonda, grossa: um caralho de touro em miniatura de gente.

O francesinho era um dos maiores poetas do século. A única coisa que sabia fazer era ficar sentado pelos cantos a escrever besteirinhas que depois transformava em poemas imortais e pelos quais 2 ou 3 patrocinadores lhe mandavam dinheiro. Também pudera: (?): para um caralho imortal, poemas idem. Conhecia Corso, Burroughs, Ginsberg, o escambau. Toda aquela patota do início, que morava no mesmo hotel, fanfarroneava e fodia junto, mas criava sozinha. Tinha inclusive encontrado Miro e Hem andando pela rua, o primeiro levando as luvas de boxe do segundo, a caminho do campo de combate onde Hemingway queria quebrar a cara e a prosa de alguém metido a besta. *Claro* que os três já se conheciam e pararam um pouco para se empolgar com uma rápida troca de confetes e brilhantes baboseiras.

O imortal poeta francês tinha visto Burroughs se arrastar pelo chão, "bêbado feito gambá", na casa de B.

– Ele me lembra você, Bukowski. Nem se preocupa em disfarçar. Bebe até cair, até ficar de olho vidrado. E nessa noite estava se arrastando pelo tapete, borracho demais pra poder se levantar. Ficou lá caído, olhou pra mim e disse: "Me fodi! Me puseram no porre! Assinei o contrato e vendi os direitos de *Naked Lunch* pro cinema por 500 paus. Ah, que merda, agora é tarde!"

Claro que Burroughs deu sorte – a opção caducou e ele ainda ficou com os 500 paus. Estava num porre federal quando vendi umas besteiras minhas por 50 dólares, com opção por 2 anos, e ainda me faltam dezoito meses de suor pela frente. Pegaram o Nelson Algren do mesmo jeito – O *homem do braço de ouro;* ganharam milhões, e o Algren teve que se contentar com as cascas de amendoim. Estava tão alto que nem pôde enxergar direito a letra miúda do contrato.

Onde entrei bem foi na venda dos direitos cinematográficos de *Notas de um Velho Safado*. Além de estar de pileque, me apareceram com uma buceta de 18 anos, mini levantada até as cadeiras, salto alto e meias de seda. Fazia 2 anos que eu não trepava. Seria capaz de assinar contrato até pela vida inteira. E provavelmente poderia ter entrado com um caminhão de mudança na vagina dela. O pior é que nem me lembro direito.

Porque, lá estava eu, na mais negra miséria, cinquentão, sem sorte e sem inspiração, não arrumando emprego nem de jornaleiro, porteiro ou lavador de pratos, e o imortal poeta francês sempre com aquele movimento lá no pedaço – quando não era mulher, era homem batendo na porta. E que apartamento mais limpo! O W.C. dava gosto de ver: parecia que ninguém jamais cagava ali. Os ladrilhos chegavam a cintilar de tão brancos, e com aqueles tapetinhos gordos e fofos por tudo quanto é canto. Sofás e poltronas novas. Uma geladeira que brilhava feito dente louco ampliado, tão escovado que acabou chorando. Tudo, tudo, produzindo um efeito de delicadeza, de falta de dor, de preocupações, de vida, enfim. Enquanto isso, todo mundo já sabia o que dizer, fazer, e como se comportar era um código – com discrição, sem ruído: vastos e inacabáveis cunetes, felácios e dedos metidos no cu e em tudo quanto era buraco. Homens, mulheres e crianças se entregavam àquilo. Garotos.

Sem falar na Grande C. Na Grande H. E no haxixe. Na maconha. Vai dizendo aí.

Era uma Arte feita em silêncio, todo mundo sorrindo vagamente, esperando, depois fazendo. Indo embora. E aí voltando de novo.

Havia até uísque, cerveja, vinho, para caretas como eu – charutos e a estupidez do passado.

O imortal poeta francês se dedicava, sem parar, a essa profusão de coisas. Levantava cedo, fazia vários exercícios de ioga e depois ficava em pé, olhando-se no espelho de alto a baixo, passando as mãos pela leve camada de suor, até que afinal pegava naquele pau enorme e nos culhões – mas deixando isso bem por último – e levantava aquilo tudo, na maior curtição, e deixava cair:

PLOFT. A essa altura eu entrava no banheiro para vomitar. Saía de novo.

– Não deixou nenhuma sujeira no chão, não é, Bukowski?

Nem perguntava se eu estava morrendo. Só se preocupava com a limpeza do banheiro.

– Não, André. Lancei todo o vômito no seu devido lugar.

– Muito bem, assim é que eu gosto!

Aí, só para se exibir, pois sabia perfeitamente que eu estava mais morto que vivo, ia para o canto da sala, plantava uma bananeira com aquelas bermudas de merda, entrecruzava as pernas no alto, me olhando com a cabeça virada para baixo daquele feitio, e dizia:

– Sabe, Bukowski, que se você resolvesse parar de beber e botasse um smoking, sou capaz de apostar que era só você chegar vestido assim desse jeito, pra tudo quanto é mulher cair de costas pra trás?

– Não duvido nada.

Aí dava um pequeno salto mortal e se punha de pé:

– Vamos tomar café?

– André, faz 32 anos que parei com esse negócio de café da manhã.

Então se ouvia de leve uma batida na porta, ah, tão *delicada,* que se podia até pensar que fosse algum pássaro azul, chato para caralho, cutucando com a ponta da asa, já de pé na cova, pedindo um pouco d'água.

Quase sempre se tratava de 2 ou 3 fedelhos, uns merdinhas de barbas cor de palha.

Em geral era homem, embora volta e meia aparecesse uma garota simplesmente genial – e nesse caso eu não queria nem por nada sair de casa. Mas quem tinha 30 centímetros *moles,* além da imortalidade, era ele. De modo que eu sabia muito bem o papel que devia interpretar.

– Escuta, André, esta dor de cabeça... acho que vou dar uma volta aí pela praia.

– Ah, não, Charles! Não *precisa,* palavra!

E mesmo antes de chegar na porta, me virava e via a garota abrindo a braguilha de André ou, caso não tivesse braguilha, a própria bermuda, caídas entre aquelas canelas francesas, enquanto a garota pegava os famosos 30 centímetros *moles* para ver que bicho dava quando se mexia com aquilo. E André, a todas essas, com o vestido dela erguido até os quadris, vasculhava, com dedo palpitante e voraz, o segredo, nem tão impenetrável assim, daquele rego entre as calcinhas cor-de-rosa, justas e recém-lavadas. E sempre havia alguma coisa para o tal dedo: o *aparentemente* novo e melodramático orifício, fiofó, ou; sendo o mestre que era, quando conseguia passar para o outro lado para fazer pressão contra aquele tecido rosado, justo e recém-lavado, lá se ia ele, preparando aquela buceta que tinha tido apenas 18 horas de trégua.

Portanto, sempre ia dar minha volta pela praia. Como era bem cedo, não precisava contemplar aquela gigantesca demonstração de desperdício da humanidade, empanturrada lado a lado, soltando piadas, resmungando coisas sobre sexo e comentando resultados de testes com rãs. Não precisava vê-los andando ou se espreguiçando pra lá e pra cá com seus corpos horríveis e vidas vendidas – sem olhos, sem vozes, nem nada, e sem nem saber disso – somente a merda do desperdício, a nódoa em cima da cruz.

Mas de manhã cedo até que não era tão ruim, principalmente nos dias de semana. Tudo me pertencia, a mim e às horrendas gaivotas – que iam ficando mais feias à medida que os sacos de papel e as migalhas começavam a desaparecer lá por volta de quinta ou sexta-feira – pois isso significava o fim da Vida para elas. Não podiam adivinhar que no sábado e no domingo a multidão estaria ali de novo com seus pãezinhos de cachorro-quente e sanduíches sortidos. Ora, sabe lá, pensei, se as gaivotas não estarão em situação pior do que a minha? Sabe lá.

Um dia André recebeu convite para ir fazer uma conferência não me lembro onde – Chicago, N. Y., Frisco, um lugar desses aí – e portanto lá se foi ele, me deixando sozinho em casa. Com a oportunidade de usar a máquina de escrever. Não consegui grandes resultados. André tinha o dom de extrair coisas quase perfeitas dali. Era estranho que fosse tão grande escritor e eu não. Não parecia haver tanta diferença *assim* entre a gente. Mas havia – ninguém como ele para juntar uma palavra com outra. Quando me sentava diante da máquina, aquela folha de papel branco ficava simplesmente *olhando* para mim. Todo homem come o pão que o diabo amassou – só que eu, nesse terreno, levo três corpos de vantagem.

Fui, portanto, tomando cada vez mais vinho e esperando a hora da morte. Já fazia alguns dias que André tinha viajado quando, uma manhã, lá pelas 10 e meia, alguém bateu na porta.

– Um momento – pedi.

Entrei no banheiro, vomitei e lavei a boca. Com *Lavoris*. Vesti a cueca, depois botei um dos roupões de seda de André. Abri a porta.

Me vi diante de um rapaz e uma moça. Ela estava de saia bem curta, salto alto e com meias de nylon que iam quase até a altura da bunda. O rapaz nada tinha de especial, era jovem, uma espécie de tipo Cashmere Bouquet – camiseta branca, magro, de boca aberta e mãos na cintura como se fosse decolar e levantar voo.

– André? – perguntou a garota.

– Não. Sou o Hank. Charles. Bukowski.

– Você tá brincando, não tá, André? – insistiu.

– É. Tô, sim – respondi.

Caía um chuvisqueiro lá fora. Os dois não se mexiam.

– Bom, de qualquer modo não fiquem aí fora parados na chuva. Entrem.

– Você *é* o André! – afirmou a lambisgoia. – Tô te *reconhecendo,* essa cara de velho, de 200 anos!

– Tá, tá legal – retruquei. – Entrem logo. Sou o André.

Traziam duas garrafas de vinho. Fui buscar saca-rolhas e copos na cozinha. Enchi 3 para nós. Estava ali parado, saboreando meu vinho, avaliando as pernas dela da melhor maneira possível, quando o rapaz me estende o braço, abre o fecho da minha braguilha e me começa a chupar o pau. Fazia muito barulho com a boca. Acariciei-lhe a cabeça e depois perguntei à garota:

– Como é teu nome?

– Wendy – disse ela –, e sempre admirei tua poesia, André. Acho que você é um dos maiores poetas vivos.

O rapaz continuava ali, firme, chupando e encharcando o pau de saliva, sacudindo a cabeça feito uma coisa maluca que tivesse perdido o juízo.

– Um dos maiores? – reclamei. – Quem são os outros?
– É um só – frisou Wendy. – Ezra Pound.
– Acho Ezra um saco – falei.
– É mesmo?
– É, sim. Se esforça demais. É sério demais, culto demais, e no fim não passa de um artesão muito chato.
– Por que você assina a sua obra apenas como "André"?
– Porque eu gosto.

A essa altura o rapaz chegou ao auge. Agarrei-lhe a cabeça, puxei bem contra mim e descarreguei tudo.

Depois fechei a braguilha e enchi outra vez os 3 copos.

Ficamos simplesmente sentados ali, conversando e bebendo. Não sei quanto tempo levou aquilo. Wendy tinha pernas bonitas e esplêndidas canelas finas que não parava de cruzar e descruzar como se estivessem pegando fogo ou algo parecido. Os dois entendiam *mesmo* de literatura. Conversamos sobre vários assuntos. Sherwood Anderson – *Winesburg,* aquela coisa toda. Dos. Camus. Os Cranes, os Dickeys, as Brontës, Thurber, e assim por diante.

Terminamos as 2 garrafas de vinho e descobrimos mais bebidas na geladeira. Nos dedicamos a elas. Depois, sei lá. Acho que fiquei meio doidão e comecei a cravar as garras no vestido dela – no pouco que havia. Enxerguei a ponta da saia de baixo e da calcinha, aí rasguei a parte de cima e rebentei o sutiã. Peguei na teta. Na mamica. Era farta. Beijei e chupei aquele troço. Depois torci com a mão até que deu um berro e, na mesma hora, esmaguei minha boca contra os lábios dela, abafando os gritos.

Estraçalhei as costas do vestido – nylon, pernas, joelhos, carne de nylon. E levantei-a da cadeira deixando em farrapos aquela frescura de calcinha, e enterrei até o fundo.

– André – exclamou. – *Ai,* André!

Olhei para o lado e vi o rapaz, seguindo a cena, a bater punheta lá na poltrona.

Peguei-a de pé, mas andávamos de um lado para outro da sala. Continuava metendo, e tropeçávamos nas cadeiras, quebrávamos abajures. Teve uma hora em que deitei-a em cima da mesinha de centro, mas logo percebi que as pernas não iam aguentar nosso peso e levantei-a antes da mesa se esborrachar no chão.

– Ai, *André!*

De repente estremeceu toda, de alto a baixo, depois estremeceu outra vez, como se estivesse sendo imolada no altar. Então, percebendo que já estava enfraquecida e fora de órbita, fora de si, simplesmente enterrei tudo, feito gancho, e fiquei completamente imóvel, pendurado ali, dentro dela, que nem peixe-de-mar desvairado, arpoado para sempre. Meio século de experiência não tinha sido em vão. Wendy estava inconsciente. Aí me inclinei para trás e meti, meti, meti, enquanto a cabeça dela se sacudia toda como se fosse uma marionete enlouquecida. Apertei-lhe bem a bunda e fiz com que gozasse de novo junto comigo. Quando chegamos ao orgasmo, até pensei que fosse morrer, que nós dois fôssemos morrer. Puta que pariu.

A pessoa que se vai comer de pé tem que ter uma certa proporção relacionada com a da gente. Me lembro de uma vez em que quase morri num quarto de hotel em Detroit. Tentei em pé, mas não deu certo. O que eu quero dizer é que ela *levantou* os pés do chão e enroscou as pernas nas minhas costas. O que significa que fiquei sustentando sozinho o peso de nós dois. Não dá de jeito nenhum. Quis desistir. Eu mantinha aquele rabo no ar com apenas 2 coisas: as mãos, segurando aquele cu, e o pau.

Mas ela não parava de dizer:

– Meu Deus, que pernas tão fortes que você tem! Meu Deus, que pernas mais lindas e fortes você tem!

E é a pura verdade. O resto, inclusive o cérebro etc. e tal, não é lá essas coisas. Mas alguém colocou 2 pernas enormes e vigorosas no meu corpo. Fora de brincadeira. Mas por pouco, puta que pariu, não morri – naquela foda no hotel em Detroit –, porque o equilíbrio da gente, o movimento do caralho entrando e saindo daquele troço, adquire um ritmo todo especial nessa posição. Fica-se sustentando o peso de 2 corpos. Toda a ação, portanto, se desloca para a espinha dorsal ou coluna da gente. É uma manobra violenta, perigosíssima. Finalmente ambos gozamos e simplesmente soltei-a, não me lembro onde. Joguei longe.

Mas aquela ali, na casa de André, manteve os pés apoiados no chão, o que me facilitou alguns lances – ficar girando sem sair do lugar, bancar peixe-espada, diminuir o ritmo, acelerar, e vários outros.

Até que por fim acabei com as energias dela. Estava numa posição ruim – com a calça e a cueca caídas, encobrindo os sapatos. Larguei Wendy de repente. Nem sei onde foi que caiu, e pouco estava me importando, porra. Bem na hora de me abaixar para puxar a cueca e a calça para cima, o cara, o rapaz, levantou, veio rápido e enfiou o dedo do meio da mão direita, duro e com toda a força, no meu cu. Soltei um berro, me virei e dei-lhe um soco na boca. Voou longe.

Depois vesti a cueca e a calça, e sentei numa poltrona, tomando vinho e cerveja, de cara amarrada, sem dizer nada. Os dois finalmente conseguiram se recompor.

– Boa noite, André – disse ele.
– Boa noite, André – disse ela.
– Cuidado agora com os degraus – preveni. – Ficam escorregadios com a chuva.
– Obrigado, André – disse ele.
– Nós vamos cuidar, André – disse ela.
– Um beijo! – disse eu.
– Um beijo! – repetiram, em coro.

Fechei a porta. Puxa vida, como era bom ser um imortal poeta francês!

Fui até a cozinha, encontrei uma boa garrafa de vinho importado, um pouco de anchovas e umas azeitonas recheadas. Trouxe tudo para a sala e coloquei em cima da trêmula mesinha de centro.

Me servi de um copo cheio de vinho. Depois me aproximei da janela que dava para o mundo e o oceano. Que oceano bacana: nunca se cansava de fazer o que sempre fazia. Terminei o vinho, enchi outro copo, comi um pouco de tudo e aí me senti cansado. Tirei a roupa e deitei bem no meio da cama de André. Peidei, olhando o sol e ouvindo o mar.

– Obrigado, André – disse. – Pensando bem, até que você é um sujeito legal.

E meu talento ainda não estava no fim.

Todo grande escritor

Mason está com ela na linha.

– é, sim, eu sei, mas escuta, eu estava bêbado. não me lembro mais o que que eu DISSE a você! pode ser que fosse verdade, pode ser que não! não, NÃO me arrependo, estou cansado de me arrepender... você o quê? não vai? pois então foda-se!

Henry Mason desliga o telefone. está chovendo de novo. mesmo com chuva, sempre surgem problemas com as mulheres, sempre surgem problemas com...

a campainha do interfone. ele atende.

– tem aqui um tal de Mr. Burkett, um tal de James Burkett...

– quer dizer a ele que os manuscritos que mandou já foram devolvidos? remetemos ontem pelo correio. que sentimos muito etc., você já sabe.

– mas ele insiste em falar pessoalmente com o senhor.

– não dá pra você se livrar dele?

– não.

– tá bom, manda entrar.

um bando de extrovertidos de merda. são piores que os vendedores de roupas, de escovas, são piores que...

entra James Burkett.

– senta, Jimmy.

– só meus amigos me chamam de "Jimmy".

— sente-se, Mr. Burkett.

basta olhar para ver que Burkett é louco. um grande amor-próprio se irradia dele, feito anúncio luminoso. não há jeito de acabar com isso. a verdade não vai adiantar. ele nem sabe o que vem a ser.

— escute aqui – começa Burkett, acendendo um cigarro e ao mesmo tempo sorrindo, como o sacana temperamental & palerma que deve ser –, como é que você não gostou do que eu escrevi? sua secretária aí fora me disse que já foi devolvido. como é que você me foi devolver, cara, hein? como é que me foi devolver?

aí então Mr. Burkett dá aquele olhar, ah, aquele olhar tão direto no olho, se fazendo de DIGNO. todo mundo acha que a gente ADORA fazer isso, que por sinal é tão difícil de fazer, e *só* Mr. Burkett não compreende a situação.

— simplesmente não prestava, Burkett. mais nada.

Burkett apaga o cigarro no cinzeiro. depois, *calça* com toda a força, espremendo bem no fundo. aí acende outro e segurando o fósforo na sua frente, ainda com chama, diz:

— olha aqui, cara, não me vem com esse PAPO!

— estava muito mal escrito, Jimmy.

— já disse que só meus AMIGOS me chamam de "Jimmy"!

— era pura empulhação, Mr. Burkett, claro que apenas na nossa opinião.

— escuta aqui, cara, eu CONHEÇO esse jogo! é só saber PUXAR e a gente tá feito! mas tem que PUXAR! e eu não PUXO, cara! minha obra se defende sozinha!

— não resta dúvida, Mr. Burkett.

— se eu fosse judeu, puro, comuna ou negro, ela já estava em tudo quanto é parte, cara, e eu estaria numa boa.

— ontem esteve aqui um escritor negro que me disse que se a pele dele fosse branca, já seria milionário.

— tá legal, e os putos?

— tem putos que escrevem muito bem.

— como o Genet, né?

— como o Genet.

— tenho que chupar pau, né? tenho que escrever sobre chupação, né?

— eu não disse isso.

— escuta, cara, o que eu preciso é de um pouco de publicidade. uma promoçãozinha e pronto. o público vai ADORAR! a única coisa que falta pra eles é VER o que eu escrevo!

— olha, Mr. Burkett, isto aqui é uma empresa. se fôssemos publicar cada escritor que exige ser publicado porque acha que o que ele escreve é sensacional, em pouco tempo abriríamos falência. nós temos que ter um critério. se cometermos muitos enganos, estaremos liquidados. como vê, é bem simples. nós editamos boas obras que vendem e editamos obras ruins, que não prestam, mas vendem. estamos interessados em vender. isto aqui não é nenhuma instituição de caridade e, francamente, não estamos muito preocupados com o aperfeiçoamento da alma ou com o processo do mundo.

— mas o que eu escrevo VENDE, Henry...

— "Mr. Mason", faz favor! só meus amigos...

— o que que você está querendo, vir com FRESCURA pro meu lado?

— olha, Burkett, já vi que você sabe vender o seu peixe. Como vendedor, você é ótimo. por que não se dedica a vender vassouras, seguros ou coisa parecida?

— o que é que tem de errado no que eu escrevo?

— você não pode sair por aí vendendo e escrevendo ao mesmo tempo. só o Hemingway conseguiu fazer isso, e acabou não sabendo mais escrever.

— deixa de história, cara, o que é que você *não gosta* no que eu escrevo? seja CLARO, pô! não me vem com esse papo de *Hemingway,* tá?

— 1955.

— 1955? Que que você quer dizer com isso?

— quero dizer que naquela época você escrevia bem, mas a agulha trancou no disco. você continua escrevendo como em 1955, como se o tempo tivesse parado.

— porra, vida é sempre vida e é sobre ISSO que eu escrevo, cara! não tem mais *nada!* que diabo de história é essa?

Henry Mason solta um suspiro profundo e se recosta na cadeira. os artistas são uns verdadeiros chatos de galocha. e míopes, ainda por cima. quando têm êxito, acreditam na própria grandeza, por piores que sejam. e quando não têm, a culpa é sempre de alguém e *não deles.* não foi por falta de talento; mesmo que sejam os piores do mundo, sempre creem que são gênios. se julgam melhores que Van Gogh, Mozart ou duas dúzias de outros que esticaram a canela antes de ficar com o rabinho envernizado pela FAMA. agora, acontece que para cada Mozart existem 50.000 imbecis insuportáveis que continuam escrevendo coisas péssimas. só os bons desistem do lance – como Rimbaud ou Rossini.

Burkett acendeu outro cigarro, mais uma vez segurando a chama do fósforo no ar enquanto fala:

— escuta aqui, você edita o Bukowski. e ele já não é mais o mesmo. você sabe muito bem disso. *reconhece,* cara! o Bukowski já não deixou de ser o que era, hem? não deixou?

— digamos que sim.

— o que ele escreve é uma BOSTA!

— se for uma bosta que se vende bem, não tenho nada contra. escuta, Burkett, não somos a *única* editora que existe. por que não experimenta outra? não se contente só com o nosso julgamento.

Burkett levanta.

— pra quê, porra? vocês são *todos* iguais! não sabem o que fazer com a boa literatura! o mundo inteiro não sabe o que fazer com a literatura de VERDADE! são incapazes de notar a diferença que há entre um ser humano e uma mosca! porque já morreram! MORRERAM, ouviu? TODOS VOCÊS, SEUS SACANAS, JÁ MORRERAM! FODAM-SE! FODAM-SE! FODAM-SE! FODAM-SE!

Burkett joga o cigarro aceso no tapete, vira as costas, caminha até a porta, bate COM TODA A FORÇA e some.

Henry Mason se levanta, junta o cigarro do chão, põe no cinzeiro, senta e acende um dos seus. não há maneira de se parar de fumar num emprego desses, pensa. recosta-se na cadeira e dá uma tragada, de puro contentamento com a ausência de Burkett – esses caras são perigosos, completamente loucos e agressivos, principalmente os que estão sempre escrevendo sobre AMOR, SEXO ou um MUNDO MELHOR. nossa, credo. expele a fumaça. a campainha do interfone toca.
atende.
– um tal de Mr. Ainsworth Hockley querendo falar com o senhor.
– o que é que ele quer? já remetemos o cheque de TESÃO E PRISÃO NA UNIVERSIDADE.
– diz ele que tem uma história nova.
– ótimo. pede pra deixar aí com você.
– diz ele que ainda não escreveu.
– tá, então que deixe a sinopse. eu dou uma olhada.
– ele disse que não fez a sinopse.
– o que que ele quer, então?
– falar, pessoalmente com o senhor.
– não dá pra você se livrar dele?
– não, fica só olhando pras minhas pernas e rindo.
– então abaixe o vestido, porra!
– é curto demais.
– tá bom, manda ele entrar.
entra Ainsworth Hockley.
– senta – diz-lhe.
Hockley se senta. de repente se levanta de um salto. acende um charuto. anda sempre com dezenas de charutos. tem medo de ser homossexual. isto é, não sabe se é ou não é, por isso fuma charuto porque acha que é coisa de macho e inclusive dinâmico, mas continua não sabendo muito bem em que terreno está pisando. acha também que gosta de mulheres. uma confusão dos diabos.
– escuta – diz Hockley –, acabo de chupar um PAU que tinha quase um metro de comprimento! ia daqui até aí!

– olha, Hockley, isto aqui é uma empresa. acabei de me ver livre de um doido. o que é que você quer comigo?

– quero te chupar o PAU, cara! É ISSO o que eu quero!

– prefiro que você não chupe.

a sala já está cheia de fumaça de charuto. Hockley está realmente indócil. salta da poltrona. anda pra lá e pra cá. senta de novo. se levanta de repente. caminha de um lado a outro.

– acho que tô ficando maluco – afirma. – só penso em pau. antes eu morava com aquele garoto de 14 anos. PAU enorme! minha nossa. ENORME! uma vez ele tocou uma punheta bem na minha frente, nunca hei de esquecer! e quando eu estava cursando a faculdade, todos aqueles caras andando pra lá e pra cá no vestiário, na maior calma, sabe? olha, um deles tinha um SACO que dava pelos JOELHOS! o apelido dele era HARRY SACO-DE-PRAIA. quando HARRY SACO-DE-PRAIA gozava, meu filho, voava porra pra TUDO QUANTO É LADO! que nem mangueira esguichando nata batida! quando aquela porcaria toda secava... olha, de manhã o cara tinha que bater os lençóis com um taco de beisebol, pra quebrar e tirar as lascas antes de mandar pra lavanderia...

– você tá maluco, Ainsworth.

– eu sei, eu sei, é isso que estou dizendo a VOCÊ! fuma um charuto.

Hockley mete-lhe um charuto na boca.

– não, não, obrigado.

– quem sabe prefere chupar o MEU pau?

– não sinto a mínima vontade. o que é que você queria falar comigo, afinal?

– tô com uma ideia pra uma história, cara.

– tá legal, então escreve.

– não, eu quero que você ouça.

Mason fica calado.

– muito bem – começa Hockley –, negócio seguinte.

anda de um lado para outro, expelindo fumaça.

– uma nave espacial, sacou? 2 caras, 4 mulheres e um computador. lá vão eles feito bala, entende? vão se passando dias, semanas. 2 caras, 4 mulheres, o computador, as mulheres estão ficando que é uma graça. querendo, sabia? deu pra sacar?

– deu.

– mas sabe o que acontece?

– não.

– os 2 caras resolvem que são homossexuais e começam a transar um com o outro. ignoram as mulheres por completo.

– é, não deixa de ser engraçado. escreve.

– espera. ainda não terminei. esses 2 caras estão transando um com o outro. é um asco. não. *não é* um asco! seja lá como for, as mulheres vão até o computador e abrem as portas. e dentro desse computador tem 4 caralhos e culhões ENORMES.

– que loucura. escreve.

– espera. espera. mas antes que elas consigam chegar aos caralhos, a máquina aparece com uma porção de cus e bocas e aquele troço todo começa uma orgia do rabo CONSIGO MESMO. puta merda, já imaginou?

– tá legal. escreve. acho que vende.

Ainsworth acende outro charuto, caminhando pra lá e pra cá.

– que tal um adiantamento?

– tem um cara que já está nos devendo 5 contos e 2 romances. e se atrasa cada vez mais. continuando assim, vai acabar dono da firma.

– me dá a metade, então, que diabo. metade de um pau é sempre melhor do que nada.

– quando é que pretende entregar a história?

– daqui a uma semana.

Mason faz um cheque de 75 dólares.

– obrigado, meu filho – diz Hockley –, tem certeza agora de que nenhum de nós dois quer chupar o pau do outro?

– tenho.

aí Hockley vai embora. Mason sai para falar com a recepcionista. o nome dela é Francine.

Mason olha as pernas.

– esse vestido é um bocado curto, Francine.

não para de olhar.

– tá na moda, Mr. Mason.

– me chama só de "Henry". Acho que nunca vi um vestido tão curto assim.

– tão encurtando cada vez mais.

– você continua dando bola pra todo mundo que entra aqui. chegam lá na minha sala e ficam falando feito doidos.

– ah, deixa disso, Henry.

– até pra mim você dá, Francine.

ela ri.

– vem, vamos almoçar – diz ele.

– mas você nunca me convidou antes.

– ah, tem mais alguém?

– claro que não, mas é que são só 10 e meia.

– e que importância tem, ué? de repente fiquei com fome. uma fome danada.

– então tá. espera aí.

Francine tira o espelho da bolsa, brinca um pouco com aquilo. depois os dois se levantam e se dirigem para o elevador. estão sozinhos ali dentro. durante a descida, ele agarra Francine e lhe dá um beijo. tem gosto de framboesa com leve sinal de mau-hálito. agarra-se nela, inclusive na bunda. ela finge resistência, repelindo-o com delicadeza.

– Henry! não sei o que *há* com você! – ri.

– sou apenas um homem, mais nada.

no saguão de entrada do prédio tem uma banca que vende balas, bombons, jornais, revistas, cigarros, charutos...

– espera um pouco, Francine.

Mason compra 5 charutos, dos grandes. acende um e solta uma enorme baforada. saem do prédio, à procura de um lugar para comer. já parou de chover.

– você sempre fuma antes do almoço? – pergunta ela.

– antes, durante e depois.

Henry Mason tem a impressão de que está ficando meio louco. todos aqueles escritores. que diabo está acontecendo com eles?

– ei, aqui tá com jeito de ser bom!

mantém a porta aberta e Francine entra. ele vai atrás.

– Francine, gosto à beça desse vestido!

– gosta? ora, muito obrigada! tenho 12 parecidos com este.

– você tem?

– hum hum.

puxa a cadeira para ela sentar e, enquanto isso, fica de olho nas pernas. depois também senta.

– nossa, que fome. não paro de pensar em mexilhões. por que será, hem?

– acho que você quer me comer.

– COMO?!

– eu disse: "acho que você quer me comer".

ah.

– eu deixo. te acho muito simpático, muito simpático mesmo.

o garçom vem e abana a fumaça para longe com as capas do cardápio. entrega um a Francine e outro a Mason. e fica esperando. e sentindo tesão. como é que certos caras conseguem bonecas bacanas como essa aí, enquanto ele tem que tocar punheta? o garçom anota os pedidos, passa pelas portas de vaivém da cozinha e entrega o papel ao cozinheiro.

– ei – diz o cozinheiro –, que que você tem aí?

– que que você quer dizer com isso?

– quero dizer que você tá de pau duro! aí *na frente*! tira esse troço de perto de MIM!

– é um trocinho de nada.

– de nada? você é capaz de matar alguém com isso aí! vai passar um pouco de água fria! tá indecente!

o garçom entra no banheiro dos homens. tem caras que conseguem tudo quanto é mulher. ele é escritor. tem um baú cheio de manuscritos. 4 romances, 40 contos. 500 poemas. nenhum publicado. mundo cão. incapaz de reconhecer um talento. tratam com o maior desprezo. a gente tem que ter "pistolão", mais nada. mundo de veadagem de merda. atendendo gente besta todo santo dia.

    o garçom tira o pau para fora, coloca em cima da pia e começa a jogar água fria nele.

A sereia que copulava em Veneza, Califórnia

O bar já tinha fechado e ainda precisavam caminhar até a pensão, e lá estava ele – o carro fúnebre, parado no outro lado da rua, onde ficava o Hospital de Doenças Gástricas.

– Acho que esta é A noite – disse Tony. – Estou sentindo nas veias, sentindo mesmo!

– A noite pra quê? – perguntou Bill.

– Olha – disse Tony –, a gente já sabe como eles fazem. Vamos pegar um! Que que tem, porra? Cadê teu peito?

– Que negócio é esse? Tá pensando que sou cagão só porque aquele marinheiro nanico me deu lambada no rabo?

– Não foi isso que eu disse, Bill.

– *Você* é que não tem peito! eu posso te dar uma lambada, fácil...

– É. Eu sei. Não estou falando *disso*. Eu disse, vamos pegar um cadáver só pra tirar um sarro.

– Besteira! Vamos pegar DEZ cadáveres!

– Calma. Agora você tá de porre. Vamos esperar. Já se sabe como eles fazem. Direitinho. A gente tem visto todas as noites.

– E tu *não* tá de porre, né? Senão queria ver tu ter PEITO!

– Bico calado, agora! Olha! Lá vêm eles. Tão com um cadáver. Deve ser pé de chinelo. Olha só aquele lençol cobrindo a cabeça dele. Que tristeza.

— Eu *tô* olhando. E *é* uma tristeza mesmo...

— Tá bom, a gente já sabe como é: se for só um, eles jogam ele ali dentro, acendem um cigarro e se mandam. Mas, se forem 2, nem perdem tempo em trancar 2 vezes a porta do carro. Esses caras nem se impressionam. Pra eles isso aí não é novidade. Se forem 2, vão deixar simplesmente o cara ali na maca atrás do carro, depois voltam lá dentro, buscam o outro e botam os 2 juntos. Quantas noites ficamos olhando?

— Sei lá – respondeu Bill –, no mínimo 60.

— Tá, ali já tem um. Se entrarem para buscar outro, esse que tá aí é nosso. *Você se arrisca a pegar, se eles forem buscar outro?*

— Lógico que me arrisco! Tenho mais culhão que você!

— Tá, então, cuida. A gente já vai ver... Oba, lá vão eles! *Estão entrando pra buscar outro!* – disse Tony. – Tu te arrisca?

— Claro – respondeu Bill.

Atravessaram a rua correndo e agarraram o cadáver pelas duas extremidades. Tony ficou com a cabeça, aquela coisa redonda e triste, enrolada bem firme no lençol, enquanto Bill segurava os pés.

Depois voltaram a toda para a calçada de antes e saíram pela rua afora, o imaculado lençol branco do cadáver esvoaçando com o ímpeto – às vezes dava para ver um pedaço de canela, cotovelo, ou coxa carnuda, e aí subiram na disparada os degraus de entrada da pensão, chegaram na porta e então Bill se lembrou:

— Puta merda, quem ficou com a chave? Olha, eu tô assustado!

— Não temos muito tempo! Aqueles desgraçados vão sair logo com o outro corpo! Larga na rede! Depressa! Temos que achar essa bosta de chave!

Jogaram o cadáver em cima da rede. Ficou balançando ao luar.

— Não daria pra gente levar *de volta?* – perguntou Bill. – Santo Deus, minha nossa, não daria pra levar ele de volta?

– Não dá mais tempo! É tarde demais! Alguém ia ver. EI! ESPERA! – berrou Tony. – Achei a chave!

– GRAÇAS A DEUS!

Abriram a porta, depois tiraram aquele troço da rede e subiram a escada depressa. O quarto de Tony ficava mais perto. No segundo andar. O cadáver levou uma porção de trombadas na parede e no corrimão da escada.

Finalmente se viram diante da porta de Tony. Estenderam o corpo no chão enquanto Tony procurava a chave do quarto. Abriram, entraram, largaram a carga em cima da cama e depois foram até a geladeira buscar o garrafão de moscatel ordinário de Tony. Dividiram o primeiro copo cheio, encheram de novo e voltaram para o quarto. Sentaram e ficaram olhando o cadáver.

– Será que ninguém viu? – perguntou Bill.

– Se tivessem visto, acho que a polícia a estas horas já estaria aqui.

– E se derem busca no bairro?

– De que jeito? Como é que vão sair batendo em tudo quanto é porta, de madrugada, perguntando: "Tem algum morto na casa?"

– Porra, acho que tem razão.

– Claro que tenho – disse Tony –, mesmo assim não posso deixar de imaginar o que aqueles 2 caras sentiram quando voltaram e o corpo não estava mais lá. Deve ter sido muito engraçado.

– É – concordou Bill –, deve ter sido.

– Bom, engraçado ou não, a gente pegou o cadáver. Aí *está* ele, em cima da cama.

Olharam aquele troço enrolado no lençol e tomaram outro gole.

– Há quanto tempo será que ele morreu?

– Pelo jeito, não muito.

– Quando será que começam a ficar duros? E a feder?

– O tal de *rigor mortis* parece que leva algum tempo – disse Tony. – Mas é provável que comece logo a feder. É que nem resto de comida que a gente deixa na pia. Acho que não drenam o sangue antes de chegar no necrotério.

Assim, já bêbados, continuaram tomando o moscatel; de vez em quando até se esqueciam do cadáver e comentavam outras coisas vagas e importantes de modo quase ininteligível. Depois voltavam a se preocupar com o morto.

O cadáver continuava ali.

– Que que a gente vai fazer com isso aí? – perguntou Bill.

– Botar em pé, dentro do armário, depois que ficar duro. Dava impressão de estar bem mole quando se trouxe ele pra cá. No mínimo morreu mais ou menos meia hora atrás.

– Então tá, a gente bota em pé, dentro do armário. E depois, o que é que se faz quando o fedor começar?

– Não tinha pensado nisso – disse Tony.

– Acho bom pensar – disse Bill, servindo-se de uma dose cavalar.

Tony ficou pensando.

– Sabe que a gente pode ir em cana por causa disso? *Se* nos pegarem?

– Claro. E daí?

– Bom, tô achando que cometemos um erro, mas agora é tarde demais.

– Tarde demais – repetiu Bill.

– Portanto – continuou Tony, enchendo o copo –, já que não há mais remédio, não custa nada dar uma olhada.

– Uma olhada?

– É, uma olhada nele.

– Tu tem coragem? – perguntou Bill.

– Sei lá.

– Não tá com medo?

– Claro que tô. Não fui treinado pra esse tipo de coisa – disse Tony.

– Tá legal. *Tu* tira o lençol – disse Bill –, mas primeiro enche o meu copo. Enche o meu copo, aí tira o lençol.

– Tá – disse Tony.

Encheu o copo de Bill. Depois chegou perto da cama.

– Tá legal – disse Tony –, aí VAI!

Tirou todo o lençol que enrolava o cadáver. Sem abrir os olhos.

– Santo DEUS! – exclamou Bill –, é uma mulher! Ainda *moça!*

Tony abriu os olhos.

– É. *Era* moça. Puta merda, olha só essa cabeleira loura. Termina lá embaixo na bunda. Mas tá *MORTA*! Horrenda e irremediavelmente morta, pra sempre. Que pena! Não dá pra entender.

– Que idade você acha que tinha?

– Pra mim, não tem *cara* de morta – disse Bill.

– Mas tá.

– Espia só *esses peitos*! As *coxas*! A *xota*! A xota tá até com cara de viva!

– É – disse Tony –, dizem que a xota é a primeira coisa a gozar e a última a se estrepar.

Tony se aproximou e encostou a mão na xota. Depois levantou um seio e beijou aquela porcaria morta.

– Que coisa mais triste, tudo é tão triste – a gente passa a vida inteira feito bobo pra depois morrer que nem besta.

– Tu não devia tocar no corpo – disse Bill.

– Ela é linda, mesmo morta, é linda.

– Sim, mas se estivesse viva, não olhava duas vezes para um pé-rapado como tu. Tá sabendo, né?

– Claro! Justamente por isso! Agora não dá pra ela dizer: "NÃO!"

– Que que tu tá querendo dizer, porra?

– Tô querendo dizer – disse Tony –, que tô de pau duro. DURO QUE É UM FERRO!

Tony se afastou e encheu o copo com o garrafão. Tomou tudo.

Depois, voltando para perto da cama, começou a beijar os seios, passando as mãos por aquela cabeleira toda e, finalmente, encostou os *lábios* na boca da defunta, num beijo que unia vivos e mortos. E aí foi por cima.

Estava ÓTIMO. Tony enfiava e girava. Uma foda como nunca tinha dado antes! Gozou. Aí rolou de lado e se limpou no lençol.

Bill ficou assistindo tudo, levantando o garrafão de moscatel contra a luz fraca do abajur.

– Porra, Bill, que bacana, foi lindo!

– Tá maluco! Tu acabou de foder uma morta!

– E *tu* vem fazendo isso a vida inteira, mortas com almas mortas e xotas mortas, só que nem sabe! Sinto muito, Bill, mas foi o maior sarro. Não me envergonho de dizer.

– Foi tão bom assim? – perguntou Bill.

– Nem faz ideia.

Tony se levantou para ir mijar no banheiro.

Quando voltou, encontrou Bill trepando com o cadáver. E gostando. Gemia e resmungava baixinho. Depois retesou o corpo, beijou aquela boca morta e gozou.

Rolou para o lado, pegou a ponta do lençol e enxugou o pau.

– Você tinha razão. A melhor foda que *já* dei!

Aí os dois sentaram nas suas cadeiras e olharam para ela.

– Como será que se chama? – perguntou Tony. – Estou gamado por ela.

Bill deu uma risada.

– Agora eu *sei* que tu tá bêbado! Só quem é pateta se apaixona por uma mulher viva; e tu tinha que ficar gamado por uma morta.

– Tá, tô gamado mesmo – disse Tony.

– Tá legal, então tá – disse Bill –, e agora, o que que a gente faz?

– Vamos tratar de tirar de uma vez esta bomba daqui! – respondeu Tony.

– Como?

– Do mesmo jeito que veio pra cá, pela escada.

— E depois?

— Depois se bota dentro do teu carro. A gente leva lá pra praia de Veneza e joga no mar.

— Que maldade.

— Por quê? Ela vai sentir o mesmo que sentiu com o teu pau.

— E com o teu, não? — perguntou Bill.

— O meu ela também não sentiu — respondeu Tony.

Lá estava ela, fodida 2 vezes, traçada morta, sobre os lençóis.

— Vamos nessa, xará! — gritou Tony.

Pegou pelos pés e esperou. Bill segurou a cabeça. Na afobação para sair do quarto, a porta ficou aberta. Tony fechou-a com um chute da perna esquerda, já no caminho do patamar dos degraus. O lençol já não cobria mais o cadáver direito, apenas, esvoaçava em cima dele. Feito pano de pratos molhado sobre a torneira da pia da cozinha. E de novo houve muitas trombadas de cabeça, das coxas e da farta bunda, contra as paredes e o corrimão da escada.

Largaram o corpo no banco traseiro do carro de Bill.

— Espera, espera aí, cara! — gritou Tony.

— Pra quê?

— O garrafão de vinho, burraldo!

— Ah, evidente.

Bill ficou à espera, sentado junto da buceta morta no banco traseiro.

Tony era homem de palavra. Voltou correndo com o garrafão de moscatel na mão.

Seguiram pela pista de alta velocidade, o garrafão passando de um para outro, bebendo sem parar. Fazia uma noite morna, bonita, e a lua, naturalmente, estava cheia. Mas não era mais, propriamente, noite. A essa altura já seriam umas 4 da manhã. Fosse lá como fosse, uma hora boa.

Estacionaram. Tomaram outro gole do ótimo moscatel, retiraram o cadáver do carro e percorreram aquela longa e interminável faixa de areia que ia dar na beira do mar. Depois chegaram na parte da praia em que as ondas volta e meia passam, em que a areia fica úmida, molhada, cheia de pequenos mariscos e buraquinhos de ar. Soltaram o cadáver no chão e beberam no gargalo do garrafão. De vez em quando uma onda maior atingia todos os três: Bill, Tony e a Buceta morta.

Bill teve que se levantar para mijar e, criado nos preceitos morais do século XIX, afastou-se um pouco para o lado.

Enquanto o amigo se aliviava, Tony destapou o lençol e contemplou o rosto morto no redemoinho de algas marinhas, do ar salgado da manhã. Ficou olhando, enquanto Bill mijava logo adiante na praia. Um rosto lindo, delicado. O nariz podia ser meio adunco, mas a boca era perfeita. Depois, notando que o corpo já estava endurecendo, curvou-se e beijou-a de leve nos lábios.

– Te amo, sua vaca morta – disse.

E tornou a cobri-la com o lençol.

Bill terminou de mijar e voltou.

– Tô precisando de outro trago.

– Pode tomar. Também vou querer.

Tony anunciou:

– Vou levar lá pro fundo.

– Sabe nadar direito?

– Mais ou menos.

– Pois eu sei. Deixa que eu levo.

– NÃO! NÃO! – gritou Tony.

– Puta que pariu, para de gritar!

– Quem vai levar sou eu!

– Tá certo! Tá certo! Mas para com esses gritos!

Tony tomou outro gole, tirou todo o lençol, levantou o corpo nu e carregou, passo a passo, até a rebentação. Estava mais bêbado do que supunha. As ondas grandes derrubaram os dois várias vezes, arrancando o cadáver dos seus braços, e aí tinha que se levantar outra vez, sair correndo, nadando, lutando para localizar o corpo. Então enxergava aquela cabeleira tão loura. Parecia uma *sereia*. Quem sabe não era?

Finalmente conseguiu deixá-la boiando além da rebentação. Estava tudo muito quieto. A meio caminho entre a lua e o nascer do sol. Permaneceu boiando alguns instantes ao lado dela. Reinava o maior silêncio. Como se o tempo não existisse e tivesse parado.

Por fim, deu um pequeno empurrão no cadáver. Saiu boiando, meio submerso, as mechas de longos cabelos fazendo redemoinho. Ainda estava linda, morta ou seja lá o que fosse.

O corpo foi-se afastando, levado pela correnteza. O mar tomou conta dela.

Aí então, de repente, Tony virou as costas e procurou voltar nadando até a praia. Parecia incrivelmente distante. Conseguiu chegar com a última braçada de força que lhe restava, aproveitando o impulso da rebentação. Colocou-se em pé, caiu de novo, levantou, veio caminhando e sentou ao lado de Bill.

– Pronto, acabou se o que era doce – disse Bill.
– É. Carne pra tubarão.
– Tu acha que ainda podem pegar a gente?
– Não. Me dá um gole.
– Vai com calma. Tá quase chegando no fim.
– É.

Voltaram para o carro. Bill saiu dirigindo. A caminho de casa discutiram sobre os últimos goles, depois Tony se lembrou da sereia. Baixou a cabeça e começou a chorar.

– Como tu é cagão, cara – disse Bill –, tá sempre te borrando nas calças.

Chegaram na pensão.

Bill foi para o seu quarto, Tony para o dele. O sol já ia nascendo. O mundo estava acordando. Alguns, de ressaca. Outros, pensando em ir à igreja. A maioria ainda dormia. Domingo de manhã. E a sereia, com aquele doce rabo morto, devia andar lá por alto mar. Enquanto, por perto, um pelicano mergulhava na água e saía voando com um peixe cintilante no bico, um peixe em forma de guitarra.

Defeito na bateria

Convidei ela pra tomar um drinque, depois outro e a gente terminou subindo a escada nos fundos do bar. havia ali uma porção de quartos grandes. ela me deixou com tesão. mostrando a língua pra mim. e foi aquela bolina o tempo todo pelo caminho. dei a primeira em pé, do lado de dentro da porta. só deixou cair a calcinha e meti.

aí fomos pra o meio do quarto e vi um garoto na cama do lado. tinha 2 no quarto.

– oi – disse ele.

– é meu irmão – disse ela.

magro de assustar, tinha cara de mau. mas, pensando bem, o mundo inteiro está cheio disso.

havia uma porção de garrafas de vinho perto da cabeceira. os dois abriram uma, esperei que bebessem pelo gargalo, depois provei um gole.

joguei uma nota de 10 pratas em cima da cômoda.

o garoto não parava de beber.

– o irmão mais velho dele é o grande toureiro Jaime Bravo.

– já ouvi falar. quase sempre se apresenta lá no Texas – comentei –, mas não precisa vir com onda pro meu lado.

– tá legal – concordou –, nada de onda.

bebemos e papeamos um pouco, só sobre coisas sem importância. depois apagou a luz e, com o irmão ali na outra cama, fizemos de novo. pus a carteira embaixo do travesseiro dela.

quando acabamos, acendeu a luz e foi ao banheiro, enquanto eu e o irmão dividíamos a garrafa. quando vi que não estava olhando, limpei o pau no lençol.

saiu do banheiro, em plena forma; quero dizer, mesmo com 2 trepadas, ainda estava ótima. os seios eram miúdos, mas firmes; podiam ser pequenos, mas eram rijos. e tinha uma bunda enorme, do tamanho que eu gosto.

– como é que tu foi me aparecer num lugar destes? – perguntou, aproximando-se da cama.

deitou do meu lado, cobrindo-se com o lençol e bebendo no gargalo da garrafa.

– tive que carregar a bateria ali do outro lado da rua.

– depois *desta última* – retrucou –, vai precisar carregar de novo.

todo mundo caiu na risada. até o irmão achou graça. e então olhou pra ela:

– esse cara é legal?
– claro que é.
– que negócio é esse? – perguntei.
– a gente precisa ter cuidado.
– não sei o que você quer dizer.
– uma das garotas foi quase assassinada aqui no ano passado. um cara passou a mordaça nela, pra não deixar que ela gritasse e aí pegou um canivete e abriu uma porção de cruzes por todo o corpo da infeliz. quase morreu de tanto sangrar.

o irmão se vestiu devagar, depois saiu. dei uma nota de 5 pra ela. jogou em cima da cômoda, junto com a de 10.

me passou a garrafa. o vinho era bom, francês. a gente não se engasgava. encostou a perna na minha. estávamos ambos sentados na cama. bem à vontade.

– que idade você tem? – perguntou.
– porra, quase meio século.
– pra trepar não tem problema, mas parece um caco.
– desculpe. não sou nenhum pão.

– ah *não,* te acho bonito. ninguém nunca te disse?
– garanto como você diz isso pra tudo quanto é homem que vem aqui te foder.
– não digo, não.

ficamos ali sentados, dividindo a garrafa. estava tudo muito quieto, a não ser a música que se escutava baixinho, vinda do bar lá embaixo. entrei numa espécie de torpor, parecia que sonhava.

– EI! – berrou.

e me fincou uma unha afiada no umbigo.

– ai! puta que pariu!
– OLHA pra mim!

me virei e olhei.

– o que é que você tá vendo?
– uma mestiça mexicana muito bacana.
– como é que você sabe?
– o quê?
– como é que você sabe? tá aí de olho fechado. de olho franzido. por quê?

a pergunta era razoável. tomei um bom gole de vinho francês.

– sei lá. pode ser que seja de medo. medo de tudo. quero dizer, das pessoas, dos prédios, das coisas, de tudo. sobretudo de gente.
– também tenho medo – disse.
– em compensação, não fecha os olhos. eu gosto dos teus olhos.

estava com a garrafa na boca. bebendo feito louca. eu conhecia essas mestiças mexicanas. dali a pouco ia ficar impossível.

de repente ouviu-se uma batida na porta que por pouco não me deixou todo borrado. foi escancarada, de jeito ameaçador, no melhor estilo americano. era o homem que atendia no bar – um baita velhaco vermelho brutal e vulgar.

– tu ainda tá aí com esse filho da puta?
– acho que ele vai querer mais – disse ela.

— vai querer mesmo? – me perguntou o "seu" Vulgar.

— acho que sim – confirmei.

fixou o olho de lince em cima da cômoda e bateu a porta com estrondo. uma parceria monetária. pensava que fosse mina.

— era o meu marido, por assim dizer – explicou.

— acho que não vou querer mais – disse.

— por que não?

— primeiro, porque tenho 48 anos. segundo, porque até parece que a gente tá fodendo no saguão da rodoviária.

deu risada.

— cara, eu sou o que vocês chamam de "piranha". preciso foder com 8 ou 10 caras por semana, no mínimo.

— pra mim, isso não resolve nada.

— mas pra mim, sim.

— é.

dividimos de novo a garrafa.

— gosta de foder com mulher?

— estaria aqui se não gostasse?

— e com homem?

— não fodo com homem.

tomou um gole bem grande. o equivalente à quarta parte da garrafa.

— quem sabe não gostaria de dar o cu? que um homem fodesse o teu cu?

— já tá falando bobagem.

olhou bem em frente. na parede mais afastada havia um pequeno crucifixo de prata. não tirava os olhos de cima do pequeno Cristo prateado na cruz. era uma gracinha.

— quem sabe não andou disfarçando? querendo que alguém comesse teu cu?

— tá legal, pense o que você quiser talvez no fundo seja mesmo o que eu queira.

peguei o saca-rolhas e abri outra garrafa de vinho francês, deixando cair pedaços de rolha e outras porcarias lá dentro, como sempre. só um garçom de cinema é capaz de abrir uma garrafa de vinho francês sem armar confusão.

tomei o primeiro trago. com rolha e tudo. passei-lhe a garrafa. ela já tinha afastado a perna. estava com uma expressão de peixe morto na cara. bebeu um bom gole.

tirei-lhe a garrafa das mãos. parecia que os pedacinhos de rolha boiavam de um lado pra outro, sem saber onde ir. consegui pegar alguns e joguei fora.

– não quer que *eu* te foda no cu? – perguntou.
– O QUÊ?!
– eu sei como se FAZ!

saltou da cama, abriu a gaveta de cima da cômoda, tirou um cinto, afivelou na cintura e depois ficou de frente pra mim – com aquele BAITA caralho de plástico me olhando na cara.

– Vinte e cinco centímetros! – exclamou, rindo, botando a barriga para a frente apontando aquele troço na minha direção – e nunca amolece nem fica cansado!

– prefiro você como era antes.

– não acredita que o meu irmão mais velho é Jaime Bravo, o grande toureiro?

ei-la ali, de pé, com aquele caralho de plástico na cintura, me fazendo perguntas sobre Jaime Bravo.

– acho que na Espanha ele não ia se dar bem – disse.
– e você, *ia*?
– pô, não me dou bem nem aqui em Los Angeles. agora, por favor, tira esse pau artificial ridículo da cintura, tá!...

abriu o cinto e guardou de novo na gaveta de cima.

levantei da cama e sentei na cadeira tomando vinho. ela encontrou outra cadeira e ficamos ali sentados, um diante do outro, nus, dividindo a garrafa.

– não sei por quê, mas isto me lembra um filme antigo com o Leslie Howard, embora não tivessem mostrado essa parte. aquele troço do Somerset Maugham, não era com o Leslie Howard? ESCRAVOS DO DESEJO?

– não conheço essa gente.
– evidente. você é muito moça.
– tu gostava desse tal de Howard, desse tal de Maugham?

– os dois tinham classe. um bocado de classe, mas, não sei por quê, tanto com um como com o outro, horas, dias, ou anos depois, a gente no fim se sentia logrado.

– mas tinham essa coisa que tu chama de "classe"?

– é, uma coisa muito importante. muita gente sai por aí gritando a verdade, mas sem classe não adianta nada.

– O Bravo tem classe, eu tenho classe e você também tem.

– tu já tá aprendendo.

depois deitei de novo na cama. ela também veio. tentei outra vez. não consegui.

– tu chupa? – perguntei.

– claro.

enfiou na boca e caprichou até o fim.

dei-lhe outra nota de 5, me vesti, tomei mais um gole de vinho, desci a escada, cruzei a rua e cheguei no posto de gasolina. a bateria já estava pronta. paguei o funcionário, dei marcha à ré e saí chispando com o carro pela 8ª Avenida. um guarda de moto me seguiu durante 3 ou 4 quilômetros. tinha uma caixinha de CLORETS no porta-luvas. tirei um punhado e botei na boca. o guarda afinal desistiu e começou a perseguir um japonês que, de repente, sem acender a luz nem fazer sinal com a mão, dobrou para a esquerda no Wilshire Bvd. os dois eram dignos um do outro.

quando cheguei em casa, a mulher já estava dormindo e a menininha quis que lesse pra ela um livro chamado AS GALINHAS DE SUSANINHA. uma coisa horrenda. Bobby encontra uma caixa de papelão para servir de casa para os pintinhos. deixa então a tal caixa num canto, atrás do fogão da cozinha. enche um pratinho com um pouco dos flocos de aveia de Susaninha e depois põe, com cuidado, ali dentro, pra que os pintinhos possam comer alguma coisa. e Susaninha ri e bate as mãozinhas roliças.

mais tarde fica-se sabendo que os outros 2 pintos são galos e Susaninha é uma franga, uma galinha que bota um ovo simplesmente fantástico. francamente.

larguei a garota no chão e fui abrir a torneira de água quente da banheira. deixei correr bastante, depois sentei ali dentro e pensei, da próxima vez que a bateria falhar, vou ao cinema. aí então espichei bem o corpo e me esqueci de tudo. praticamente.

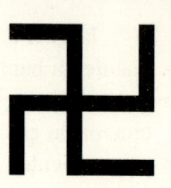

O presidente dos Estados Unidos entrou em seu carro, cercado por agentes de segurança. Sentou no banco traseiro. A manhã estava sombria, sem nada de especial. Ninguém dizia nada. O carro saiu rodando e podia-se ouvir o ruído dos pneus deslizando no asfalto ainda úmido da chuva da noite anterior. O silêncio reinante era mais insólito do que nunca.

Depois de certo tempo, o presidente falou.

– Escutem, este não é o caminho do aeroporto.

Os agentes não abriram a boca. Estavam programadas umas férias. Duas semanas em sua residência particular. O avião dele aguardava no aeroporto.

Começou a chuviscar. Parecia que a chuva ia recomeçar. Todos, inclusive o presidente, estavam com sobretudos grossos; chapéu; deixava o carro com ar de lotado. Do lado de fora, o vento frio não diminuía.

– Motorista – disse o presidente –, acho que você se enganou de caminho.

O motorista não respondeu. Os outros agentes continuaram olhando fixamente para frente.

– Ouçam – disse o presidente –, alguém pode me fazer o favor de indicar a esse homem o caminho do aeroporto?

– Não estamos indo pra lá – retrucou o agente à esquerda do presidente.

– Não estamos? – estranhou o presidente.

Os agentes, mais uma vez, se conservaram calados. A garoa transformou-se em chuva. O motorista acionou os limpadores de para-brisa.

– Escutem, o que significa isto? – perguntou o presidente. – O que é que está acontecendo?

– Faz semanas que vem chovendo sem parar – disse o agente ao lado do motorista. – É deprimente. Não resta dúvida que vou gostar muito de ver um pouco de sol.

– É, eu também – disse o motorista.

– Tem qualquer coisa errada aqui – insistiu o presidente –, eu exijo que...

– O Senhor não se encontra mais em posição de exigir – atalhou o agente à direita do presidente.

– Quer dizer que...?

– Exatamente – respondeu o mesmo agente.

– Vai ser um assassinato? – perguntou o presidente.

– Acho difícil. Não se usa mais.

– Então o que...

– Por favor. Recebi ordens pra não discutir nada.

Rodaram durante horas. Continuava chovendo. Ninguém abria a boca.

– Agora – disse o agente à esquerda do presidente –, dá a volta de novo, depois entra. Não estamos sendo seguidos. A chuva ajudou muito.

O carro contornou o retorno, depois subiu por uma estradinha cheia de barro. De vez em quando as rodas ficavam girando na lama sem sair do mesmo lugar, resvalando, para depois se firmarem e o carro seguir andando. Um homem de impermeável amarelo acendeu a lanterna e orientou até a entrada de uma garagem aberta. Era uma região isolada por arvoredo. Tinha uma pequena casa de campo ao lado da garagem. Os agentes abriram as portas do carro.

– Desça – ordenaram ao presidente.

O presidente obedeceu. Os agentes continuaram cercando atentamente o presidente, embora não houvesse nenhuma criatura viva a quilômetros de distância, a não ser o homem da lanterna e impermeável amarelo.

– Não entendo por que não se podia ter feito a história toda aqui mesmo – disse o homem do impermeável amarelo. – Do outro jeito certamente é muito mais arriscado.

– São ordens – retrucou um dos agentes. – Sabe como é que é. Ele sempre se fiou muito na intuição. Como agora, mais do que nunca.

– Está fazendo um frio de rachar. Tem tempo pra uma xícara de café? Já está pronto.

– Boa ideia. O percurso foi longo. Imagino que o outro carro esteja preparado?

– Claro. E testado várias vezes. Aliás, estamos adiantados 10 minutos pelo cronograma. Foi uma das razões que me levou a sugerir o café. Sabe como ele é em matéria de pontualidade.

– Tá certo, então vamos entrar.

Conservando atentamente o presidente no meio, entraram na casa de campo.

– Sente-se ali – um dos agentes ordenou ao presidente.

– O café é gostoso – disse o homem do impermeável amarelo –, moído na hora.

Foi passando o bule pela sala toda. Serviu-se de uma xícara e depois sentou, sempre de impermeável amarelo, mas tendo jogado o capacete em cima do fogão.

– Ah, está gostoso mesmo – disse um dos agentes.

– Com leite e açúcar? – perguntou um dos agentes ao presidente.

– Está bem – concordou...

Não havia muito lugar no carro velho, mas todos deram jeito de entrar, com o presidente de novo no banco traseiro... O carro velho também resvalou na lama e nas raízes das árvores, mas conseguiu chegar na pista asfaltada. Mais uma vez, a jornada foi silenciosa durante a maior parte do tempo. Aí um dos agentes acendeu um cigarro.

– Merda, não consigo parar de fumar!

– Ué, quem é que não sabe que é difícil? Não se preocupe com isso.

– Não estou preocupado. Só chateado comigo mesmo.

– Ora, deixa isso pra lá. Hoje é um grande dia histórico.

– Concordo plenamente! – disse o do cigarro.

E então deu uma tragada...

Pararam na frente de uma velha casa de cômodos. Continuava chovendo. Ficaram ali sentados durante algum tempo.

– Agora – disse o agente ao lado do motorista –, desçam junto com ele. O caminho está livre. Não tem ninguém na rua.

Saíram andando junto com o presidente, primeiro entrando pela porta da frente, depois subindo 3 lances de escada, sempre mantendo o presidente no meio. Pararam e bateram no 306. A senha: uma pancada, pausa, 3 pancadas, pausa, e 2 pancadas...

A porta se abriu e os homens empurraram rapidamente o presidente para dentro. Depois fecharam à chave e passaram a tranca. Três homens já estavam à espera. Dois deviam ter mais de 50. O terceiro usava um traje que consistia numa camisa velha de operário, calça de segunda mão, folgada demais, e sapatos de 10 dólares, já gastos e sem brilho. Estava sentado numa cadeira de balanço no meio da sala. Devia andar pelos 60, mas sorria... e os olhos não tinham mudado; o nariz, o queixo, a testa, continuavam quase iguais.

– Seja bem-vindo, Sr. Presidente. Esperei muito tempo pela História, pela Ciência e por Vossa Excelência, e todos chegaram hoje, pontualmente na hora marcada...

O presidente olhou para o velho na cadeira de balanço.

– Santo Deus! Você... você é...

– Me reconheceu! Outros cidadãos de seu país já fizeram troça da semelhança! Burros demais para sequer se dar conta de que eu era...

– Mas ficou provado que...

– Claro que ficou. Os abrigos à prova de balas: 30 de abril de 1945. Queríamos que fosse assim. Tenho sido paciente. A Ciência estava do nosso lado, mas às vezes precisei acelerar um pouco a História. Queríamos o homem certo. O senhor é esse homem. Os outros eram simplesmente impraticáveis – alienados demais da minha filosofia política... O senhor é muito mais ideal. Trabalhando por seu intermédio há de facilitar tudo. Mas, como ia dizendo, precisei acelerar um pouco as engrenagens da História... na idade em que estou... me vi forçado...

– Quer dizer...?

– Sim. Mandei assassinar o seu presidente Kennedy. E depois o irmão...

– Mas por que o segundo assassinato?

– Tínhamos informação de que o rapaz ganharia as eleições presidenciais.

– Mas o que pretendem fazer comigo? Já soube que não serei assassinado.

– Permita que lhe apresente os drs. Graf e Voelker?

Os dois homens acenaram com a cabeça e sorriram.

– Mas o que vai acontecer? – insistiu o presidente.

– Por favor. Só um instante. Preciso interrogar meus homens. Karl, como é que foi com o Sósia?

– Perfeito. Telefonamos daqui do sítio. O Sósia chegou ao aeroporto na hora marcada. E declarou que, em virtude do mau tempo, o voo seria transferido para amanhã. Depois disse que ia dar um passeio... que gostava muito de andar de carro na chuva...

– E quanto ao resto?

– O Sósia está morto.

– Ótimo. Então, mãos à obra. A História e a Ciência chegaram na Hora.

Os agentes começaram a encaminhar o presidente para uma das mesas de cirurgia. Pediram-lhe que tirasse a roupa. O velho se dirigiu para a outra mesa. Os drs. Graf e Voelker vestiram os aventais médicos e se prepararam para a operação...

Dos 2 homens, o que aparentava menos idade levantou-se de uma das mesas de cirurgia, vestiu as roupas do presidente e depois foi-se parar diante do espelho grande na parede dos fundos. Ficou ali se analisando uns bons 5 minutos. Aí então virou-se.

– É um verdadeiro milagre! Nem sequer uma cicatriz da operação... ou fase de recuperação. Parabéns, cavalheiros! Como foi possível?

– Bem, Adolph – respondeu um dos médicos –, a medicina progrediu muito desde...

– PARE! Nunca mais quero ser chamado de "Adolph"... até o momento apropriado, até *eu* avisar!... Até lá, ninguém vai falar em alemão... Agora *sou* o presidente dos Estados Unidos!

– Sim, sr. presidente!

Aí levantou a mão e tocou em cima do lábio superior:

– Mas sinto *muita* falta do velho bigode!

Todos sorriram.

Depois perguntou:

– E o velho?

– Já o colocamos na cama. Só irá acordar dentro de 24 horas. Neste momento... tudo... todos os acessórios da operação já terão sido destruídos, eliminados. Só falta ir embora daqui – disse o dr. Graf. – Mas... sr. presidente, sou da opinião que esse homem deve...

– Não, fique tranquilo, ele não pode fazer mais nada! Que sofra o que também sofri!

Aproximou-se da cama e contemplou o homem. Um velho de cabelo branco de mais de 80 anos de idade.

— Amanhã estarei na sua residência particular. Será que a mulher dele vai gostar de mim na cama? – perguntou com uma risadinha.

— Tenho certeza, *mein Fuhrer*... Desculpe! Tenho certeza, sr. presidente, de que vai gostar muito.

— Então vamos embora. Os médicos primeiro, pra irem pra onde devem ir. Depois o resto... um ou dois de cada vez... uma troca de carros, e por fim uma noite bem dormida na Casa Branca.

O velho de cabelo branco acordou. Estava sozinho na sala. Podia fugir. Saltou da cama à procura da roupa e ao atravessar a peça enxergou um ancião no espelho grande da parede.

Não, pensou, ah meu Deus, não!

Levantou o braço. O velho no espelho fez o mesmo. Deu um passo à frente. O tamanho do velho aumentou. Olhou para as mãos – enrugadas, não eram as dele! E olhou os pés! Não eram os dele! O corpo também não era!

— Meu Deus! – exclamou em voz alta. – Ah, meu Deus!

Então ouviu a própria voz. Nem sequer era a sua. Tinham trocado também o órgão vocal. Apalpou a garganta, a cabeça, com os dedos. Nenhuma cicatriz! Em parte alguma. Vestiu as roupas do velho e desceu correndo a escada. Bateu na primeira porta que encontrou, onde estava escrito "Zeladora".

A porta se abriu. Uma velha.

— Pois não, Mr. Tilson? – perguntou.

— Mr. Tilson? Minha senhora, eu sou o presidente dos Estados Unidos! É urgente!

— Ah, Mr. Tilson, o senhor é tão engraçado!

— Escute, onde é o telefone?

— Ali onde sempre esteve, Mr. Tilson. Logo à esquerda da porta de entrada.

Apalpou os bolsos. Tinham lhe deixado uns trocados. Olhou na carteira. Dezoito dólares. Colocou uma moedinha no telefone.

— Minha senhora, qual é o endereço daqui?

– Ora, Mr. Tilson, o senhor *sabe* muito bem qual é. Faz anos que mora aqui. O senhor está se comportando de um modo estranhíssimo hoje, Mr. Tilson. E tem mais uma coisa que eu quero lhe dizer!

– Sim, sim... o que é?

– Devo lembrar que hoje é dia de pagar o aluguel!

– Ah, minha senhora, por favor, me dê o endereço daqui!

– Como se não soubesse! É 2.435, Shoreham Drive.

– Alô? – disse ele no telefone –, táxi? Mande um carro aqui pro número 2.435, Shoreham Drive. Estarei à espera no térreo. O meu nome? O meu nome? Está bem, o meu nome é Tilson...

Não adianta ir lá na Casa Branca, pensou, já devem ter tomado precauções... Vou procurar o maior jornal. Contarei tudo a eles. Contarei tudo ao editor, tudo o que aconteceu...

Os outros pacientes riram dele.

– Tá vendo esse cara aí? Aquele ali, que se parece com aquele ditador, como é o nome dele, só que bem mais velho. Seja lá como for, quando chegou aqui no mês passado, dizia que era o presidente dos Estados Unidos. Isso já faz um mês. Agora quase não toca mais no assunto. Mas gosta de ler jornal à beça. Nunca vi um cara mais louco pra ler jornal. Mas entende de política *pra burro*. Acho que isso tá deixando ele doido. Política demais.

Tocou a sineta do jantar. Todos os pacientes se animaram. Com uma exceção.

O enfermeiro chegou perto dele.

– Mr. Tilson?

Não houve resposta.

– MR. TILSON!

– Ah...o que foi?

– Tá na hora de comer, Mr. Tilson!

O velho de cabelo branco levantou e se dirigiu lentamente para o refeitório dos pacientes.

Política é o mesmo que foder cu de gato

"Prezado Mr. Bukowski:
Por que o senhor nunca escreve sobre política ou assuntos internacionais?

M. K."

"Caro M. K.:
Pra quê? Feito, quais são as novas? – quem não sabe que o negócio está fervendo?"

o nosso desvario surge no meio da maior calma, enquanto se fica olhando, à procura de fios de cabelo em cima do tapete – se perguntando o que é que poderia ter acontecido, porra, pra esse pessoal inventar de explodir o carrinho cheio de jujuba, com o cartaz do marinheiro Popeye colado do lado.

negócio seguinte: o sonho acabou e, depois, não sobrou mais nada. o resto é só marmelada pra general e banqueiro. por falar nisso – acabo de ler que caiu outro bombardeiro dos E.U.A. carregado de bombas de Hidrogênio – DESTA vez no mar, perto da Islândia. essa garotada anda muito descuidada com seus aviõezinhos de papel, ao mesmo tempo em que, SUPOSTAMENTE, me protege a vida. o Depto.

de Estado diz que as bombas-H estavam "desarmadas". sei lá o que significa isso. aí então, se lê mais adiante que uma das bombas-H (perdidas) se abriu e espalhou um bocado de titica radioativa por tudo quanto é lado, ao mesmo tempo, em que supostamente, me protegia a vida, MUITO EMBORA eu não tivesse pedido nenhuma proteção. a diferença entre democracia e ditadura é que, numa, primeiro a gente vota e depois cumpre ordens, ao passo que na outra não é preciso perder tempo com eleições.

voltando à queda das bombas-H – há pouco tempo aconteceu coisa idêntica nas proximidades da costa da ESPANHA. (estamos em tudo quanto é lugar, sempre para me proteger a vida.) mais uma vez, ficaram perdidas – êta brinquedinhos sem juízo. levaram 3 meses – se não me engano – pra localizar e tirar a última que estava lá. talvez tenham sido 3 semanas, mas para o pessoal que mora naquela cidade costeira devem ter parecido 3 anos. Essa última bomba – não é que a desgraçada inventou de ficar encravada num cômoro de areia, bem no fundo do mar? e cada vez que tentavam enganchar o troço, com o maior cuidado, se soltava e rolava mais um pouco pelo cômoro abaixo. a todas essas, aquela pobre população da cidade costeira se virava de um lado para outro de noite na cama, imaginando que iria saltar pelos ares, por cortesia da bandeira americana. claro que o Depto. de Estado dos E.U.A. em declaração oficial, garantiu que a bomba-H não dispunha de fuso de detonação, mas, enquanto isso, os ricos se mandaram para outras paragens e os marinheiros americanos e o pessoal da cidade parecia nervoso à beça. (afinal de contas, se não fossem capazes de explodir, a troco de quê andariam voando com elas por aí? seria melhor que transportassem salames de 2 toneladas. fuso quer dizer, "faísca" ou "gatilho", sendo que "faísca" pode sair de qualquer lugar e "gatilho" significa "disparo", ou coisa semelhante, que acione o mecanismo de detonação. AGORA a palavra que usam é "desarmado", que parece oferecer maior segurança, mas no fim dá no mesmo.) seja lá como for, tentaram enganchar a bomba, mas, como se diz, a danada era dura na queda. depois ocorreram algumas tempestades submarinas e a nossa trêfega bombinha foi rolando, cada vez mais, côrrego abaixo. o mar é uma coisa insondável, bem mais que os propósitos do nosso governo.

por fim criaram um equipamento especial só para puxar a bomba pelo rabo e retiraram aquele troço do mar. Palomares. é isto mesmo, foi onde tudo isso aconteceu: Palomares. e sabem o que fizeram depois?

a Marinha Americana apresentou um CONCERTO DE BANDA na praça municipal para festejar o resgate da bomba – já que o troço não era perigoso, então todo mundo podia se esbaldar. é, e os marinheiros tocavam e a população espanhola ia escutando, até chegarem todos a um autêntico orgasmo coletivo, um imenso desabafo sexual e espiritual. não sei que fim levou a bomba que tiraram do mar. ninguém (a não ser raros privilegiados) tampouco sabe e a banda continuava tocando, enquanto 1.000 toneladas de camada radioativa do solo espanhol foram despachadas para Aiken, Carolina do Sul, em recipientes lacrados. sou capaz de apostar que o preço da armazenagem em Aiken, C.S., sai mais barato.

agora, portanto, as nossas bombas andam boiando e afundando, geladas e "desarmadas", lá pela Islândia.

o que é que se faz quando a atenção do povo se volta para questões embaraçosas? ora, muito simples: desvia-se a atenção dele para outra coisa. o povo só tem capacidade pra pensar numa coisa de cada vez. feito, espiem só, esta manchete de 23 de janeiro de 1968: B-52 CAI PERTO DA GROENLÂNDIA COM BOMBAS DE HIDROGÊNIO. DINAMARQUESES PROTESTAM.

Dinamarqueses protestam? ah, minha nossa!

seja lá como for, de repente, no dia seguinte, outra manchete: NORTE-COREANOS CAPTURAM NAVIO NA MARINHA AMERICANA.

oba, o patriotismo voltou! ora, já se viu? sacana de uma figa! e eu que pensava que AQUELA guerra tinha acabado! ah ah, saquei – os COMUNAS! títeres coreanos!

a legenda da telefoto da Associated Press diz mais ou menos o seguinte – O navio de reconhecimento dos E.U.A. *Pueblo*, ex-cargueiro do exército, atualmente convertido em embarcação de espionagem secreta da Marinha, e que dispõe de aparelhagem monitora elétrica e equipamento oceanográfico, foi forçado a atracar no porto de Wonsan, perto da costa da Coreia do Norte.

esses comunas, chupadores de piroca, sempre enfunerando a gente por aí!

mas aí NOTEI que a história da bomba-H perdida tinha passado para uma coluna menor: "Radiação Detectada no Local da Queda do B-52; Rumores de Vazamento na Bomba".

contam que o presidente foi acordado mais ou menos às 2 da madrugada para ser informado do sequestro do Pueblo.

suponho que tenha voltado a dormir.

os E.U.A. dizem que o Pueblo se achava em águas internacionais; os coreanos afirmam que ele estava em águas territoriais. um dos 2 países está mentindo.

de repente a gente se pergunta, mas pra que serve um navio de espionagem em águas internacionais? é o mesmo que andar de capa de chuva em dia de sol.

quanto maior a proximidade, melhor a transmissão e a compreensão da notícia.

manchete: 26 de janeiro de 1968: OS E.U.A. CONVOCAM 14.700 RESERVISTAS DA AERONÁUTICA.

as bombas-H perdidas na costa da Islândia sumiram por completo do noticiário como se o fato nunca tivesse acontecido.

enquanto isso:

o Senador John C. Stennis (democrata, de Missouri) declarou que a decisão do presidente Johnson (a convocação de reservistas da Aeronáutica) foi "necessária e justificada", e acrescentou: "espero que não hesite em mobilizar também os contingentes de reservistas das tropas terrestres".

o líder da minoria no Senado, Richard B. Russel (democrata, da Geórgia): "Em última análise, o nosso país deve exigir a devolução do navio e da tripulação capturada. Afinal de contas, muita guerra importante começou com incidentes bem menos graves do que esse".

o presidente da Câmara dos Deputados, John W. McCormack (democrata, Massachusetts): "O povo americano tem que compreender que o comunismo está empenhado em conquistar o mundo. Existe um excesso de apatia em torno disso".

se Adolph Hitler fosse vivo, acho que gostaria muito de assistir ao que está se passando.

o que se pode dizer sobre política e assuntos internacionais? a situação de Berlim, a crise cubana, os aviões e navios espiões, o Vietnã, a Coreia, as bombas-H perdidas, o tumulto nas cidades americanas, a fome na Índia, os expurgos na China Vermelha? existem bandidos e mocinhos? quem sempre diga a verdade, quem nunca minta? bons e maus governos? não, existem apenas governos ruins e outros ainda piores. haverá o clarão de luz e calor rachando a gente de cima a baixo uma noite em que se estiver trepando, cagando, lendo histórias em quadrinhos ou colando selos raros em álbum? a morte instantânea já não constitui nenhuma novidade, muito menos a morte instantânea em massa. mas aperfeiçoamos o produto; podemos contar com séculos de conhecimento, cultura e descobertas; as bibliotecas estão aí, sempre aumentando, rodeadas e apinhadas de livros; grandes quadros são vendidos por centenas de milhares de dólares; a ciência médica já faz transplantes cardíacos; não dá para se diferenciar um louco de um são aí pelas ruas, e de repente, quando se vê, as nossas vidas dependem mais uma vez, de verdadeiros idiotas. as bombas talvez nem sejam lançadas; por outro lado, talvez sejam. uni, duni, tê, salamê mim guê, um sorvete coloret...

portanto, caros leitores, se me derem licença, vou voltar pras putas, pros cavalos e pra garrafa enquanto há tempo. se isso contribui pra gente morrer, então, pra mim, parece bem menos repugnante ser responsável pela nossa própria morte do que qualquer outra modalidade que ande por aí, disfarçada com rótulos sobre Liberdade, Democracia, Humanidade e/ou qualquer outra espécie de Papo Furado.

primeira largada, 12 e 30. primeiro trago, já. e as putas sempre estarão por aí. Claro, Penny, Alice, Jo...

uni, duni, tê, salamê...

Mamãe bunduda

as duas, Tito e Baby, eram legais. pareciam sessentonas, mas andavam pelos 40. tudo por culpa do vinho e das preocupações. eu estava com 29 e aparentava quase 50. tudo por culpa do vinho e das preocupações. primeiro aluguei o apartamento, depois é que elas se mudaram pra lá. o síndico ficou tão ouriçado que mandava chamar a polícia sempre que ouvia qualquer barulhinho. eu vivia assustado. quando mijava, sentia até medo de acertar na água do vaso.

a melhor hora era a do ESPELHO, me vendo ali, de barriga inchada, com Baby e Tito, os 3 bêbados e nauseados depois de noites e dias a fio, o rádio ordinário tocando música com as válvulas já gastas, nós ali sentados naquele tapete surrado, ah minha nossa, o ESPELHO, e eu olhando e dizendo:

– Tito, tá no teu cu, sentiu?

– ah é, puxa vida, sim – METE! ei, aonde é que tu VAI?

– agora, Baby, tá aí na tua frente, hein? tá sentindo? a cabeçorra roxa, que nem cobra cantando ária de ópera! tá sentindo, amor?

– aiiii, meu bem, acho que vou go... EI! aonde você VAI?

– Tito, voltei pro teu traseiro. vou te partir ao meio. não tem como fugir!

– aii, meu deus, aii, EI, aonde é que tu VAI? bota de novo!

– sei lá.

– sei lá o quê?

– sei lá quem eu quero pegar. que posso fazer? quero as 2 e não DÁ! e enquanto não me decido, fico aqui agoniado, tremendo de medo de brochar! será que ninguém entende quanto eu sofro?

– não, me dá ele pra mim!

– não, pra mim, pra mim!

DE REPENTE, A GRANDE MUNHECA DA LEI!

bangue! banGUE! BANGUE!

– ei, o que que tá havendo aí dentro?

– nada.

– nada?! e que gemidos, gritos e uivos são esses? já são mais de 3 horas da madrugada. tem 4 andares de moradores acordados aqui querendo saber o quê...

– não é nada demais. estou jogando xadrez com minha mãe e uma irmã.

– por favor, vão embora. mamãe sofre do coração. estão deixando a pobrezinha assustada. assim vai acabar perdendo.

– e VOCÊ também, companheiro! caso não saiba, somos do Departamento de Polícia de Los Angeles...

– nossa, como é que eu ia adivinhar...

– pois agora já sabe. tá legal, abre esta porta, senão vamos ter que arrombar!

Tito e Baby correram para outro canto da sala, encolhidas e trêmulas, se segurando, se abraçando àqueles corpos envelhecidos, cheios de rugas provocadas pela embriaguez e loucura. as 2 formavam um quadro estupidamente lindo.

– abre isto aqui, companheiro, nestes últimos 10 dias viemos cá 4 vezes por causa da mesma reclamação. tá pensando que a gente gosta de andar por aí botando o pessoal em cana só pra se divertir?

– tô.

– o capitão Bradley está dizendo que pra ele tanto faz você ser preto como branco.

– diga ao capitão Bradley que também sou da mesma opinião.

me mantive em silêncio. as 2 putas ali no canto, tremendo e segurando os corpos encarquilhados à luz do abajur. o silêncio suave e sufocante das folhas do salgueiro num inverno desgraçado e impiedoso.

os guardas tinham conseguido a chave com o zelador e a porta já estava entreaberta, porém retida pela corrente colocada por mim. enquanto um falava comigo, o outro empurrava com uma chave de fenda, tentando desprender a corrente do entalhe. eu deixava que quase conseguisse, e depois puxava a corrente para a frente, de novo. a todas essas permanecia ali em pé, completamente nu, e de pau duro.

– vocês estão violentando meus direitos. precisam de mandado de busca pra entrar aqui. não podem forçar a entrada por conta própria. porra, como é que vocês não sabem disso, caras?

– qual é a que deve ser a tua mãe?

– a de bunda grande.

o outro guarda tinha quase tirado a corrente de novo. puxei pra frente com o dedo.

– para com isso, deixa entrar, nós só queremos levar um papo com você.

– sobre o quê? as maravilhas da Disneylândia?

– não, não, pelo jeito você deve ser um cara interessante. a gente só quer entrar pra bater papo.

– no mínimo estão pensando que sou debiloide. se algum dia eu virar veado e quiser andar de pulseira por aí, compro lá na Thrifty's. Não sou culpado de merda nenhuma, a não ser de estar de pau duro e com o volume do rádio alto demais e até agora nenhum de vocês me pediu pra baixar qualquer um dos 2.

– só queremos entrar. e levar um papo com você.

– olha aqui, vocês estão querendo invadir um domicílio particular sem licença pra isso. acontece que tenho o melhor advogado da praça...

– advogado? pra que é que tu precisa de advogado?

– há anos que trabalha pra mim, pra fugir do serviço militar, pra não ser preso por atentado ao pudor, estupro, dirigir carro no porre, perturbação da ordem pública, agressão, tentativa premeditada de incêndio, tudo quanto é grilo que pinta.

– e ele ganhou todos esses processos?

– e não ia ganhar? o cara é fogo. agora ouçam, vou dar 3 minutos pra vocês. ou param de tentar forçar esta porta e me deixam em paz, ou então ligo pra ele. não vai gostar de ser incomodado assim de madrugada. vocês vão acabar perdendo o emprego.

os guardas recuaram um pouco para o fundo do corredor. prestei atenção.

– acha que ele sabe o que tá dizendo?

– tô achando que sim.

voltaram.

– não há dúvida que a tua mãe tem um baita rabo.

– pena que *você* não possa papar, né?

– tá legal, a gente vai embora, mas tratem de não fazer mais barulho aí dentro. desliguem o rádio e parem com esse negócio de gemer e gritar.

– tá, o rádio a gente desliga.

foram-se embora. que prazer ouvir aqueles passos descendo a escada. que prazer contar com um bom advogado. e que prazer não ir em cana.

fechei a porta.

– tá legal, meninas, já se mandaram. dois caras tão bonzinhos, mas que tomaram o bonde errado. e agora vejam!

baixei os olhos.

foi-se. brochou mesmo.

– é, foi-se por completo – disse Baby. – mas pra onde, hein? que pena.

— que merda — disse Tito —, até parece salsicha estragada.

atravessei a sala, sentei numa cadeira e me servi de vinho. Baby fez 3 baseados.

— como é que tá o vinho? — perguntei.
— só tem mais 4 garrafas.
— de litro ou garrafão?
— de litro.
— pura merda, vamos ter que tentar a sorte.

peguei o jornal de 4 dias atrás. li as histórias em quadrinhos. depois passei para o caderno de esporte. enquanto lia, Tito foi-se chegando e se ajoelhou no tapete. senti que estava em ação. tinha uma boca que mais parecia desentupidor de vaso sanitário. bebi meu vinho e traguei o baseado.

se a gente deixa, são capazes de chupar até os miolos. desconfio que uma fazia aquilo com a outra quando eu não estava em casa.

cheguei na página do turfe.

— olha aqui — disse para a Tito —, este cavalo correu em 22 segundos e 1/5 aos primeiros 400 metros, 44 e 4/5 a metade, e depois 109 em 1.200 metros. decerto pensou que o páreo era de 1.200...

farpe ferpe sluuuum

vissaaa uuuup

vopt bopt vopt bopt vopt

— mas era de 1.400. tentou se distanciar dos concorrentes, levava 6 corpos de vantagem na última curva e começou a perder terreno, o cavalo tava pra morrer, queria voltar pro haras...

slllarrrp

   sllarrrrr vipt vopt vopt

      vip vop vop

— agora espia só quem é o jóquei, se fosse o Blum, ganhava por cabeça; se fosse o Volske, por 3/4 de corpo. era o Volske. ganhou por 3/4. uma baixa de aposta de 12 para 8. tudo dinheiro de cavalariça, o público detesta o Volske. o Volske e o Harmatz. por isso as cavalariças usam esses caras 2 ou 3 vezes por temporada no que tem de melhor pra despistar o público. se não fosse esses 2 grandes cavaleiros, na hora exata, eu estaria lá na rua 5 Leste...

– aaah, seu sacana!

Tito levantou a cabeça e gritou, me arrancando o jornal das mãos. depois voltou ao trabalho. eu não sabia mais o que devia fazer. estava de fato furiosa. aí então Baby se aproximou. Baby tem ótimas pernas. levantei-lhe a saia roxa e olhei as meias de nylon. ela se curvou e me beijou na boca, enfiando a língua lá no fundo da goela, enquanto eu lhe apalpava as cadeiras. tinha caído na armadilha. não sabia pra onde me virar. precisava de um trago. três imbecis entrelaçados. ah lamento, a revoada do derradeiro pássaro azul para o olho em chamas do sol. um brinquedo infantil, uma brincadeira idiota.

nos primeiros 400 metros, 22 e 1/5, a metade em 44 e 4/5, ela fumou até o fim, vitória por cabeça, chuva da Califórnia sobre o meu corpo. figos rachando de maduros maravilha feito grandes culhões vermelhos ao sol e chupados à vontade quanto tua mãe te odiava e teu pai queria te matar e a cerca do quintal era verde e pertencia ao Banco da América, Tito terminou o cigarro enquanto eu metia o dedo no rabo de Baby.

depois nos separamos, cada um esperando sua vez de entrar no banheiro para limpar o ranho de nossas narinas sexuais. sempre ficava por último. saí, peguei uma das garrafas de vinho, fui pra janela e olhei lá pra fora.

– Baby, enrola outro cigarro pra mim.

estávamos no último andar, o quarto, no alto de um morro. mas a gente pode olhar pra Los Angeles sem sentir nada, a mínima emoção. toda aquela gente lá embaixo dormindo, esperando para levantar e ir pro trabalho. que estupidez. não só estupidez e irremediável, uma coisa horrível também. tínhamos acertado: o olho, digamos, azul-esverdeado contemplando fixamente as fileiras das plantações de feijão, um ao outro, e gozando.

Baby me trouxe o cigarro. traguei e fiquei olhando a cidade adormecida. sentamos e esperamos pelo sol e tudo o que viria pela frente. eu não gostava do mundo, mas em tempos precavidos e tranquilos, dava quase para compreendê-lo.

sei lá que fim levaram Tito e Baby, se estão mortas ou não, mas aquelas noites foram gostosas. beliscando aquelas pernas de salto alto, beijando joelhos envoltos em nylon, todas aquelas cores de vestidos e calcinhas, e obrigando a Força Policial de L. A. a fazer jus ao salário.

a primavera, as flores, o verão, nunca mais serão os mesmos.

Um lance bacana

Estava duro – para variar – mas desta vez no Bairro Francês em Nova Orleans, e Joe Blanchard, editor do jornal alternativo OVERTHROW*, me levou numa casa de esquina, um desses casarões brancos e sujos, de venezianas verdes, com escadas que mais parecem de submarino. Era domingo e eu estava contando com o pagamento dos direitos autorais, não, de um adiantamento sobre um livro de sacanagem que escrevi para os alemães, só que os editores viviam me mandando cartas cheias de lorotas sobre o proprietário da empresa, pai deles, que era borracho, dizendo que estavam tendo muito prejuízo porque o velho tinha sacado no banco os fundos da editora, não, tinha deixado a conta dos filhos a descoberto com tanta bebedeira e fodança e, por conseguinte, andavam mal de dinheiro, mas iam se livrar do velho e assim que...

Blanchard tocou a campainha.

Uma velha gorda veio abrir a porta. Devia pesar cerca de 150 quilos. Usava, praticamente, só um vasto lençol à guisa de vestido e tinha olhinhos miúdos. Sua única coisa miúda, por sinal. Chamava-se Marie Glaviano e era dona de um bar no Bairro Francês, pequeninho, também: outra coisa dela que nada tinha de grande. Mas o lugar era simpático, com toalha xadrez nas mesas, cardápios de preços exorbitantes e pouca freguesia. Parada na porta de entrada havia uma

---

* *Overthrow*: derrubar, subverter.

dessas mucamas pretas antigas. Sua presença ali significava a preservação dos costumes de outrora, dos bons tempos, só que os bons tempos já eram, nunca mais voltariam. Os turistas agora andavam a pé. Gostavam apenas de caminhar pra lá e pra cá, bisbilhotando tudo. Não entravam em bar. Nem sequer se embriagavam. Não se vendia mais nada. Os bons tempos estavam acabados. Todo mundo se lixava, ninguém tinha grana e os que tinham preferiam economizar. Uma nova era, bem desinteressante, aliás. Todo mundo ficava simplesmente olhando enquanto os revolucionários se estraçalhavam com os porcos representantes da lei. Um ótimo divertimento, gratuito, não precisavam pagar entrada para assistir e ainda guardavam o dinheiro que tinham no bolso.

– Oi, Marie – disse Blanchard. – Marie, este aqui é Charley Serkin. Charley, esta é a Marie.

– Oi – cumprimentei.

– Olá – respondeu Marie.

– A gente queria entrar um pouco, Marie – disse Blanchard.

(O dinheiro só traz 2 inconvenientes: quando é demais e quando há de menos. E lá estava eu, de novo, reduzido à fase "de menos".)

Subimos os degraus empinados e seguimos atrás dela por um desses corredores que parecem não ter fim, localizados na parte lateral dos prédios – quer dizer, bem longos e estreitos; e de repente nos vimos na cozinha. Sentamos à mesa. Tinha um jarro com flores. Marie tirou a tampinha de 3 garrafas de cerveja. E sentou.

– Pois é, Marie – começou Blanchard –, o Charley é um gênio. Tá com a faca no pescoço. Tenho certeza que vai sair desta, mas até lá... até lá, não tem onde morar.

Marie olhou para mim.

– Você é um gênio?

Tomei um longo trago de cerveja.

– Olha, pra falar com franqueza, não sei. A maior parte do tempo me sinto meio debiloide. Como se tivesse a cabeça cheia de correnteza de ar.

— Ele pode ficar – disse ela.

Era segunda-feira, o único dia de folga de Marie. Blanchard se levantou e nos deixou ali na cozinha. Depois ouviu-se a batida da porta da frente e não foi mais visto.

— O que é que você faz? – perguntou Marie.

— Vivo à custa da sorte – respondi.

— Me faz lembrar o Marty – disse.

— Marty? – perguntei, pensando, meu deus, vai começar. E não me enganei.

— Ora, você é um bocado feioso, sabia? Quer dizer, bom, não é que seja feio, entendeu? Mas tá um caco. Um caco de verdade, até mais que o Marty. E ele lutava boxe. Nunca lutou?

— Taí um dos meus grilos: nunca fui capaz de lutar bem pra cacete.

— De qualquer forma, você tem o mesmo jeito do Marty. Tá um caco, mas é bom caráter. Conheço teu estilo. Sei quando o cara é macho, basta olhar. Gostei do teu rosto. Você tem boa cara.

Não encontrando nada pra comentar sobre minha cara, perguntei:

— Tem um cigarro aí, Marie?

— Mas claro que tenho, meu bem.

Enfiou a mão naquela vastidão de vestido e tirou um maço inteiro do meio das tetas. Ali tinha espaço pra carregar um rancho de supermercado. Chegava a ser cômico. Abriu outra cerveja para mim.

Bebi um bom gole, depois disse:

— É provável que pudesse te foder até dizer chega.

— Olha, escuta aqui, Charley – disse ela –, não admito que me falem desse jeito. Sou uma pessoa decente. Minha mãe me educou direito. Se continuar usando essa linguagem, não vai poder ficar aqui.

— Desculpe, Marie, estava só brincando.

— Pois eu não gosto desse tipo de brincadeira.

— Lógico, eu compreendo. Tem uísque?

— Escocês.

— Serve.

Trouxe um litro quase cheio. Dois copos comuns. Tomamos um pouco de uísque com água. A mulher era vivida. Quanto a isso, não havia dúvida. Provavelmente tinha uns dez anos a mais do que eu. Ora, velhice não é crime. O diabo é que a maioria das pessoas não sabe envelhecer.

— Tu é igualzinho ao Marty – repetiu.

— E você não se parece com ninguém que eu conheço – retruquei.

— Gosta de mim? – perguntou.

— E poderia não gostar?

Com essa, desistiu de me enfezar. Bebemos ainda umas 2 horas, quase só cerveja, mas de vez em quando mudando pro uísque, e depois foi me mostrar onde eu ia dormir. No caminho, passamos por um quarto e ela não perdeu tempo:

— É aqui que eu durmo.

A cama era bem larga. A minha tinha outra do lado. Estranhíssimo. Mas no fim não queria dizer nada.

— Pode dormir em qualquer uma – explicou Marie –, ou nas duas.

Isso foi dito com ar de quem queria humilhar...

Ora, claro que acordei de ressaca, ouvindo o barulho dela na cozinha, que ignorei, como qualquer cara sensato faria. Aí ouvi quando ligou a televisão pra assistir ao noticiário da manhã. O aparelho estava na mesinha de canto onde se tomava café, que ela passou a coar. O cheiro era gostoso, mas não gostei do toucinho com ovos e batatas, nem tampouco do que dizia o noticiário. Senti vontade de mijar e tomar água, mas não queria que Marie soubesse que tinha acordado, por isso esperei, bastante chateado, mas louco pra ficar sozinho, pra ser dono da casa, e ela não parava mais de fuçar pelos cantos, fodendo a paciência, até que enfim ouvi ela passar às pressas pelo corredor...

— Tenho que ir – anunciou –, já estou atrasada.

— Tchau, Marie.

Depois que ela bateu a porta, levantei e fui sentar na latrina. Mijei, caguei, e fiquei ali sentado, em Nova Orleans, longe de casa, onde quer que isso fosse, e aí enxerguei uma aranha pousada na teia, no canto, olhando pra mim. Logo vi que já devia estar há séculos ali. Muito antes que eu. Primeiro, pensei em matar. Mas estava tão gorda, contente e feiosa, que até parecia dona do pedaço. Ia ter que esperar mais um pouco, pelo momento oportuno. Levantei, limpei o rabo e puxei a descarga. Quando já ia saindo, a aranha me piscou o olho de leve.

Não queria tocar no resto do uísque, de modo que sentei, completamente nu, na cozinha e pensei, como é que tem gente que confia tanto em mim assim? Quem era eu? Que gente mais louca e simplória. O que não deixava de ter suas vantagens. É, sim, palavra, pô. Fazia 10 anos que vivia sem ter profissão. As pessoas me davam dinheiro, comida, teto pra morar. Pouco importava se me supunham burro ou gênio. Eu sabia perfeitamente o que eu era. Nenhuma das 2 coisas. O que levava as pessoas a me darem presentes não interessava. Aceitava e recebia sem a menor sensação de vitória ou/e coerção. Só partia do pressuposto de que não podia *pedir* nada. Ainda por cima, tinha aquele disquinho a girar no meu crânio, tocando sem parar, sempre a mesma música: não força a barra, não força a barra. Parecia uma ideia legal.

Mas, como ia dizendo, depois que Marie saiu, fiquei sentado na cozinha, bebendo as 3 latinhas de cerveja que encontrei na geladeira. Nunca me amarrei em comida. Sempre ouvi falar na paixão que todo mundo tem para comer. Mas pra mim é um saco. Líquido, tudo bem, mas sólido, nem morto. Gostava de merda, gostava de cagar e gostava de cagalhões, mas achava um trabalho danado ter que formar tudo aquilo.

Depois de liquidar com as 3 latinhas de cerveja, reparei numa bolsa no banco ao meu lado. Claro que Marie tinha saído com outra para o trabalho. Seria bastante burra ou generosa pra deixar dinheiro? Abri o fecho. Lá no fundo estava uma nota de 10 dólares.

Muito bem, se Marie queria me pôr à prova, eu ia mostrar que sabia corresponder às expectativas.

Peguei a grana, voltei pro quarto e me vesti. Estava me sentindo bem. Afinal de contas, do que é que um homem precisa pra sobreviver? Nada. Era a pura verdade. E inclusive tinha a chave da casa.

E assim botei o pé na rua e *tranquei* a porta por fora, por causa dos ladrões (hahaha), e lá me fui eu pelo Bairro Francês. Nunca vi lugar mais estúpido, mas que remédio, paciência. Tudo tinha que servir, não havia alternativa. De modo que... ah, sim, eu ia andando pela rua, mas o diabo é que no Bairro Francês não existe nenhuma loja de bebida como em qualquer outra cidade decente deste mundo. Talvez fosse até de propósito. Quem lucrava com isso eram aqueles horríveis buracos de merda em cada esquina chamados de bares. A primeira coisa que me ocorria fazer quando entrava num desses "curiosos" bares do Bairro Francês era vomitar. E vomitava mesmo, correndo pros fundos de algum mictório fedendo a mijo e botando tudo pra fora – toneladas e mais toneladas de ovos fritos e batatas gordurosas e malcozidas. E depois voltava, já aliviado, pra olhar pra aquela gente: a única coisa mais solitária e inútil que a freguesia era o homem que atendia no balcão, sobretudo se também fosse o dono. Tá legal. Portanto, saí andando pra lá e pra cá, sabendo que os bares não estavam com nada, e adivinha onde encontrei as minhas 3 embalagens de meia dúzia de cervejas? Numa pequena mercearia, que vendia pão mofado e tudo mais, com a pintura já descascada, aquele sorrisinho meio sexy de solidão... socorro, socorro, socorro... horrível, sim, e nem sequer bem iluminada, a luz está muito cara, e eis ali eu, o primeiro cara a comprar uma embalagem de meia dúzia em 17 dias e o primeiro a comprar 3 embalagens de meia dúzia em 18 anos. Minha nossa, só faltou a coitada gozar em cima daquela registradora... Era demais. Peguei o troco e as 18 latas de cerveja e sai às pressas para o estúpido sol do Bairro Francês...

Coloquei o troco na bolsa, em cima da mesinha de canto, e depois deixei o fecho aberto para Marie ver. Aí então me sentei e abri uma cerveja.

Que coisa boa ficar sozinho. Mas não estava, propriamente, só. Cada vez que ia mijar, enxergava a tal aranha. E pensava, olha, aranha, não demora você vai ter que se arrancar. Não gosto nada desse teu jeito aí nesse canto escuro, pegando insetos e moscas e sugando todo o sangue deles. Você não presta, dona aranha, sabia? Ao passo que eu sou um cara legal. Pelo menos, assim me considero. Você não passa de uma verruga punheteira, desmiolada e macabra, que fica aí matando no escuro, mais nada. Vá sugar o raio que a parta. Agora chega.

Achei uma vassoura no pátio dos fundos, voltei com ela lá pra dentro e acabei com a teia e com o couro da famigerada aranha. Tá certo, tá certo, ela havia chegado muito antes que eu, vinda não sei de onde, mas o que é que eu ia fazer? Como Marie podia botar aquela baita bunda na beirada daquela tampa e merda, e ficar olhando pra aquele troço? Será que não tinha visto? Vai ver que não.

Voltei pra cozinha e bebi mais cerveja. Depois liguei a televisão. Gente de papel. Gente de vidro. Tive a impressão de que estava enlouquecendo e terminei desligando de novo. Tomei um pouco mais de cerveja. Aí então cozinhei 2 ovos e fritei 2 fatias de toucinho. Consegui engolir. Tem horas em que a gente esquece de comer. O sol passava pelas cortinas. Bebi o dia inteiro. Joguei no lixo tudo o que ficou vazio. O tempo correu. De repente a porta se abriu. De sopetão. Era Marie.

– Pura merda! – gritou –, sabe o que aconteceu?
– Não, não sei, não.
– Ah, que bosta!
– Que foi que houve, meu bem?
– Deixei queimar os morangos!
– É mesmo?

Começou a correr em volta da cozinha rebolando aquela baita bunda. Estava maluca. Fora de si. Pobre buceta, tão gorda e tão velha.

— Deixei essa panela de morangos no fogo, quando me entra uma dessas turistas, uma vaca cheia da nota, primeira freguesa do dia, e que gosta desses chapeuzinhos que eu faço, sabe... Bom, até que ela é uma gracinha e todos os chapéus lhe ficam bem, mas tinha surgido um problema e aí a gente começou a conversar sobre Detroit, ela também conhecia alguém que conheço em Detroit, sabe, a gente começou a conversar e aí, de repente, SINTO O CHEIRO!!! OS MORANGOS QUEIMANDO NO FOGO! Corri à cozinha, mas foi tarde demais... que bagunça! Os morangos tinham se esparramado todos, estavam em tudo quanto era canto, cheirando mal, com cheiro de coisa queimada, que tristeza, e não se podia salvar mais nada, nada! Que merda!

— Que pena. Mas vendeu o chapéu pra ela?

— Vendi 2. Estava tão indecisa que acabou comprando os 2.

— Pena o que aconteceu com os morangos. Ah, matei a aranha.

— Que aranha?

— Logo vi que você não sabia.

— Sabia o quê? Que negócio de aranha é esse? É um inseto como qualquer outro.

— Não foi o que me contaram. Tem qualquer coisa a ver com o número de patas... Na realidade não sei, nem vem ao caso.

— Aranha não é inseto? Que papo furado é esse?

— Não é, não. Pelo menos dizem. Seja lá como for, matei a desgraçada.

— E mexeu na minha bolsa.

— Lógico. Você largou ela aí. Tinha que tomar cerveja.

— Tem que tomar cerveja o tempo todo?

— Tenho.

— Vai ser um problema. Comeu alguma coisa?

— Dois ovos, 2 fatias de toucinho.

— Tá com fome?

— Tô. Mas você está cansada. Descansa. Bebe um pouco.

— Cozinhar é o melhor descanso pra mim. Mas antes tenho que tomar um bom banho.

— Então vai.

— Tá legal.

Estendeu o braço, ligou a televisão e depois foi pro banheiro. Tive que ficar ouvindo a tevê. Outro noticiário. Um cretino, feio de assustar. Três narinas. Um cretino detestável pra burro, todo embonecado, suando, e olhando pra mim, pronunciando palavras que eu mal entendia ou pouco me interessavam. Sabia que Marie ia passar horas a fio assistindo àquilo, portanto era melhor ir me preparando. Quando voltou do banheiro, me encontrou de olhar parado no copo. Ficou mais sossegada. Parecia inofensivo como um homem que gosta de jogar damas e de ler a página de esportes no jornal.

Marie tinha trocado de roupa. Podia até ter ficado engraçadinha, mas o diabo é que *era* danada de gorda. Bom, de qualquer forma, eu não estava dormindo em banco de praça.

— Quer que eu cozinhe, Marie?

— Não, não precisa. Já não estou tão cansada.

Começou a fazer a comida. Quando levantei pra pegar outra cerveja, dei-lhe um beijo na orelha.

— Você é muito bacana, Marie.

— Tem o suficiente pra beber o resto da noite? — perguntou.

— Claro que tenho, garota. E ainda tem aquele litro de uísque. Tá tudo certinho. Só quero ficar sentado aqui, vendo tevê e escutando o que você diz. Tá?

— Tá, Charley.

Sentei. Ela estava fazendo alguma coisa gostosa. O cheiro era ótimo. Não havia dúvida que sabia cozinhar. As paredes inteiras recendiam a esse cheiro morno de comida. Não admira que fosse tão gorda assim: boa de fogão, boa de garfo. Marie estava preparando um panelão de cozido. Volta e meia levantava e botava mais alguma coisa ali dentro. Uma cebola. Uma folha de couve. Algumas cenouras. Entendia do riscado. E eu ia bebendo e olhando pra aquela imensa velha desleixada, enquanto ficava ali sentada, fazendo aqueles chapéus com verdadeiros passes de mágica, as mãos ocupadas com cascos de vime, escolhendo primeiro uma cor, depois outra, este pedaço de fita, depois aquele, e aí então torcendo assim, costurando assado, aplicando no chapéu, praticando mais mágica com palhinha barata. Marie criava obras-primas que jamais seriam descobertas – andando pela rua, na cabeça de alguma lambisgoia.

Enquanto trabalhava, de olho no cozido, ia conversando.

– Não é mais como era antes. Ninguém mais tem dinheiro. É tudo na base de cheques de viagem, talão de cheque e cartões de crédito. Não há simplesmente mais ninguém andando por aí com dinheiro vivo no bolso. É tudo a crédito. O cara recebe o salário e o dinheiro voa. Hipotecam até a alma pra comprar casa própria. E depois enchem aquilo com tudo quanto é bugiganga e compram carro. Se amarram em casa própria, quem faz as leis sabe muito bem disso e taca imposto em cima deles sobre bens imóveis, até a morte. Ninguém mais tem dinheiro. E negócio que não for grande simplesmente não dura.

Sentamos à mesa pra comer o cozido. Estava perfeito. Depois do jantar trouxemos o uísque, ela me deu 2 charutos, e ficamos assistindo televisão, sem bater muito papo. Parecia que já estava morando ali há anos. Continuou fazendo chapéus, de vez em quando comentando alguma coisa, que eu me limitava a retrucar deste jeito: "é, tem razão", ou então, "não diga?" E os chapéus saíam sempre voando de suas mãos, verdadeiras obras-primas.

– Marie – anunciei –, estou cansado. Tenho que ir me deitar.

Me mandou levar a garrafa de uísque pro quarto e levei. Mas, em vez de ir pra lá, puxei pra trás as cobertas da cama de Marie e me deitei embaixo delas. E a cama também. Uma daquelas antigas, com colunas e teto de madeira, sei lá como se diz. Acho que, se a gente fodesse até o teto vir abaixo, estava feito. Mas jamais conseguiria que aquele teto viesse abaixo sem ajuda dos deuses.

Marie continuou lá, vendo televisão e fazendo chapéus. Depois ouvi quando desligou o aparelho, apagou a luz da cozinha e entrou no quarto. Tornou a sair sem me ver e foi direto para a latrina. Ficou um pouco ali dentro e aí então vi quando tirou o vestido e enfiou aquela vasta camisola cor-de-rosa. Fuçou algum tempo no rosto, desistiu, botou um punhado de rolos no cabelo, depois se virou, veio para a cama e me viu.

– Nossa, Charley, você se enganou de cama.

– Hã hã.

– Escuta, meu bem, o que é que tu tá pensando que eu sou?

– Ah, corta logo essa onda e deita!

Não se fez de rogada. Cruzes, era uma montanha de carne. Eu, aliás, estava meio apavorado. O que é que se fazia com tudo aquilo? Bom, tinha caído na armadilha. Todo o lado da cama de Marie afundou.

– Escuta, Charley...

Peguei-a pela cabeça, virei pra mim. Parecia que tinha chorado. Quando vi, apertava os lábios nos dela. Nos beijamos. Puta merda, já estava ficando de pau duro. Deus do céu. O que era aquilo?

– Charley – disse ela –, você não é obrigado.

Agarrei uma das mãos dela e fiz com que segurasse o meu pau.

– Ah merda – exclamou –, ah merda!

Aí *ela* me beijou, enfiando a língua. Tinha língua pequena – pelo menos *isso* não era grande – e não parava de entrar e sair, bastante cheia de saliva e de paixão. Afastei a cabeça.

– Que que foi?

– Peraí.

Estendi o braço, peguei o litro de uísque e bebi um bom gole. Depois larguei a garrafa, pus a mão lá embaixo e levantei aquela vasta camisola cor-de-rosa. Comecei a apalpar, sem saber muito bem o que estava apalpando, mas parecia ser o que imaginava, embora pequena, mas no lugar certo. Sim, era a buceta. Cutuquei com a pica. Aí foi a vez dela botar a mão lá embaixo e me mostrar o caminho. Outro milagre. Aquele troço era estreito. Quase me arranca a pele do pau. Começamos a batalhar. Eu tinha esperança de ir longe, mas pouco me importava se não fosse. Ela tomou *conta* de mim. Foi uma das melhores fodas que dei na minha vida. Eu gemia, urrava, depois gozei e saí de cima. Incrível. Quando voltou do banheiro, a gente conversou um pouco e depois ela pegou no sono. Mas roncava. Por isso tive que ir pra minha cama. Quando acordei no outro dia de manhã, já estava de saída pro trabalho.

– Tô com pressa, Charley – disse.
– Tudo bem, garotinha.

Mal ela foi embora, fui à cozinha e tomei um copo d'água. Tinha deixado a bolsa no mesmo lugar. Dez paus. Não peguei. Voltei pro banheiro e dei uma boa cagada, livre da aranha. Depois tomei banho. Tentei escovar os dentes, vomitei um pouco. Me vesti e entrei na cozinha. Peguei um pedaço de papel e uma caneta:

Marie:
te amo. Você foi muito boazinha comigo. Mas tenho que ir embora. E nem sei bem por quê. Acho que ando meio doido. Adeus.

Charley

Ajeitei o bilhete na frente do aparelho de televisão. Não estava me sentindo bem. Tinha vontade de chorar. Estava tudo muito quieto ali dentro, bem do jeito que eu gosto. Até o fogão e a geladeira pareciam humanos, quero dizer, humanos legais – davam impressão de ter braços e vozes, que diziam: não vai embora, rapaz, fica por aqui mesmo, é tão bom e pode melhorar mais ainda. Encontrei o resto do tal litro no quarto. Bebi tudo. Depois levantei e atravessei todo aquele corredor interminável e estreito que nunca mais acabava. Cheguei à porta da rua e aí me lembrei que tinha ficado com a chave. Voltei e deixei ao lado do bilhete. Depois olhei de novo pras 10 pratas na bolsa. Deixei onde estava. Atravessei outra vez o corredor. Quando cheguei na saída, sabia que no momento em que fechasse aquela porta seria para nunca mais voltar. Fechei. Definitivamente. Desci os degraus. Novamente sozinho, sem ninguém me dar bola nenhuma. Tomei a direção da zona sul, aí dobrei à direita. Fui andando e andando, até sair do Bairro Francês. Cruzei a rua do Canal. Percorri mais alguns quarteirões, depois dobrei pro lado de cá, atravessei outra rua e dobrei pra lá. Não sabia pra onde ia. Passei por uma casa que ficava à minha esquerda e o cara que estava parado na entrada perguntou:

– Ei, fulano, tá à procura de emprego?

Olhei lá dentro e vi aquelas fileiras de homens diante de mesas de madeira, de martelo na mão, batendo numas conchas que pareciam ser de mexilhões. Quebravam aquilo e faziam não sei o que com a carne. Estava escuro ali dentro. A impressão que se tinha era que estavam batendo com os martelos neles mesmos, quebrando o que havia sobrado deles.

– Não, não tô, não – respondi pro cara.

Fiquei de frente pro sol quando saí caminhando.

Tinha 74 cents no bolso.

O sol estava legal.

Tudo quanto é trepada que se queira dar

Harry e Duke. A garrafa estava entre os dois naquele hotelzinho fuleiro da boca do lixo de L.A. Era noite de sábado numa das mais impiedosas cidades do mundo. Harry tinha cara redonda de burro, só com a ponta do nariz de fora, e olhos detestáveis; aliás, bastava olhar pra logo detestar o Harry: a solução era não olhar para ele. Duke, um pouco mais moço, sabia escutar, só sorrindo de leve enquanto ia ouvindo o que se dizia. Gostava de ouvir; não existia melhor espetáculo que os outros, e nem precisava pagar entrada. Harry andava desempregado e Duke era porteiro de prédio. Os 2 já tinham cumprido pena na prisão e dentro em breve iriam em cana de novo. Sabiam disso. Não fazia diferença nenhuma.

Faltava um terço da garrafa para acabar com o litro de uísque e havia latas de cerveja vazias espalhadas pelo chão. Preparavam seus cigarros com a calma tranquila de quem tinha levado uma vida dura e impossível antes de chegar aos 35 anos e ainda continuava de pé. Sabiam que tudo não passava de um balde de merda, mas se recusavam a entregar a rapadura.

– Sabe – disse Harry, dando uma tragada –, eu te escolhi, cara, porque acho que posso confiar em você. Tu não tem cara de quem entra em pânico. E o teu carro é ideal. Depois a gente divide meio a meio.

– Me conta como é que é.
– Você nem vai acreditar.
– Me conta.

— Pois bem, lá tá cheio de ouro, caído pelo chão, ouro de verdade. A única coisa que se precisa fazer é ir lá e juntar. Sei que parece loucura, mas tá lá, eu já vi.

— Qual é o problema?

— Bem, é que fica num campo de artilharia do exército. O pessoal passa o dia inteiro atirando, às vezes de noite também, aí é que tá. Precisa ter culhão. Mas o ouro tá ali. Talvez fosse bala de canhão, que arrancou de dentro da terra, sei lá. Mas geralmente de noite ninguém dá tiro.

— E a gente vai lá de noite.

— Exato. É só recolher o troço que tá caído no chão. A gente vai ficar podre de rico. Com tudo quanto é trepada que se queira dar. Pensa só nisto, tudo quanto é trepada que se queira dar.

— Parece ótimo.

— Se por acaso o pessoal começar a atirar, a gente salta pra dentro do primeiro buraco de bala de canhão. Eles não vão fazer pontaria de novo no mesmo lugar. Quando acertam no alvo, já ficam satisfeitos. Se não acertam, o próximo tiro sai noutra direção.

— Não deixa de ter lógica.

Harry se serviu de mais uísque.

— Mas tem outro galho.

— Qual?

— É que por lá tem cobra. Por isso que a gente precisa ir em dois. Sei que tu é bom de revólver. Enquanto eu junto o ouro, você fica cuidando, e se aparece alguma, tu estoura a cabeça dela. Lá dá muita cascavel. Te acho o cara mais indicado pra isso.

— Claro que sou, pô.

Ficaram ali sentados, fumando e bebendo, pensando naquilo.

— Todo aquele ouro — disse Harry —, tudo quanto é trepada.

— Sabe de uma coisa? — lembrou Duke — É bem possível que aqueles canhões tenham acertado nalguma arca de tesouro escondida.

– Seja como for, o ouro tá lá.

Pensaram mais um pouco naquilo.

– Como é que você pode garantir – perguntou Duke – que, depois de recolher todo aquele ouro, eu não te dê um tiro por lá?

– Bem, é um risco que eu tenho que correr.

– Tu confia em mim?

– Não confio em ninguém.

Duke abriu outra cerveja, encheu o copo de novo.

– Pô, então nem vale a pena ir trabalhar na segunda, não é?

– Claro que não.

– Já tô me sentindo rico.

– Eu também.

– Tudo o que se precisa é de um pouco de sorte – disse Duke –, aí então as pessoas passam a nos tratar como gente.

– É.

– Onde fica esse lugar? – perguntou Duke.

– Você vai ver quando a gente chegar lá.

– E vamos rachar meio a meio?

– Vamos rachar meio a meio.

– Não fica com medo de eu dar um tiro em você?

– Por que não para de bater nessa tecla, Duke? Quem sabe se não sou eu que vou dar um tiro em você?

– Porra, não tinha pensado nisso. Você não seria capaz de atirar num amigo, seria?

– E nós somos amigos?

– Ué, claro, Harry, eu diria que sim.

– Vai ter ouro e trepada suficiente pros dois juntos. A gente vai se forrar pro resto da vida. Nada mais desse lance de ficar em liberdade condicional. E dessa aporrinhação de lavar prato por aí. As putas de Beverly Hills vão viver correndo atrás da gente. Fim pra tudo quanto é preocupação.

– Acha mesmo que pode dar certo?

– Claro.

– O ouro de fato tá lá?

— Escuta, cara, quer que eu repita?
— Então tá.

Beberam e fumaram mais um pouco. Sem dizer nada. Estavam sonhando com o futuro. Era uma noite muito quente. Alguns, moradores do hotel haviam deixado a porta aberta. A maioria estava com garrafas de vinho por perto. Os homens, de camiseta, ficavam lá sentados, calmos, pensativos, liquidados. Alguns inclusive, tinham mulheres, sem muita classe, mas que suportavam bem a bebida.

— É melhor ir buscar outra garrafa – disse Duke –, antes que fechem.
— Meu dinheiro acabou.
— Eu pago.
— Tá legal.

Se levantaram e saíram. Dobraram no fim do corredor e foram para a parte de trás do hotel. A loja de bebidas era lá embaixo no beco e ficava à esquerda. No patamar da escada dos fundos havia um cara de roupa suja e amarrotada caído no chão, impedindo a passagem.

— Ei, é o meu velho cupincha Franky Cannon. O pileque de hoje foi brabo. Acho que vou ter que tirar ele do caminho.

Harry pegou o sujeito pelos pés e arrastou para o lado. Depois se curvou.

— Será que alguém já revistou ele?
— Sei lá – respondeu Duke –, vê aí.

Duke virou todos os bolsos de Franky pelo avesso. Examinou a camisa. Abriu a calça, apalpou na cintura. Só encontrou uma caixinha de fósforos que dizia:

APRENDA
A DESENHAR
EM CASA

Milhares de bons empregos
aguardam você

– Acho que já andaram revistando ele.

Desceram a escada e entraram no beco.

– Tem certeza que o ouro tá lá? – perguntou Duke.

– Escuta aqui – disse Harry –, já tô de saco cheio! Tá pensando que sou louco?

– Não.

– Pois então não me faz mais essa pergunta!

Entraram na loja de bebidas. Duke pediu um litro de uísque e uma caixa de meia dúzia de cervejas. Harry roubou um saquinho de nozes sortidas. Duke pagou as compras e os dois saíram. Quando já estavam entrando no beco de novo, esbarraram numa moça; bom, quer dizer, moça em relação ao que se costumava ver por ali; devia ter seus 30 anos, bemfeita de corpo, mas toda escabelada e falando com voz meio arrastada.

– O que é que vocês têm aí nessa sacola, caras?

– Tetas de gato – respondeu Duke.

Ela chegou perto de Duke e se esfregou na sacola.

– Não quero saber de vinho. Tem uísque aqui?

– Claro, boneca, sobe com a gente.

– Deixa ver a garrafa.

Olhou com firmeza pra Duke. Magra, usava vestido justo, bem apertado no rabo, puta merda. Tirou a garrafa da sacola.

– Tá legal – disse –, vamos nessa.

Atravessaram o beco levando a garota no meio. Requebrava tanto que bateu com os quadris no corpo de Harry. Ele agarrou e deu-lhe um beijo na boca. Ela se soltou.

– Seu filho da puta! – gritou –, me deixa em paz!

– Tu vai estragar tudo, Harry! – disse Duke. – Não faz mais isso, senão te dou um soco na cara!

– Então dá.

– É só tu fazer de novo!

Chegaram no fim do beco, subiram a escada e abriram a porta. A garota viu o corpo de Franky Cannon deitado no chão, mas não comentou. Continuaram subindo até o quarto. Ela sentou e cruzou as pernas. Eram bonitas.

– Meu nome é Ginny – disse.

Duke encheu os copos.

– O meu é Duke. O dele é Harry.

Ginny sorriu e pegou o copo.

– Esse filho da puta com que estou morando me deixou nua, guardou toda a minha roupa trancada no armário. Fiquei lá uma semana. Esperei até que ele apagasse, tirei-lhe a chave do bolso, peguei este vestido e me mandei.

– Vestido bacana.

– Dá pro gasto.

– Realça o que você tem de melhor.

– Obrigada. Ei, escuta aqui, cara, o que é que vocês fazem?

– O que nós fazemos? – perguntou Duke.

– É, quer dizer, como é que se defendem na vida?

– Somos garimpeiros de ouro – disse Harry.

– Ah, para com isso, não vem com onda pro meu lado.

– É isso mesmo – disse Duke –, somos garimpeiros de ouro.

– Descobrimos uma mina. Daqui a uma semana a gente vai ficar rico – afirmou Harry.

Aí teve que se levantar para ir mijar. O mictório era no fim do corredor. Depois que ele saiu, Ginny avisou:

– Quero foder primeiro com você, paixão. Tem qualquer coisa nesse cara que não me agrada.

– Tudo bem – disse Duke.

Encheu de novo os 3 copos. Quando Harry voltou, Duke foi logo avisando:

– Ela vai trepar primeiro comigo.

– Quem foi que disse?

– Nós dois – respondeu Duke.

– Isso mesmo – disse Ginny.

– Acho que devíamos levar ela com a gente – disse Duke.

– Primeiro vamos ver como é que é na cama – disse Harry.

— Eu deixo todo mundo louco – garantiu Ginny –, os homens chegam a gritar. Tenho a xota mais apertada do estado da Califórnia!

— Tá legal – disse Duke –, então vamos ver.

— Antes enche o meu copo de novo – pediu ela, esvaziando de um gole o que tinha na mão.

Duke tornou a encher.

— Também tenho algo especial pra você, boneca, que é bem capaz de te deixar arrombada!

— Só se você meter o pé aí dentro – disse Harry.

Ginny se limitou a sorrir enquanto bebia. Esvaziou o copo outra vez.

— Vem – disse pra Duke –, vamos nessa.

Ginny chegou perto da cama e tirou o vestido. Estava de calcinha azul e sutiã cor-de-rosa desbotado, preso nas costas por um alfinete de segurança. Duke teve que tirar o alfinete.

— Ele vai ficar olhando? – perguntou ela a Duke.

— Se quiser, pode – retrucou Duke –, que que tem, porra?

— Tudo bem – disse Ginny.

Se meteram juntos no meio dos lençóis. Houve alguns minutos de aquecimento e bolina, enquanto Harry acompanhava a cena. O cobertor estava caído no chão. A única coisa que Harry enxergava era o movimento embaixo do lençol encardido.

De repente Duke montou nela. Harry podia ver o traseiro dele, indo pra cima e pra baixo, encoberto pelo lençol.

Aí Duke exclamou:

— Ah, merda!

— Que que foi? – perguntou Ginny.

— Saiu fora! Você não tinha dito que era apertada?!

— Eu boto de novo! Acho que nem senti que tava lá dentro!

— Dentro de *alguma coisa* garanto que tava! – disse Duke.

Aí começou a mexer o traseiro outra vez. Nunca devia ter falado no ouro pra esse filho da puta, pensou Harry. Agora quero ver como é que a gente vai fazer pra se livrar dessa pinoia. São capazes de se unir contra mim. Claro que, se por acaso ele fosse morto, ela talvez terminasse gostando de mim.

Ginny então gemeu e começou a falar:

– Ai, meu bem, meu queridinho! Puta merda, ai, meu bem, ai que bom!

Quanta onda, pensou Harry.

Levantou e se aproximou da janela dos fundos. A parte traseira do hotel ficava bem perto da saída pra Vermont na pista de alta velocidade de Hollywood. Olhou os faróis e as luzes vermelhas dos carros. Sempre se espantava que tanta gente tivesse pressa de ir numa direção enquanto outros se apressavam em chegar na direção oposta. Alguém devia estar enganado, senão aquilo não passava de uma farsa. De repente ouviu a voz de Ginny:

– Eu vou GOZAR! Ai, minha nossa senhora, eu vou GOZAR! Ah, meu Deus do céu! já estou...

Puro papo furado, pensou, e depois se virou para olhar os dois. Duke não brincava em serviço. Os olhos de Ginny pareciam vidrados, presos no teto, na lâmpada sem lustre; vidrados, aparentemente vidrados, não tirava eles do alto, acima da orelha esquerda de Duke...

Talvez eu vá ter que dar um tiro nele, lá naquele campo de artilharia, pensou Harry. Ainda mais se ela for bem apertada.

O ouro, todo aquele ouro.

Marinheiro de primeira viagem

Ora, muito bem, quase morri, mas recebi alta do hospital municipal e consegui emprego como funcionário do departamento de expedição. Ficava de folga no fim de semana e um sábado falei pra Madge:

– Olha, filhinha, não estou nada interessado em voltar pra aquela enfermaria de indigentes. Tenho que encontrar alguma coisa que me tire a vontade de beber. Veja só hoje, por exemplo. Não há nada pra fazer a não ser tomar porre. Não gosto de cinema. E jardim zoológico é um pé no saco. Não se pode passar o dia inteiro fodendo. Que problema.

– Nunca foi no Jóquei?
– O que é isso?
– As corridas de cavalos. A gente aposta neles.
– Tem algum funcionando hoje?
– O Hollywood Park.
– Então vamos lá.

Madge me mostrou o caminho. Faltava uma hora para o primeiro páreo e o estacionamento já estava quase lotado. Tivemos que deixar o carro a quase um quilômetro de distância da entrada principal.

– Pelo jeito muita gente vem aqui – comentei.
– Vem, sim.
– O que é que vamos fazer aí dentro?
– Apostar num cavalo.

— Qual deles?
— O que você quiser.
— Dá pra ganhar dinheiro?
— Às vezes.

Pagamos a entrada e fomos logo abordados por uma porção de jornaleiros sacudindo papéis na mão:

— Peguem aqui os vencedores! Quer ganhar dinheiro? Escolha aqui o melhor palpite!

Havia uma banca com 4 pessoas dentro. Três delas cobravam 50 cents pela dica de apostas, a outra queria um dólar. Madge me disse para comprar 2 programas e um folheto sobre as corridas. O folheto trazia informações, segundo ela, sobre tudo o que os cavalos já tinham feito. Depois me explicou como se fazia para se conhecer os vencedores, a colocação e a maneira de apostar, inclusive seguindo as cotações do placar.

— Servem cerveja aqui? — perguntei.
— Ah, claro. E também tem uma porção de bares.

Quando chegamos às arquibancadas, todos os lugares já estavam ocupados. Fomos sentar num banco da parte de trás, onde havia uma espécie de área ajardinada. Pegamos 2 cervejas e abrimos o folheto. Não passava de um amontoado de números.

— Eu aposto só pelo nome dos cavalos — disse ela.
— Puxa a saia pra baixo. Tá todo mundo olhando o teu rabo.
— Epa! Desculpa, paipai.
— Toma aqui estes 6 dólares. É o que você vai apostar hoje.
— Tu tem um coração de ouro, Harry — disse ela.

Bom, pensamos e pensamos à beça, quer dizer, eu pensei, tomamos outra cerveja e depois fomos nos colocar debaixo da tribuna de honra, de frente para a pista. Os cavalos se preparavam para o primeiro páreo. Eram montados por caras baixinhos com camisa de seda espalhafatosa. Alguns apostadores gritavam desaforos pros jóqueis, que, com a maior naturalidade, fingiam que não ouviam. Pareciam, inclusive, meio entediados.

– Aquele é o Willie Shoemaker – apontou Madge para um deles.

O tal de Willie Shoemaker estava com todo o jeito de quem ia bocejar. Eu também me sentia entediado. Havia gente demais, com qualquer coisa de deprimente no ar.

– Agora você vai apostar – aconselhou.

Combinei com Madge onde nos encontraríamos e depois entrei numa das filas que cobrava 2 dólares a pule. Todas as filas estavam muito grandes e fiquei com a sensação de que aquele pessoal não queria apostar. Pareciam apáticos. Mal recebi minha pule e o locutor anunciou:

– Já estão no partidor!

Encontrei com Madge. O páreo era de 1.600 metros e fomos pra linha de chegada.

– Escolhi PRESAS DE OURO – disse pra ela.

– Eu também – disse ela pra mim.

Tive a impressão de que íamos ganhar. Com um nome daqueles e a julgar pelo último páreo de que tinha participado, parecia que estávamos com tudo. E com margem de 7 a 1.

Os cavalos largaram e o locutor começou a comentar a corrida. Quando citou PRESAS DE OURO bem por último, Madge desandou a gritar.

– PRESAS DE OURO! – berrou.

Não dava pra enxergar coisa alguma. Tinha gente por tudo quanto era canto. Ouviram-se novos comentários e de repente Madge se pôs a pular feito doida, berrando:

– PRESAS DE OURO! PRESAS DE OURO!

Todo mundo gritava e pulava feito louco. Eu não dizia nada. De repente os cavalos passaram na nossa frente.

– Quem ganhou? – perguntei.

– Sei lá – respondeu Madge. – Não é empolgante?

– É.

Aí colocaram os números no placar. O favorito, com 7 a 5, tinha vencido o páreo, um palpite de 9 a 2 chegou em segundo lugar e outro de 3 a 1 em terceiro.

Rasgamos as pules e voltamos ao nosso banco. Consultamos o folheto para o próximo páreo.

— Não vamos ficar mais ali na frente da linha de chegada, assim pode ser que desta vez dê pra ver alguma coisa.

— Tá — concordou Madge.

Compramos 2 cervejas.

— Esse jogo é uma idiotice — falei. — Todos esses babacas pulando e berrando, cada um torcendo por um cavalo diferente. Que foi que houve com PRESAS DE OURO?

— Sei lá. Tinha um nome tão bacana.

— Mas os cavalos sabem como se chamam? Isso contribui pra que corram mais rápido?

— Tu tá brabo só porque perdeu. Tem muito páreo ainda pela frente.

Estava certa. Tinha.

Continuamos perdendo. À medida que o tempo passava, as pessoas iam ficando tristonhas, até desesperadas. Pareciam aturdidas, mal-humoradas. Esbarravam, davam encontrões, pisavam nos pés da gente e nunca diziam "Perdão". Ou, "desculpe".

Apostei só por apostar, simplesmente por estar ali. As 6 pratas de Madge se foram nos 3 primeiros páreos e não lhe dei mais dinheiro. Logo vi que não era nada fácil ganhar. Fosse qual fosse o cavalo escolhido, sempre perdia pra outro. Nem me interessei mais em acompanhar as possibilidades previstas.

No páreo principal, apostei numa montaria chamada CLAREMOUNT III. Vitorioso por larga margem de vantagem na última corrida disputada, estava tentando perder 5 quilos para o páreo de categoria mista. Desta vez levei Madge para perto da curva final, sem muitas esperanças de ganhar. Olhei pro placar e CLAREMOUNT III indicava 25 a 1. Tomei o resto do que tinha no copo de papel e joguei longe. Eles vinham se aproximando da curva e o locutor anunciou:

— Aí vem CLAREMOUNT III!

E eu exclamei:

— Ah, não!

E Madge: – Tu apostou nele?

E eu:

– Apostei.

CLAREMOUNT ultrapassou os 3 cavalos que vinham na dianteira e se distanciou no que parecia uns 6 corpos de diferença. Chegou completamente sozinho.

– Puta que pariu – exclamei. – Não é que ele ganhou!?

– Ah, Harry! Harry!

– Vamos comemorar – propus.

Encontramos um bar e pedimos bebida. Nada de cerveja desta vez. Uísque.

– Ele apostou em CLAREMOUNT III – contou Madge ao garçom.

– É – disse ele.

– É – disse eu, tentando bancar o veterano. Sem nem saber como seria.

Me virei para olhar o placar. CLAREMOUNT tinha dado $ 52.40.

– Tô achando que este jogo pode dar certo – disse para a Madge. – Veja só, se a gente ganha uma vez, não precisa ganhar em todas as apostas. Acertando uma ou 2, já dá pra ter lucro.

– É isso aí, é isso aí – disse Madge.

Dei-lhe 2 dólares e depois abrimos o folheto. Estava me sentindo seguro. Passei os olhos pelos nomes, olhei pro placar.

– Cá está – disse –, MAX FELIZARDO. Agora tá 9 a 1. Se você não apostar nele, tá doida. Não há dúvida que é o melhor e tá 9 a 1. Essa gente é burra.

Fomos receber os meus 52.40.

Depois apostei em MAX FELIZARDO. Só por farra comprei 2 pules de 2 dólares dando ele como vencedor.

O páreo era de 1.700 metros. Com um final de carga de cavalaria. Uns 5 cavalos chegaram quase juntos. Esperamos pela foto do resultado. MAX FELIZARDO era o número 6. O do cavalo vitorioso foi colocado no placar: 6.

Santo Deus de Misericórdia. MAX FELIZARDO.

Madge só faltou virar doida. Me cobriu de abraços e beijos, pulando feito louca.

Tinha apostado nele também. Que havia aumentado a cotação para 10-1. A pule pagava $ 22.80. Mostrei a Madge a outra pule vencedora. Deu um berro. Voltamos ao bar. Ainda estava aberto. Conseguimos, a caro custo, que nos servissem 2 drinques antes de fechar.

– Vamos esperar que as filas diminuam – sugeri –, pra depois ir receber.

– Você gosta de cavalos, Harry?

– Não há dúvida que podem, que podem dar certo.

Ficamos ali parados, com a bebida gelada na mão, olhando a multidão passando pelo túnel, rumo ao estacionamento.

– Pelo amor de Deus, Madge – pedi –, puxa essas meias pra cima. Você parece uma faxineira.

– Opa! Desculpe, papai!

Enquanto se curvava, olhei e pensei, não demora muito vou poder lhe comprar algo bem melhor do que isso.

Pois sim.

O diabo em figura de gente

Martin Blanchard casou 2 vezes, divorciou, e se amigou de montão. Agora já estava com 45 anos, morava sozinho no quarto andar de um prédio de apartamentos e acabava de perder o 27º emprego de tanto faltar ao serviço, por puro desinteresse.

Vivia às custas da previdência social. Tinha manias modestas – gostava de se embriagar ao máximo, sozinho, de dormir até tarde e ficar lá no seu apartamento, sozinho. Outra coisa curiosa a respeito de Martin Blanchard é que nunca *se sentia só*. Quanto mais pudesse manter-se longe do convívio humano, melhor pra ele. Os casamentos, as amigações, as trepadas passageiras, deixaram-lhe a sensação de que o ato sexual não compensava o que a mulher exigia em troca. Agora, desistindo de uma companheira fixa, se masturbava com frequência. Deu por encerrada a sua educação no primeiro ano do segundo grau e, no entanto, quando escutava rádio – seu contato mais íntimo com o mundo – só queria ouvir sinfonias, e de Mahler, se possível.

Certa manhã acordou bem cedo, pra ele – lá pelas 10 e meia –, depois de uma noite de muito porre. Tinha dormido de camiseta, cueca e meia; se levantou da cama encardida, foi até a cozinha e espiou na geladeira. Estava com sorte. Havia ali 2 garrafas de vinho do Porto, que não custa nada barato.

Martin foi pro banheiro, cagou, mijou, depois voltou à cozinha e abriu a primeira garrafa de vinho do Porto, enchendo o copo até em cima. Aí então sentou-se à mesa, que lhe dava uma vista completa da rua, do lado norte da cidade. Era verão e o calor convidava à preguiça. Lá embaixo, se via uma casinha onde morava um casal de velhos. Estavam viajando, em férias. Embora pequena, a casa tinha na frente um gramado extenso e largo, bem cuidado, todo verde. Transmitia a Martin Blanchard uma estranha sensação de paz.

Sendo verão, as crianças não iam ao colégio, e quando Martin contemplou o grande gramado verde, bebendo aquele saboroso vinho do Porto gelado, notou a garotinha e os 2 meninos brincando lá embaixo. Pareciam dar tiros um no outro. *Pum! Pum!* Martin reconheceu a menina. Morava no pátio, do outro lado da rua, com a mãe e o irmão mais velho. O chefe da família tinha ido embora ou morrido. A garotinha, reparou, era muito moleque – sempre pondo a língua pros outros e dizendo desaforos. Não fazia ideia da idade que poderia ter. Qualquer coisa entre 6 e 9 anos. Distraidamente, vinha observando o seu jeito durante todo o verão. Volta e meia, quando Martin passava pela calçada, parecia sentir *medo* dele. Nunca conseguiu entender o motivo.

Enquanto olhava, percebeu que estava vestida com uma espécie de blusa de marinheiro, branca, e, presa por alças que encobriam parte da blusa, uma saia vermelha *bem* curta. Enquanto se arrastava pela grama, a saia subia, revelando a *calcinha* mais interessante que se possa imaginar – também vermelha, mas de tonalidade pouco mais clara que a saia. E com uma porção de babadinhos na barra.

Martin se levantou, bebeu um gole, sem despregar os olhos da calcinha, enquanto a menina se arrastava pelo chão. De uma hora pra outra, ficou de pau duro. Não sabia o que fazer. Deu uma volta para sair da cozinha, voltou para o quarto da frente, de repente, quando viu, estava de novo diante da janela da cozinha, olhando, lá fora. Aquela calcinha. Aqueles *babadinhos*.

Puta merda, haja cacete, não dava para aguentar!

Martin encheu outro copo de vinho, virou tudo de um gole, depois olhou mais uma vez. A calcinha não deixava nada para a imaginação! Nada! *Puta merda!*

Tirou o pau pra fora da cueca, cuspiu na palma da mão e começou a se masturbar. Meu Deus, que beleza! Nenhuma mulher adulta jamais tinha excitado Martin desse jeito! O pau estava mais duro do que nunca, roxo, assustador. Se sentiu como se tivesse descoberto o próprio segredo da vida. Encostou-se na tela, batendo punheta e gemendo, vendo aquele rabinho cheio de babados lá embaixo.

De repente gozou.

Por tudo quanto foi lado do chão da cozinha.

Foi ao banheiro, pegou um pouco de papel higiênico, limpou os ladrilhos, fez um chumaço daquela gosma pegajosa e esfregou os últimos vestígios de porra. Depois sentou. Encheu outro copo de vinho.

Graças a Deus, pensou, acabou. Tirei da cabeça. Estou livre de novo.

Sempre olhando para a zona norte, dava para enxergar o Observatório do Griffith Park lá em cima, nas colinas roxo-azuladas de Hollywood. Maravilha. Morava num lugar ótimo. Ninguém se lembrava de aparecer por ali. A primeira mulher dizia que era apenas neurótico, mas não louco. Ora, que fosse à merda. Como todas, aliás. Agora pagava aluguel e o pessoal não vinha encher o saco. Tomou o vinho, devagar, saboreando bem o gosto.

Ficou olhando. A garotinha e os 2 meninos continuavam brincando. Fez um cigarro. Depois pensou, bom, pelo menos eu devia comer uns ovos cozidos. Mas não estava interessado em comida. Como quase sempre, aliás.

Martin Blanchard observou da janela. Continuavam com aquilo. A garotinha se arrastava pela grama. *Pum! Pum!*

Que jogo mais bobo.

De repente o pau começou a ficar duro de novo.

Martin notou que já tinha tomado uma garrafa inteira de vinho e começado outra. O pau se curvava pra cima como se fosse uma coisa simplesmente incontrolável.

Molequinha. De língua de fora. Molequinha, se arrastando na grama. Martin sempre ficava inquieto quando se via reduzido a uma única garrafa de vinho. E estava precisando também de charutos. Gostava de fazer seus cigarros. Mas não havia nada comparável a um bom charuto. Daqueles de 2-por-27-cents.

Começou a se vestir. Olhou o rosto no espelho – barba de 4 dias. Não tinha importância. A única ocasião em que se barbeava era pra ir buscar o cheque da previdência social. De modo que pôs umas roupas sujas, abriu a porta e desceu pelo elevador. Depois que chegou na calçada, começou a andar em direção à loja de bebidas. A todas essas, reparou que as crianças estavam com as portas da garagem abertas e, lá dentro, ela e os dois meninos continuavam: *Pum! Pum!*

Quando Martin viu, já tinha subido a rampa que ia dar na garagem. Os 3 estavam lá dentro. Entrou e fechou as portas.

Uma escuridão absoluta. E ele ali dentro com os 3. A garotinha deu um berro.

– Agora *bico calado* – disse Martin –, pra ninguém se machucar! Se fizerem *qualquer* barulho, podem ter certeza que alguém vai se machucar!

– O que que o senhor vai fazer, moço? – Martin ouviu uma voz de menino.

– *Cala essa boca! Puta que pariu, eu já disse que era pra calar o bico!*

Riscou um fósforo. Lá estava – uma simples lâmpada elétrica no teto, com uma cordinha comprida pendente do lado. Martin puxou a cordinha. A luz era suficiente. E, como num sonho, havia um pequeno ferrolho pra trancar a garagem por dentro. Martin trancou a porta.

Olhou em torno.

– Muito bem! Vocês dois fiquem parados ali naquele canto pra ninguém se machucar! *Vamos, meninos, já! Depressa!*

Martin Blanchard apontou para o canto.

Os meninos obedeceram.

– Moço, o que que o senhor vai fazer?

– *Eu disse que era pra calar o bico!*

A molequinha de blusa de marinheiro, saia curta vermelha e calcinha de babados, estava no outro canto.

– Não me toca! Me deixa em paz! Seu velho cara de peido, sai *de perto de mim!*

– Cala essa boca! Se gritar, eu te mato!

– Sai daqui! Me deixa em paz! Sai!

Martin finalmente pegou a garota. Estava toda escabelada, um cabelo liso, feio, com cara quase depravada para uma menina de sua idade. Sujeitou-lhe as pernas entre os joelhos, feito torniquete, depois se abaixou e encostou a cara enorme no rostinho dela, beijando e chupando-lhe os lábios, sem parar, enquanto ela se debatia, golpeando com os punhos a cara dele. O pau parecia que tinha ficado do tamanho do próprio corpo. Continuou sempre beijando, beijando, vendo a saia caindo, mostrando aquela calcinha de babados.

– Tá beijando ela! Olha só, ele tá beijando ela! – Martin ouviu um garoto dizer lá no canto.

– É – disse o outro.

O olhar de Martin penetrava os olhos dela. Uma comunicação entre 2 infernos – o dela e o dele. Beijava, completamente desvairado, mais voraz que o mar, a aranha sugando a mosca. Começou a apalpar com as mãos a calcinha de babados.

Ah meu Deus, valei-me!, pensou, não há nada mais lindo que esse vermelho-rosado, e mais do que isso – a *hediondez* – um botão de rosa que se recusava a desabrochar ante a sua total podridão. Não podia mais parar.

Tirou-lhe a calcinha, mas ao mesmo tempo parecia incapaz de interromper os beijos que dava naquela boquinha, e ela estava quase desmaiada, não lhe golpeava mais a cara, mas a estatura desproporcional dos corpos dificultava tudo, atrapalhava, e no meio de tanta paixão, impedia qualquer raciocínio.

Mas o pau dele estava de fora – grande, roxo, mal-encarado, uma loucura fedorenta que queria sair correndo e não tinha onde se meter.

Enquanto esse tempo todo – à luz da lâmpada – Martin ouvia vozes infantis dizendo:

– Olha! Olha! Ele tá com aquela baita coisa e tá querendo meter aqui na rachinha dela!

– Me contaram que é assim que as pessoas têm nenê.

– Será que vão ter nenê aqui mesmo?

– Acho que sim.

Os meninos se aproximaram, de olho arregalado. Martin continuava beijando o rostinho enquanto tentava meter a ponta do pau. Simplesmente não dava. Não conseguia pensar. Sentia só tesão, tesão, tesão. De repente enxergou uma cadeira velha, sem uma travessa na parte de trás. Levou a garota até lá, sem parar de beijar, o tempo todo pensando naquele cabelo liso, despenteado e feio, naquela boca que espremia com os lábios.

Tinha que ser agora.

Martin chegou na cadeira, sentou, sempre beijando aquela boquinha e a pequena cabeça, cada vez mais, e depois abriu-lhe as pernas. Que idade *teria?* Será que ia dar certo?

Os meninos agora estavam bem perto, espantados.

– Ele já enfiou a cabeça.

– É. Olha. Eles vão ter nenê?

– Sei lá.

– Olha só! já meteu quase a metade!

– Parece uma cobra!

– *É! Uma cobra!*

– Olha! Olha! Tá mexendo pra trás e pra frente.

– É. Tá cada vez mais fundo!

– Enterrou tudo!

Agora está lá dentro do corpo dela, pensou Martin. Minha nossa, o meu pau deve ter a metade do tamanho do corpo dela!

Debruçado sobre a menina na cadeira, beijando e ao mesmo tempo rasgando tudo lá embaixo, estava pouco ligando; seria capaz até de rachar-lhe também o crânio.

De repente gozou.

Ficaram ali, colados naquela cadeira sob a luz da lâmpada. Imóveis.

Aí Martin largou devagar o corpo no chão da garagem. Destrancou as portas. Saiu. Voltou pra casa. Apertou o botão do elevador. Parou no andar em que morava, foi até a geladeira, pegou uma garrafa, encheu um copo de vinho do Porto, sentou e ficou esperando.

Não demorou muito, surgiu gente de tudo quanto era parte. Vinte, vinte e cinco, trinta pessoas. Do lado de fora da garagem. Lá dentro.

Depois uma ambulância subiu a rampa na disparada.

Martin viu quando retiraram a garotinha na padiola. Aí a ambulância se foi. E cada vez aparecia mais gente. E mais. Bebeu o vinho, encheu o copo de novo.

Talvez não saibam quem sou, pensou. Quase nunca saio de casa.

Mas, seja lá como for, não foi assim que aconteceu. Não tinha trancado a porta. Dois guardas entraram. Rapagões, até bonitos. Já estava começando a gostar deles.

– OK, seu *merda*!

O primeiro desfechou-lhe um soco certeiro na cara. Enquanto Martin se levantava de mãos estendidas para ser algemado, o segundo pegou o cassetete e acertou-lhe em cheio na barriga. Martin caiu no chão. Não dava para respirar nem se mexer. Levantaram de novo. O segundo deu-lhe outro murro na cara.

Havia gente por todos os lados. Resolveram desistir do elevador, e foram andando, empurrando-o pela escada abaixo.

Caras, caras e mais caras, nas portas, lá fora na rua.

No carro-patrulha foi estranhíssimo – tinha 2 polícias no banco da frente e 2, com ele, no banco de trás. Martin estava recebendo atenções especiais.

— Era capaz de matar um filho da puta como você — disse-lhe um dos guardas no banco de trás. — Sem fazer força nenhuma...

Martin começou a chorar em silêncio. As lágrimas escorriam pelo rosto.

— Tenho uma filha de 5 anos — disse um dos policiais do lado dele. — Te matava sem nem hesitar.

— Não pude evitar — disse Martin —, estou dizendo a vocês, juro por Deus, não deu pra evitar.

O guarda começou a bater com o porrete na cabeça dele. Ninguém tentou impedir. Martin caiu pra frente, botando vinho e sangue pela boca. O guarda endireitou-lhe o corpo, tacou-lhe porrete no rosto e na boca, quebrando a maior parte dos dentes da frente.

Depois, a caminho da delegacia, deixaram-no em paz algum tempo.

O assassinato de Ramon Vasquez*

Tocaram a campainha da porta. Dois irmãos: Lincoln, de 23 anos, e Andrew, de 17.

Ele veio atender pessoalmente.

Ei-lo. Ramon Vasquez, o antigo astro do cinema mudo e dos primeiros tempos do falado. Agora deve estar com quase 70, mas conserva as mesmas feições delicadas. Naquela época, nos filmes e na vida real, mantinha o cabelo lambuzado de brilhantina, penteado liso, à força, pra trás. E com o longo nariz afilado, o bigodinho e aquele olhar de peixe morto que enlouquecia as mulheres, bem, era demais. Tinha ficado conhecido como "O Grande Galã". O mulherio desmaiava quando ele entrava em cena. "Deliravam", como se dizia nas revistas de cinema de então. Mas, na verdade, Ramon Vasquez era homossexual. Agora o cabelo está completamente branco, magnífico, e o bigode mais cheio.

---

* *Esta história é* fictícia *e os acontecimentos idênticos ou semelhantes ocorridos na vida real que* chegaram *ao conhecimento público em nada contribuíram para predispor o leitor a favorecer ou hostilizar quaisquer personagens, comprometidos ou não; noutras palavras: o espírito, a imaginação, os recursos criativos gozaram de plena franquia para fantasiar à vontade, o que equivaleu a* inventar *este texto, resultante e derivado da convivência de apenas um ano a menos de meio século com a raça humana... e que não se fixa, especificamente, em nenhum caso, ou casos; ou noticiário da imprensa, não tendo sido escrito com a intenção de prejudicar, insinuar ou fazer injustiça a qualquer criatura porventura conhecida, envolvida em circunstâncias análogas à história que aí está.*

Faz frio para uma noite na Califórnia e a casa de Ramon fica isolada no alto da colina. Os 2 rapazes usam calças do exército e camiseta branca. São musculosos e simpáticos, com cara de quem está sempre se desculpando.

Lincoln toma a palavra.

– Já lemos muito a seu respeito, Mr. Vasquez. Desculpe o incômodo, mas temos o maior interesse nos ídolos de Hollywood, ficamos sabendo onde o senhor morava e, como íamos passando por aqui, não resistimos e viemos tocar a campainha.

– Não está muito frio aí fora, rapazes?

– Pra ser franco, está, sim.

– Por que não entram um pouco?

– Não queremos importunar, o senhor talvez esteja ocupado.

– De modo algum. Podem entrar. Não tem ninguém em casa.

Os rapazes aceitam o convite. Ficam parados no meio da sala, meio constrangidos e tímidos.

– Ah, mas sentem-se, *por favor*! – diz Ramon.

Indica um sofá. Os rapazes cruzam a sala, com passo um tanto rígido. Na lareira, um pequeno fogo aceso.

– Vou buscar alguma coisa pra esquentar vocês. Esperem aí que não demoro.

Ramon volta com vinho francês, abre a garrafa, sai novamente e reaparece com 3 cálices gelados. Serve a bebida.

– Tomem um gole. É de ótima qualidade.

Lincoln obedece, um pouco depressa demais. Andrew, por insegurança, faz o mesmo. Ramon enche os cálices de novo.

– São irmãos?

– Somos.

– Logo vi.

– Meu nome é Lincoln. Ele, o Andrew, é mais moço que eu.

– Ah, sei. O Andrew tem feições delicadas, fascinantes. Uma expressão pensativa. Com um pequeno toque de crueldade, inclusive. Talvez na proporção *exata*. Hum, vai acabar entrando pro cinema. Ainda tenho bastante influência, sabem?

– E o meu rosto, Mr. Vasquez? – pergunta Lincoln.

– Não é tão delicado, e tem mais crueldade. A tal ponto que quase chega a ter uma beleza animal; com isso e com o seu... corpo. Não me levem a mal, mas vocês têm uns corpos de autênticos trogloditas que tivessem sido depilados por completo. Mas... gosto muito dos dois, vocês *irradiam*... não sei o quê.

– Vai ver que é fome – diz Andrew, abrindo a boca pela primeira vez. – Chegamos agora mesmo na cidade. Viemos rodando lá de Kansas. Furou o pneu. Depois tivemos que trocar a porcaria da biela. Gastamos uma nota preta com os pneus e o conserto. Ficamos a zero. Está parado aí fora, um Plymouth 56. Não deu nem pra vender no ferro velho pra ganhar 10 paus.

– Estão com fome?

– E como!

– Bom, isso não é problema, santo Deus, vou ver o que é que tem e preparo alguma coisa pra vocês. Enquanto isso, vão bebendo!

Ramon se dirige à cozinha.

Lincoln pega a garrafa e bebe no gargalo. Um tempão. Depois passa para Andrew:

– Toma tudo.

Andrew acaba de esvaziar a garrafa quando Ramon reaparece com uma bandeja grande – azeitonas recheadas, queijo, salame, carne de rês defumada, bolachas d'água, cebolinhas verdes, presunto apimentado com ovos.

– Ah, o vinho! Terminaram com ele todo! Ótimo!

Ramon sai e volta com 2 garrafas geladas. Abre ambas.

Os rapazes caem em cima da bandeja como se fosse carniça. Não precisam de muito tempo para liquidar com tudo.

Aí passam para o vinho.

– Conheceu Bogart?

– Ah, só de vista.

– E Garbo?

– Claro, trabalhei com ela, como é que não ia conhecer?
– E Gable?
– Muito pouco.
– Cagney?
– Cagney eu não conheci. Sabem, a maioria dos que vocês mencionaram são de épocas diferentes. Às vezes me parece que alguns dos artistas famosos que vieram depois *realmente* ficam ressentidos por eu ter feito a maior parte da minha fortuna antes que a mordida do imposto de renda cravasse tão fundo. Mas se esquecem que, em termos proporcionais, nunca ganhei a fortuna que hoje eles ganham com essa inflação. E que agora estão aprendendo a proteger com a assessoria de especialistas fiscais que lhes ensinam todos os recursos permitidos por lei – reinvestimentos, e tudo mais. Seja lá como for, nas festas que dão por aí, isso contribui pra muitos mal-entendidos. Acham que estou rico, e eu acho que eles é que estão. Todo mundo se preocupa demais com dinheiro, celebridade e poder. Quanto a mim, tenho apenas o suficiente para viver confortavelmente até o dia em que morrer.

– Já lemos tudo a seu respeito, Ramon – diz Lincoln. – Um escritor, não, 2 escritores disseram que você sempre guarda 5 milhas em dinheiro vivo, escondido em casa. Como uma espécie de dinheiro de bolso. E que você de fato não confia em bancos nem no sistema bancário.

– Não sei de onde você foi tirar isso. Não é verdade.

– SCREEN – diz Lincoln –, número de setembro de 1968; THE HOLLYWOOD STAR, YOUNG AND OLD, edição de janeiro de 1969. Nós inclusive estamos com as 2 revistas aí fora no carro.

– É falso. O único dinheiro que tenho em casa é o que está na minha carteira, e mais nada. Vinte ou trinta dólares.

– Vamos ver.

– Lógico.

Ramon tira a carteira do bolso. Tem uma nota de 20 e 3 de 1.

Lincoln agarra a carteira.

— Eu fico com ela!

— O que há com você, Lincoln? Se quiser o dinheiro, pode levar. Mas me devolva a carteira. Meus documentos estão aí dentro, a carteira de motorista, tudo o que é necessário.

— Vai te foder!

— O quê?

— "VAI TE FODER!", eu disse.

— Ouçam, rapazes, vou ter que pedir pra que se retirem. Estão ficando grosseiros.

— Tem mais vinho?

— Claro que tem, sim! Podem ficar com tudo, 10 ou 12 garrafas dos melhores vinhos franceses. Peguem e levem embora, por favor! Estou pedindo!

— Preocupado com as 5 milhas?

— Estou sendo sincero, não existe essa história de 5 milhas escondidas. Acreditem em mim, com toda a franqueza, não existe essa história de 5 milhas!

Seu mentiroso sacana!

— Mas por que essas grosserias?

— CHUPADOR DE PIROCA! CHUPADOR DE PIROCA!

— Ofereci minha hospitalidade, a minha generosidade a vocês. Agora ficaram boçais e desaforados.

— Aquela bandeja de porcarias que nos deu! Tem coragem de chamar aquilo de comida?

— Não estava boa?

— COMIDA DE VEADO!

— Mas por quê?

— Picles de azeitona... ovos recheados. Macho não come essas merdas!

— Vocês comeram.

— Ah, tá querendo me gozar, é, CHUPADOR DE PIROCA?

Lincoln levanta do sofá, se aproxima da poltrona de Ramon e dá-lhe 3 bofetadas na cara, com força, a palma da mão aberta. As mãos são enormes.

Ramon baixa a cabeça e começa a chorar.
– Desculpe. Só estava tentando me defender.
Lincoln olha para o irmão.
– Tá vendo? Bicha escrota! CHORANDO FEITO CRIANÇA! ELE VAI VER O QUE É BOM, CARA! VOU FAZER ELE CHORAR DE VERDADE SE NÃO DESCOLAR AS TAIS 5 MILHAS!

Lincoln pega a garrafa de vinho e bebe bastante no gargalo.
– Toma tu também – diz a Andrew. – Vamos ter muito trabalho. Andrew bebe no gargalo, à beça.

Depois, enquanto Ramon continua chorando, os dois ficam ali sentados, tomando vinho, olhando um para o outro, e pensando.
– Sabe o que vou fazer? – pergunta Lincoln ao irmão.
– O quê?
– Vou fazer ele chupar minha piça!
– Por quê?
– Ora por quê! Pra tirar um sarro, mais *nada*!

Lincoln bebe outro gole, depois se aproxima, pega Ramon pelo queixo e levanta-lhe a cabeça.
– Ei, titia...
– Que foi? Ah, por favor, POR FAVOR, ME DEIXA EM PAZ!
– Você vai chupar minha pica, seu SACANA DE MERDA!
– Ah, não, por favor!
– A gente sabe que tu é bicha! Te prepara, boneca!
– NÃO! POR FAVOR! POR FAVOR!

Lincoln corre o fecho da braguilha.
– ABRE ESSA BOCA!
– Ah, não, por favor!

Desta vez, quando bate em Ramon, a mão de Lincoln está de punho cerrado.
– Eu te amo, Ramon: Chupa!

Ramon abre a boca. Lincoln encosta a ponta do caralho nos lábios dele.

– Se você me morder, boneca, TE MATO!

Ramon começa a chupar, sem parar de chorar. Lincoln lhe dá uma bofetada na testa.

– Para de FINGIR! Chupa com gosto!

Ramon sacode mais a cabeça, capricha com a língua. De repente, no momento exato em que Lincoln percebe que vai gozar, pega o crânio de Ramon e puxa com toda a força pra frente. Ramon se engasga todo, sufocado. Lincoln só afrouxa depois de esvair o último jato de porra.

– Agora chupa meu irmão!

Andrew protesta:

– Linc, não tô a fim.

– Virou cagão?

– Não, não é isso.

– Falta de culhão?

– Não, não...

– Bebe mais um pouco.

Andrew bebe. Fica pensativo.

– Tá legal, ele pode me chupar a pica.

– ENTÃO FAZ ELE CHUPAR!

Andrew levanta, abre a braguilha.

– Te prepara pra chupar, boneca.

Ramon continua sentado, chorando.

– Levanta a cabeça dele. Ele gosta e não quer confessar.

Andrew levanta a cabeça de Ramon.

– Não quero bater em você, vovô. Abre essa boca. É coisa rápida.

Ramon abre a boca.

– Pronto – diz Lincoln; – viu? Já tá chupando. Sem grilo nenhum.

Ramon sacode a cabeça, passa a língua e Andrew goza.

Ramon cospe a porra no tapete.

– Miserável! – reclama Lincoln. – Era pra você engolir!

Se aproxima rápido e esbofeteia Ramon, que já parou de chorar e parece ter caído numa espécie de transe.

Os 2 irmãos sentam outra vez e acabam com as garrafas de vinho. Descobrem mais na cozinha. Trazem pra sala, tiram as rolhas e bebem de novo.

Ramon Vasquez mais parece uma figura de cera de Astro morto no Museu de Hollywood.

– A gente pega as 5 milhas e se manda – diz Lincoln.

– Ele disse que não tá aqui – lembra Andrew.

– Bicha já nasceu mentindo. Eu faço ele dar com a língua nos dentes. Tu fica quieto aí, com o teu vinho. Deixa esse veado por minha conta.

Lincoln levanta Ramon no ombro e vai com ele pro quarto.

Andrew fica na sala tomando vinho. Ouve vozes e gritos lá no quarto. Depois vê o telefone. Disca um número de Nova York, pra ser cobrado na conta de Ramon. É onde está a mina dele. Ela saiu de Kansas City pra tentar sucesso na metrópole. Mas continua mandando notícias. Cartas grandes. Ainda não conseguiu nada.

– Quem?

– O Andrew.

– Ah, Andrew. Aconteceu alguma coisa?

– Tava dormindo?

– Já ia me deitar.

– Sozinha?

– Evidente.

– Bom, não aconteceu nada. Tem um sujeito aqui que vai me conseguir um contrato pra trabalhar no cinema. Diz que tenho uma cara delicada.

– Que maravilha, Andrew! Tu tem uma cara linda e eu te amo, tu sabe.

– Claro. Como é que você tá se virando, gatinha?

– Mais ou menos, Andy. Nova York é uma barra. Todo mundo só tá a fim de trepar, não pensam noutra coisa. Trabalho como garçonete, é fogo, mas acho que vou conseguir um papel numa peça aí. Não é a Broadway, mas serve.

– Que tipo de peça?

— Ah, sei lá. Parece meio melosa. Um troço escrito por um crioulo aí.

— Não te fia nesses crioulos, neguinha.

— Não tem perigo. É só pra pegar cancha. E contrataram uma atriz da pesada pra trabalhar de graça na peça.

— Bom, até aí, tudo bem. Mas não te fia nesses crioulos!

— Porra, tu tá pensando que sou burra, Andy? Não me fio em ninguém. É só pra pegar cancha.

— Quem é o crioulo?

— Sei lá. Um cara que escreve peças aí. A única coisa que sabe fazer é sentar pelos cantos, puxar maconha e falar em revolução. Virou moda agora. A gente tem que ir na onda até onde dá.

— Esse cara que escreve peças, não anda fodendo com você?

— Para de dizer besteira, Andrew. Só porque trato o cara direito não quer dizer que não vejo que ele não tem religião, que é um verdadeiro animal... E já estou farta de ser garçonete. Todos esses caras, metidos a sabidos, beliscando a bunda da gente porque deixaram uma mísera gorjeta. É fogo.

— Eu penso o tempo todo em você, neguinha.

— E eu em você, meu velho Andy de carinha linda e pica grande. E te amo, sabia?

— Tu às vezes fala de um jeito gozado, gozado e franco, é por isso que eu te amo, neguinha.

— EI! Que GRITARIA é essa que tô ouvindo aí?

— Foi só uma piada, neguinha. Uma festança maluca aqui em Beverly Hills. Sabe como são esses artistas.

— Parece até que tão matando alguém.

— Não se preocupe, neguinha. É só de brincadeira. Tá todo mundo de porre. Tem alguém aqui ensaiando uma cena. Te amo. Qualquer dia te ligo ou escrevo de novo.

— Então tá, Andrew, te amo.

— Boa noite, meu bem.

— Boa noite, Andrew.

Andrew desliga e vai pro quarto. Entra. Lá está Ramon na vasta cama de casal. Todo ensanguentado. Os lençóis encharcados de sangue.

Lincoln tem uma bengala na mão. A famosa bengala que o Grande Galã usava nos filmes. Toda manchada de sangue.

– O filho da puta não desembucha – diz Lincoln. – Me traz outra garrafa de vinho.

Andrew volta com o vinho, tira a rolha, e Lincoln toma um gole inacabável.

– Vai ver que as 5 milhas não tão aqui – diz Andrew.

– Tão, sim. E a gente tá precisando. Bicha é pior que judeu. Quer dizer, pra judeu é preferível morrer do que perder dinheiro. Mas bicha MENTE! Sacou?

Lincoln olha de novo o corpo caído na cama.

– Onde é que você tem as 5 milhas, Ramon?

– Eu juro... eu juro... por tudo quanto é mais sagrado, não existe esse negócio de 5 milhas, eu juro! eu juro!

Lincoln baixa a bengala de novo no rosto do Grande Galã. Outro corte. O sangue escorre. Ramon perde os sentidos.

– Assim não adianta. Bota debaixo do chuveiro – diz Lincoln ao irmão. – Vê se dá pra reanimar ele. Limpa todo esse sangue. Vamos recomeçar tudo de novo. Desta vez não só no rosto, mas também no pau e nos bagos. Ele acaba falando. Qualquer um acaba falando. Lava este cara enquanto eu vou tomar uns tragos.

Lincoln sai do quarto. Andrew olha aquela massa de sangue vermelho, se engasga, depois vomita no soalho. Só então se sente melhor. Levanta o corpo da cama e leva para o banheiro, Ramon, por um instante, parece recobrar os sentidos.

– Santa Maria, Santa Maria, Mãe de Deus...

Repete ainda uma vez, ao chegarem à porta.

– Santa Maria, Santa Maria, Mãe de Deus...

Quando Andrew entra com ele no banheiro, tira as roupas encharcadas de sangue, vê o box do chuveiro, larga o corpo de Ramon no chão e testa a água, até ficar na temperatura apropriada. Depois, descalça os próprios sapatos e meias, tira a calça, a cueca e a camiseta e entra embaixo da ducha, segurando Ramon em pé sob o jato da água. O sangue começa a escorrer. Andrew olha o cabelo grisalho molhado, achatado no crânio do antigo ídolo do sexo feminino. Ramon parece apenas um velho tristonho, cambaleando de autopiedade.

Aí, de repente, cede ao impulso de fechar a torneira da água quente, e deixa correr só a fria.

Cola a boca na orelha de Ramon.

– Vovô, o que a gente quer são as tuas 5 milhas. Depois a gente se manda. Você só tem que cair com a grana, aí a gente te deixa em paz, tá?

– Santa Maria... – diz o velho.

Andrew tira Ramon de dentro do box. Leva de volta pro quarto e larga em cima da cama. Lincoln está bebendo outra garrafa de vinho. No gargalo.

– OK – diz –, desta vez ele *fala*!

– Acho que ele não tá com as 5 milhas. Eu não levaria uma surra dessas por 5 milhas.

– Ele tá, sim! Não passa de uma bicha nojenta que gosta de negro! Desta vez ele *desembucha*!

Lincoln passa garrafa pra Andrew, que imediatamente bebe no gargalo.

Lincoln levanta a bengala:

– Agora! Chupador de piroca! CADÊ AS 5 MILHAS?

Não vem nenhuma resposta do homem prostrado na cama. Lincoln inverte a posição da bengala, fica com a ponta na mão e baixa o cabo encurvado nos órgãos sexuais de Ramon.

Não se escuta, praticamente, nenhum ruído da parte do homem, a não ser uma série contínua de gemidos.

O pau e os testículos de Ramon estão quase estraçalhados por completo.

Lincoln faz uma pausa para tomar um bom trago de vinho, depois pega a bengala e começa a bater pelo corpo todo – no rosto, na barriga, nas mãos, no nariz, na cabeça, em tudo quanto é parte de Ramon, não repetindo mais a pergunta sobre as 5 milhas. A boca ficou aberta e o sangue que escorre do nariz quebrado e de outros lados do rosto cai ali dentro. Ele engole tudo e se afoga em seu próprio sangue. Depois se imobiliza por completo e os golpes da bengala já não têm mais efeito.

– Você matou o cara – diz Andrew, lá da poltrona, vendo tudo –, e ele ia me conseguir trabalho no cinema.

– Não matei – diz Lincoln –, quem matou foi você! Fiquei aí sentado, olhando, enquanto você batia com a própria bengala do cara até ele morrer. A bengala que tornou ele famoso no cinema!

– Porra, que importância tem isso? – diz Andrew –, agora tu já tá falando que nem louco de porre. O que interessa é dar o fora daqui de uma vez. O resto a gente acerta depois. Esse cara tá morto! Vamos dar no pé!

– Em primeiro lugar – diz Lincoln –, estou acostumado a ler sobre esses troços em revista policial. Primeiro a gente se livra do corpo. Molha os dedos no sangue dele e escreve uma porção de coisas aí pelas paredes, sacou?

– O quê?

– Tá legal. Por exemplo: "OS PORCOS TÊM QUE SE FODER!" "MORTE AOS PORCOS!" Depois a gente escreve um nome qualquer em cima da cabeceira, um nome de homem – como "Louie", por exemplo. O.K.?

– O.K.

Molham os dedos no sangue de Ramon e escrevem pequenas frases bombásticas nas paredes. Depois saem da casa.

Ligam o motor do Plymouth 56. Rodam para o sul, levando os 23 dólares de Ramon e o vinho roubado. No cruzamento de Sunset com Western veem 2 garotas de minissaia perto da esquina pedindo carona. Param no meio-fio. Há uma pequena troca de piadas e as 2 entram no carro. O carro tem rádio. É praticamente a única coisa que tem. Ligam o rádio. As garrafas do caríssimo vinho francês rolam pra tudo quanto é lado.

– Ei – diz uma garota –, tô achando que estes caras dão o maior pedal!

– Ei – sugere Lincoln –, vamos até lá na praia deitar na areia, tomar esse vinho e ver o sol nascer!

– Chocante – diz a outra.

Andrew consegue tirar uma rolha. Não é fácil – precisou usar a lâmina mais fina do canivete –, tinham deixado pra trás não só Ramon como o ótimo saca-rolhas de Ramon – e o canivete não funciona direito –, cada vez que bebem um gole de vinho têm também que engolir um pedaço de rolha.

No banco da frente, Lincoln vai tirando o sarro que pode, mas tendo que dirigir, vê-se obrigado a usar mais a imaginação. Na parte de trás, Andrew já enfiou a mão no meio das coxas da outra garota. Depois puxa uma ponta da calcinha, o que não é nada fácil, e mete o dedo lá dentro. De repente ela se retrai, empurra ele pra trás e diz:

– Acho que primeiro a gente devia se conhecer melhor.

– Lógico – diz Andrew. – Temos 20 ou 30 minutos antes de cair na areia e transar. Meu nome – continua –, é Harold Anderson.

– E o meu é Claire Edwards.

Se abraçam de novo.

O Grande Galã está morto. Mas haverá outros. Como também uma pá de gente sem importância. A grande maioria. É assim que a coisa pode dar certo. Ou errado.

Parceiro de copo

Conheci Jeff na agência de acessórios de automóvel da rua Flower – ou será que foi na rua Figueroa? sempre confundo as duas. Seja lá como for, eu trabalhava no balcão enquanto ele servia, praticamente, de pau-pra-toda-obra. Descarregava as caixas de peças usadas, varria o chão, trocava os rolos de papel higiênico no mictório e assim por diante. Eu já fiz serviços dessa natureza em tudo quanto é canto deste país, por isso nunca esnobo quem faz o mesmo. Tinha acabado um caso complicado com uma fulana que me deixou bastante arrasado. Perdi, por uns tempos, toda disposição pra mulher. Em troca, me concentrei em apostar nos cavalos, socar punheta e beber. Pra usar de franqueza, me senti bem mais feliz desse jeito. E cada vez que me entregava a qualquer uma dessas 3 distrações, pensava, chega de mulheres, nunca mais, fodam-se. É claro que sempre aparecia uma nova – elas caçam a gente, por mais indiferente que se seja. Acho até que, quanto maior a indiferença demonstrada, maior a insistência – é o prazer da vitória. Mulher gosta muito desses lances: quando vê resistência, trata logo de encontrar uma brecha. Mas, como ia dizendo, quando conheci Jeff, eu vivia nesse tranquilo estado de liberdade – estava livre e desimpedido. Não houve nada de homossexualismo no meio. Apenas 2 caras que contavam com a sorte, eram viajados e tinham ficado ressabiados com o mulherio. Me lembro que um dia, lá no Luz Verde, tomando cerveja sozinho, estava conferindo o resultado das corridas, tinha uma turma falando por perto e de repente ouvi alguém dizer:

– ...é, o Bukowski ficou na pior por causa da Flo. Não é que ela te deixou na pior, Bukowski?

Ergui os olhos. O pessoal riu. Nem sorri. Simplesmente levantei o copo.

– É – retruquei.

Bebi um gole e pousei o copo na mesa.

Quando ergui os olhos de novo, uma garota negra tinha vindo, de bebida na mão, pra minha mesa.

– Olha, cara – começou –, ouça, cara...

– Oi – disse eu.

– Olha, cara, não deixa essa tal de Flo azucrinar a tua vida, senão você acaba na fossa. Não cai nessa.

– Pode ficar descansada. Não pretendo jogar no lixo o que é meu.

– Ótimo. É só que você tá tão abatido, sabia? Parece tão triste.

– Claro, e tô mesmo. É um troço muito forte, aqui dentro. Mas, com o tempo, isso passa. Quer uma cerveja?

– Quero. Mas quem paga sou eu.

Transamos aquela noite lá em casa, mas foi a minha despedida das mulheres – por cerca de 14 a 18 meses, talvez. Se a gente não sai caçando por aí, sempre surgem esses períodos de descanso.

De modo que continuei bebendo sozinho todas as noites, depois do serviço, lá em casa, guardando o suficiente pra gastar aos sábados no hipódromo, e a vida corria simples e sem sofrimento demais. Talvez também sem eira nem beira; mas se livrar do sofrimento já era mais do que ótimo. Saquei Jeff logo de saída. Embora fosse mais moço que eu, vi nele um repeteco jovem de mim.

– Garoto, você tá com uma ressaca danada, hein? – comentei um dia com ele.

– Que remédio – retrucou –, a gente tem que esquecer.

— Acho que você tem razão — concordei —, ressaca é sempre melhor que hospício.

Naquela noite, depois do expediente, fomos pra um bar ali perto. Era que nem eu, não ligava pra comida; homem que se preza não se importa com isso. Por estranho que pareça, éramos 2 dos sujeitos mais fortes da firma, mas nunca perdemos tempo em averiguar o motivo. Comida era, simplesmente, pura perda de tempo. E eu já andava chateado com os bares na época — todos aqueles bobalhões solitários torcendo pra que de repente entrasse uma mulher e carregasse com eles pra terra das maravilhas. Os 2 tipos mais nauseabundos de gente que existem são os frequentadores de hipódromos e bares, e me refiro sobretudo ao lado masculino da coisa. Aos perdedores, aos que perdem sem parar e não são capazes de oferecer resistência e se recuperar. O que não me excluía dessa classificação: lá estava *eu,* bem no meio do grupo. Jeff tornou tudo mais fácil pra mim. Quero dizer, com isso, que a coisa pra ele era novidade, e deixava tudo animado, imprimindo um cunho quase de realidade, como se estivéssemos fazendo alguma coisa que tivesse sentido, em vez de jogar fora os nossos míseros salários em bebida, jogatina e quartos paupérrimos, e perdendo emprego, achando outro e caindo na fossa por causa das mulheres, sempre metidos no inferno, e fingindo nem perceber. O tempo todo.

— Quero que você conheça o meu chapa Gramercy Edwards — disse ele.

— Gramercy Edwards?

— É, o Gramercy passou mais tempo lá dentro do que aqui fora.

— Em cana?

— Em cana e no hospício.

— Tremendo barato. Diz pra ele vir até aqui.

— Tenho que ligar pra portaria. Se não estiver de porre, ele vem...

Gramercy Edwards apareceu cerca de uma hora depois. A essa altura já estava me sentindo com mais capacidade pra enfrentar as coisas, o que foi bom, pois aí me entrou o Gramercy pelo bar adentro – uma vítima de reformatórios e presídios. Os olhos dele não paravam de revirar pra cima, como se quisesse espiar ali dentro do cérebro, pra ver o que não estava regulando direito. A roupa era um trapo e havia uma garrafa grande de vinho enfiada no bolso rasgado da calça. Fedia à beça e andava com o cigarro caído no canto da boca. Jeff nos apresentou. Gram puxou a garrafa de vinho do bolso e me ofereceu um trago. Aceitei. Ficamos ali bebendo até a hora de fechar.

Depois saímos caminhando pela rua até o hotel de Gramercy. Na época, antes da indústria se mudar para aquela parte da cidade, havia muito casarão caindo aos pedaços que alugava peças aos pobres e num deles a proprietária tinha um cachorro buldogue que passava a noite inteira na porta, zelando pela sua preciosa propriedade. Era um desgraçado de um filho da puta; já tinha me pregado vários sustos em noites de porre até que aprendi que lado da rua era o dele e que lado era o meu. Fiquei com o que ele não queria.

– Tá legal – disse Jeff –, hoje a gente vai pegar aquele filho da puta. Agora, Gram, quem segura o cachorro sou eu. E se eu segurar, quem mete a faca é você.

– Tu segura – disse Gramercy –, eu tô com o aço. Acabei de mandar afiar.

Continuamos andando. Não demorou muito, se ouviu aquele rosnar e o buldogue já estava correndo na nossa direção. Era perito em morder canela, um cão de fila infernal. Veio pulando certeiro. Jeff esperou até chegar bem perto, aí desviou pro lado e saltou em cima do cachorro. O buldogue escorregou, virou-se ligeiro, mas Jeff agarrou com força quando ele passou por baixo. Prendeu com os braços as patas da frente e depois se levantou. O animal esperneou e se retorceu em vão, de barriga exposta.

– He he he he – fez Gramercy –, he he he he!

E cravou o punhal, recortando um retângulo. Depois retalhou-o em 4 pedaços.

– Nossa – exclamou Jeff.

O sangue jorrava por todos os lados. Jeff soltou a presa. O buldogue caiu imóvel no chão. Seguimos andando.

– He he he he he – continuou Gramercy –, esse filho da puta não vai incomodar mais ninguém.

– Vocês dois me dão nojo – disse eu.

Subi pro meu quarto pensando naquele pobre buldogue. Fiquei com raiva de Jeff durante 2 ou 3 dias, depois esqueci...

Nunca mais vi Gramercy, mas continuei tomando pileque com Jeff. Parecia que era a única coisa que se tinha pra fazer.

Cada manhã, lá no trabalho, sentíamos náuseas... fazíamos troça um do outro, sem que ninguém entendesse. De noite ficávamos de fogo outra vez. Quem é pobre, que pode fazer? Mulher não procura operário comum; só quer saber de médico, cientista, advogado, empresário, e por aí afora. A gente pega o que eles refugam, quando já estão velhas – tendo que se contentar com as sobras, disformes, doentes e débeis mentais. Depois de algum tempo, em vez de topar o que vem de segunda, terceira e quarta mão, a gente desiste. Ou pelo menos faz força pra desistir. A bebida ajuda. Jeff gostava de bar, e assim íamos juntos. O diabo é que Jeff, quando ficava de porre, tinha mania de brigar. Não comigo, por sorte. Era bom de briga, sabia usar os punhos e tinha muita força – talvez fosse o sujeito mais forte que já encontrei. Não vivia provocando os outros, mas depois de beber um pouco parecia virar maluco de uma hora pra outra. Uma noite assisti a uma luta em que derrubou 3 caras. Olhou pra eles, estirados lá no beco, revistou os bolsos, depois ergueu a cabeça e me disse:

– Bom, vamos voltar pro bar pra beber mais um pouco.

Nunca foi de contar vantagem.

Claro que as noites de sábado eram as melhores. A gente tinha o domingo inteiro pra curar a ressaca. Na maioria das vezes apenas se arrumava outra, mas pelo menos no domingo de manhã não se precisava ficar dando duro numa agência de acessórios em troca de um salário de merda, num emprego que, no fim, se acabava largando ou indo pro olho da rua.

Na noite de sábado a que me refiro estávamos sentados lá no Luz Verde e de repente bateu uma fome danada nos dois. Saímos andando até o Chinês, que era um lugar bastante alinhado e limpo. Subimos a escada para o segundo andar e pegamos uma mesa de fundo. Jeff estava de fogo e derrubou o abajur em cima da toalha. Se espatifou com grande estardalhaço. Todo mundo virou pra ver. O garçom chinês que atendia a mesa ao lado nos lançou um olhar de profunda reprovação.

– Não se assuste – disse Jeff –, pode pôr na conta. Eu pago.

Uma grávida ficou encarando Jeff. Parecia muito aborrecida com o que ele tinha feito. Achei o maior absurdo. Não conseguia entender o que havia de tão grave assim. O garçom não queria nos atender, ou estava fazendo a gente esperar de propósito; e a tal grávida não tirava os olhos de cima de Jeff. Era como se houvesse cometido o mais hediondo dos crimes.

– Nunca viu, filhinha? Tá querendo transar? Eu posso ir lá na porta dos fundos contigo. Tá se sentindo sozinha, meu bem?

– Vou chamar meu marido. Está lá embaixo, no toalete dos homens. Ele vai lhe mostrar uma coisa!

– O que é que ele tem pra me mostrar? – perguntou Jeff. – Uma coleção de selos? Ou borboletas guardadas em vidro?

– Vou lá buscar ele! Agora mesmo! – ameaçou ela.

– Moça – interferi –, por favor, não faça uma coisa dessas. A senhora precisa do seu marido. Por favor, não vá, moça.

– Vou, sim – teimou ela –, vou, sim!

Levantou e correu para a escada. Jeff saiu atrás, pegou-a na metade do caminho, virou-a de frente e disse:

– Toma aqui, assim vai mais rápido!

Aí aplicou-lhe um soco no queixo e a infeliz se foi, aos trancos e barrancos, pela escada abaixo. Senti um acesso de nojo. Tão forte como na noite do buldogue.

– Puxa vida, Jeff. Você me derruba uma mulher grávida a soco pela escada abaixo! Que coisa mais covarde e idiota! Daria pra matar 2 pessoas. Que maldade é essa, cara? O que é que você tá querendo provar?

– Cala essa boca – disse Jeff –, senão também leva o teu!

Jeff, bêbado feito doido, ficou ali parado no alto da escada, oscilando pra frente e pra trás. No andar térreo formou-se uma aglomeração em torno da mulher. Parecia ainda viva, sem nenhuma fratura, mas quanto à criança, não sei. Torci pra que estivesse bem. De repente o marido saiu do banheiro e viu a mulher. Alguém lhe explicou o que tinha acontecido, apontando para Jeff. Jeff virou as costas e voltou para a mesa. O marido subiu a escada como um foguete. Era grandalhão, do tamanho de Jeff e tão jovem quanto ele. Eu não estava nada contente com o procedimento de Jeff, por isso não avisei. O sujeito saltou em cima das costas de Jeff e começou a apertar-lhe o pescoço. Sufocado e com a cabeça toda vermelha, ainda sorriu, o sorriso veio à tona. Dava um dente por uma boa briga. Botou a mão na cabeça do cara, depois com a outra levantou e jogou o corpo do outro no chão. O marido ainda o segurava pelo pescoço quando Jeff conseguiu levá-lo pra perto da escada. Parado ali em pé, simplesmente libertou-se daquelas garras, ergueu o sujeito no ar e jogou-o no espaço. Quando o marido da tal moça parou de rolar nos degraus, ficou completamente imóvel. Comecei a pensar em dar o fora dali.

Havia alguns chineses correndo em torno lá embaixo. Cozinheiros, garçons, proprietários. Pareciam andar pra lá e pra cá, um falando com o outro. Depois começaram a subir a escada depressa. Eu estava com uma garrafa de bebida no bolso do paletó e sentei numa mesa pra assistir ao espetáculo. Jeff enfrentou-os no alto dos degraus e foi esmurrando, um por um, devolvendo-os ao térreo. Cada vez o número de chineses aumentava. De onde vinham, não sei. Impelido pela força do grupo, Jeff teve que recuar de perto da escada e, quando vi, estava no meio do salão, derrubando todos os que podia acertar. Não me custaria nada ajudar, mas não conseguia esquecer o pobre cachorro e a infeliz mulher grávida; e continuei ali sentado, bebendo no gargalo da garrafa e olhando.

Finalmente, dois pegaram Jeff por trás, um terceiro segurou um dos braços, outros dois agarraram o segundo braço, um pegou-o pela perna e o último imobilizou-lhe o pescoço. Parecia uma aranha derrubada no meio de um formigueiro. Paralisado no chão, mesmo assim não ficava fácil dominá-lo. Como já disse, era o homem mais forte que já encontrei. Podia estar subjugado no chão, mas parado é que não ia ficar. De vez em quando um chinês saía voando lá da pilha, como que projetado por algum canhão invisível. Aí voltava e saltava em cima de novo. Jeff simplesmente não entregou os pontos. E embora o estivessem prendendo ali, não sabiam o que fazer com ele. Continuou lutando, deixando os chineses extremamente confusos e descontentes com aquela resistência

Bebi outro gole, guardei a garrafa no bolso e levantei. Cheguei perto daquele monte de gente.

– Se vocês segurarem bem – disse –, eu dou um soco nele e acabo com isso. Ele vai me matar, mas é a única saída.

Me abaixei e sentei em cima do peito de Jeff.

– Segurem com força! Agora não deixem mexer a cabeça! Como é que vou acertar se ele não para de se virar de um lado pro outro?! Segurem direito, puta que pariu! Mas que coisa, com tanto homem junto, não é possível! Uma cambada destas não sabe segurar um cara com força? Não deixem ele se mexer, merda, segurem direito!

Inútil. Jeff continuava se sacudindo todo e rolando de um lado pro outro. Desisti e voltei pra minha mesa. Tomei outro gole. A coisa deve ter se prolongado por mais 5 minutos.

Aí então, de repente, Jeff ficou completamente imóvel. Parou de se agitar. Os chineses, de olho nele, não queriam largar. Comecei a ouvir uma choradeira. Era Jeff, chorando! As lágrimas escorriam-lhe pelo rosto. A cara toda reluzia feito espelho. Depois de um berro, um verdadeiro apelo – uma só palavra:

– M A M Ã E!

Foi então que ouvi as sirenas. Levantei, passei por eles e desci a escada. Na metade dos degraus dei de cara com a polícia.

– Ele tá lá em cima, seu guarda! Depressa!

Saí calmamente pela porta da frente. Depois cruzei por um beco. Quando cheguei ali, de repente entrei e comecei a correr. Fui parar noutra rua, de onde escutei a chegada das ambulâncias. Entrei no meu quarto, baixei todas as persianas e apaguei a luz. Terminei a garrafa na cama.

Na segunda-feira Jeff não foi trabalhar. Na terça também não apareceu no serviço. E na quarta, idem. Bem, pra encurtar, nunca mais foi visto. Não verifiquei nos presídios.

Pouco tempo depois, me despediram por excesso de faltas e me mudei para o lado oeste da cidade, onde achei emprego no almoxarifado da Sears-Roebuck. Quem trabalha lá nunca anda de ressaca. É gente mansa, sem músculo nenhum. Parece que não tem nada que seja capaz de abalar aquele pessoal. Na hora do almoço eu comia sozinho e quase não abri a boca com o resto da turma.

Acho que não se pode dizer que Jeff fosse mau-caráter. Cometia erros à beça, e erros brutais, mas não resta dúvida que tinha sido um cara interessante – bastante, até. Tenho impressão que a estas horas deve estar cumprindo pena ou então foi morto por alguém. Jamais hei de encontrar outro parceiro de copo igual a ele. Todo mundo dorme, com a cabeça certinha no lugar, sem sair da linha. Volta e meia um filho da puta como ele faz falta. Mas, como se costuma dizer em letras de música – que fim levou toda aquela gente?

A barba branca

E Herb fazia um furo na melancia, enfiava o pau duro ali dentro e depois forçava o Talbot, o pequeno Talbot, a comer aquilo. A gente se levantava às 6 e meia pra ir colher maçã e pera, ficava perto da fronteira, o bombardeio estremecia o chão enquanto se apanhava fruta, procurando acertar, só pegar madura, e depois descendo a escada pra mijar – as manhãs eram frias – e puxar fumo na latrina. Ninguém entendia mais nada. Vivíamos exaustos e pouco estávamos ligando; aquilo ali era um país estrangeiro, a milhares de quilômetros de casa, e ninguém dava a menor bola. Parecia que tinham cavado um buraco horrendo na terra pra nos jogar dentro. Trabalhávamos em troca de alojamento e comida, um salário ínfimo e o que se conseguia roubar. Até o sol não se comportava direito; dir-se-ia encoberto por fina camada de celofane vermelho, que não permitia a passagem dos raios, e por isso se andava sempre doente, na enfermaria, onde a única coisa que sabiam fazer era alimentar a gente com aquelas imensas galinhas geladas. Tinha gosto de elástico e ficava-se sentado na cama, comendo aquela galinha de borracha, uma atrás da outra, o ranho escorrendo pelo nariz abaixo e as enfermeiras bundudas peidando na cara da gente. Uma barra tão pesada que só se pensava em receber alta pra voltar pra aqueles estúpidos pés de pera e maçã.

A maioria do pessoal havia fugido de alguma coisa – mulheres, dívidas, crianças de colo, da incapacidade de arcar com as consequências. Estávamos descansando e exaustos, doentes e exaustos, estávamos fritos, em suma.

– Não devia obrigar ele a comer essa melancia – disse eu.

– Anda, come – ordenou Herb –, come, senão te arranco a cabeça dos ombros.

E o pequeno Talbot mordia a melancia, engolindo as sementes e a porra de Herb, chorando baixinho. Todo cara que se chateava gostava de ter coisas pra fazer, só pra não enlouquecer. Ou então simplesmente enlouquecia. O pequeno Talbot tinha sido professor de álgebra em colégios de segundo grau dos Estados Unidos, mas algum troço saiu errado, ele deu no pé e foi parar ali no nosso fosso de despejos – e agora comia porra misturada com suco de melancia.

Herb era um sujeito enorme, com mãos de foguista de navio, barba preta cerrada e, que nem as enfermeiras, vivia sempre peidando. Andava com aquela imensa faca de mato na bainha caída do cinturão. Nem precisava daquilo, podia matar qualquer pessoa com as mãos.

– Escuta aqui, Herb – perguntei –, por que você não vai até lá e acaba com essa guerra ridícula? Já tô de saco cheio.

– Não quero desequilibrar a balança – respondeu ele.

Talbot terminou de comer a melancia.

– Ah, por que tu não olha pra ver se a tua cueca não tá toda borrada? – perguntou pra Herb.

– Mais uma palavra e o teu cu vai parar na mochila – foi a resposta de Herb.

Saímos pra rua e lá estava todo aquele pessoal de rabo magro e de cueca, carregando armas e precisando fazer a barba. Inclusive as mulheres. Pairava um vago cheiro de merda no ar e, de vez em quando, VRAM – VRAM!, ouviam-se os canhões. Eta acordo de cessar-fogo de merda...

Passamos por baixo de um negócio até chegar a uma mesa e pedimos vinho ordinário. A luz ali dentro era de vela. Uma porção de árabes, aturdidos e apáticos, sentados no chão. Havia um com um corvo no ombro. Volta e meia levantava a palma da mão. Na palma tinha uma ou duas sementes. O corvo bicava sem ânimo naquilo como se tivesse problema pra engolir. Cessar-fogo de merda. Corvo de merda.

Aí apareceu uma garotinha de 13 ou 14 anos, de origem desconhecida, que veio sentar na nossa mesa. Os olhos dela eram de um azul leitoso, se é que dá pra imaginar um azul assim, e a coitada parecia um esqueleto com seios. Não passava de um simples corpo – com braços, cabeça, e tudo mais, pendendo daqueles seios, mais vastos que o mundo, que o mundo que nos estava matando. Talbot olhou os seios, Herb olhou os seios e eu também olhei. Era como se estivéssemos recebendo a visita do derradeiro milagre e a gente sabia que o estoque de milagres tinha acabado. Estendi a mão e toquei num dos seios. Não consegui resistir. E então espremi. A garota riu e perguntou em inglês:

– Te dá tesão, não é?

Tive que rir. Ela estava com um vestido transparente amarelo. Sutiã e calcinha roxos; sapato de salto alto, e brincos, verdes. O rosto brilhava como se tivesse sido envernizado e a pele oscilava entre o pardo-claro e o amarelo-escuro. Sabe-se lá. Não sou pintor. Tinha tetas. Tinha seios. Foi um dia e tanto.

A certa altura o corvo saiu voando pelo salão, descrevendo um círculo imperfeito, e pousou de novo no ombro do árabe. Fiquei ali sentado, pensando naqueles seios, e em Herb e Talbot também. Quanto a estes dois: como é que nunca falavam sobre o que os tinha levado pra lá, o que também se aplicava a mim, e como é que éramos fracassos tão estrondosos, idiotas escondidos, fazendo de tudo pra não pensar nem sentir coisa nenhuma, e mesmo assim sobrevivendo, sem morrer, levando a vida por diante. Nosso lugar era ali. De repente explodiu uma bomba na rua e a vela da mesa caiu do castiçal. Herb levantou-a e beijou a garota, apertando-lhe os seios. Eu já estava ficando quase doido.

– Quer foder comigo? – perguntou ela.

Quando disse o preço, achei caro demais. Expliquei que éramos simples colhedores de frutas e que quando aquilo acabasse, teríamos que procurar trabalho nas minas. O que nada tinha de engraçado, porra. Da última vez, a mina ficava na montanha. Em vez de escavar o chão, derrubamos a montanha lá de cima do céu. O minério se achava no cume e a única maneira de fazer a extração era começando por baixo. De modo que a gente perfurou aqueles buracos pra cima, em círculo, preparou a dinamite, botou os pavios e enfiou a banana de dinamite naquela série de buracos. Juntou-se todos os pavios a um único, que ficou pendurado, acendeu-se a ponta e todo mundo se mandou. Tinha-se 2 minutos e meio pra chegar o mais longe possível. Aí então, depois da explosão, a gente voltava, retirava com a pá toda aquela bosta de lá e repetia o mesmo trabalho. Subia-se e descia-se aquela escada feito macaco. De vez em quando encontravam apenas uma mão, um pé e mais nada. Os 2 minutos e meio não haviam bastado. Ou um dos pavios tinha sido malfeito, a chama correndo depressa demais. O fabricante havia sacaneado, mas naquela distância, estava pouco ligando. Era o mesmo que saltar de para-quedas – se não se abria, como é que se podia estrilar?

Fui lá pra cima com a garota. O lugar não tinha janelas e, ainda uma vez, havia uma vela. E um tapete no chão. Sentamos os 2 ali mesmo. Ela acendeu o cachimbo do haxixe e passou pra mim. Dei uma tragada e devolvi, sempre de olho nos seios. Parecia quase ridícula com o corpo preso àquelas duas tetas. Chegava quase a dar pena. Eu disse quase. E, afinal de contas, tinha outras coisas além dos seios. Por exemplo, as que sempre acompanham. Bem, na América nunca vi nada igual. Mas é claro que na América, quando surge um troço assim, os ricos metem a mão e tiram de circulação até estragar ou mudar e só então deixam a gente tirar uma casquinha.

Mas lá estava eu, pichando e malhando a América por ter corrido comigo. Um lugar onde sempre procuraram acabar com meu couro, cavar a minha sepultura. Existia até um poeta, conhecido meu, Larsen Castile, que escreveu um longo poema sobre mim em que, no final, encontram de manhã um montículo de neve, derrubam tudo, e sou eu.

– Larsen, seu pamonha – disse-lhe eu –, bem que você gostaria que fosse verdade.

De repente me vi em cima dos seios, chupando primeiro um, depois o outro. Me sentia feito criança de colo. Pelo menos me sentindo como achei que uma criança de colo se sentiria. Era tão gostoso que me deu até vontade de chorar. Tinha impressão de que poderia ficar ali, mamando naquelas tetas, a vida inteira. A garota, pelo visto, nem se importou. Pra falar com franqueza, me caiu uma lágrima. Estava tão bom que me caiu uma lágrima do olho. Uma lágrima de serena alegria. Navegando, navegando. Meu deus, as coisas que a gente aprende! Sempre fui gamado por pernas, a primeira coisa que sempre me chama atenção são as pernas. Mulher saindo de um carro me deixa completamente zonzo. Fico sem saber o que fazer. Tipo, minha nossa, lá vem ela, saindo daquele carro! Estou vendo as PERNAS! ATÉ EM CIMA! Todo aquele nylon, ligas, aquele babado todo... ATÉ EM CIMA! É demais! Não dá pra aguentar! Piedade! Me esmigalhem com um estouro de boiada! – Sim, sempre era demais. – agora estava chupando tetas. O.K.

Passei as duas mãos por baixo dos seios e levantei, em concha. Toneladas de carne. Carne sem boca nem olho. CARNE CARNE CARNE. Meti tudo na boca e saí voando pro céu.

Quando dei por mim, estava na boca da garota e fuçando na calcinha roxa. Depois fui por cima. Navios passavam no meio da escuridão. Elefantes esguichavam suor nas minhas costas. Flores azuis balançavam ao vento. Aguarrás ardia. Moisés arrotava. Uma câmara de pneu rolou morro abaixo. Tudo acabado. Não tinha demorado muito. Ora... paciência, porra.

Pegou uma tigelinha, me lavou todo, depois vesti a roupa e desci pomposamente a escada. Herb e Talbot estavam à minha espera. A pergunta clássica:
– Como foi?
– Ora, a mesma coisa de sempre.
– Quer dizer que não fodeu as tetas?
– Porra. Eu sabia que tinha me esquecido de uma coisa.
Herb subiu a escada.
– Vou matar esse cara – disse Talbot. – Hoje de noite, quando ele estiver dormindo. Com a própria faca que tem.
– Cansou de comer melancia?
– Nunca gostei de melancia.
– Vai tentar comer ela?
– Acho que vou.
– As árvores estão quase sem fruta. Tenho impressão que muito em breve a gente vai ter que ir pras minas.
– Pelo menos o Herb não estará lá pra empestar o ar com os peidos dele.
– Ah, é, já tava esquecendo. Tu vai matar ele.
– Sim, hoje de noite, com a própria faca que ele tem. Você não vai estragar tudo, não é?
– Não tenho nada a ver com o peixe. Saquei logo que você tava me contando em sigilo.
– Obrigado.
– Disponha...

Aí Herb voltou. Os degraus arquearam sob o peso dele. O lugar estremeceu de cima a baixo. Não dava pra diferenciar entre o bombardeio e Herb. De repente foi ele que *soltou* uma bomba. Primeiro se ouviu, FLARERRRPPP, depois todo mundo sentiu o cheiro. Um árabe que estava dormindo encostado à parede acordou, rogou uma praga e saiu correndo pela porta afora.
– Meti tudo no meio das tetas – anunciou Herb. – Aí então foi aquele *mar* de porra por baixo do queixo dela. Quando se levantou, tava lá pendurada, feito uma barba

branca. Precisou de duas toalhas pra se limpar. Quando me fizeram, jogaram fora a forma.

– Quando te fizeram, esqueceram de puxar a descarga – corrigiu Talbot.

Herb se limitou a sorrir pra ele.

– Vai tentar comer ela, seu tico-tico?

– Não. Mudei de ideia.

– Galinha, hein? logo vi.

– Não, tô com outra coisa em vista.

– No mínimo o caralho de algum cara por aí.

– Talvez tenha razão. Você acaba de me dar uma ideia.

– Não precisa de muita imaginação. É só enfiar na boca. E fazer o que der vontade.

– Não é nisso que tava pensando.

– Ah, é? E no que é que você tava pensando? Em tomar no cu, por acaso?

– Você vai ver.

– Vou, é? Acha que me importo com o que você possa fazer com o caralho de algum cara por aí?

De repente Talbot deu uma risada.

– O nosso tico-tico tá maluco. Andou comendo melancia demais.

– É bem provável – disse eu.

Bebemos mais duas rodadas de vinho, depois fomos embora. Era nosso dia de folga, mas o dinheiro tinha acabado. Não havia mais nada a fazer a não ser voltar, se deitar nos beliches e esperar pra dormir. Ficava frio lá de noite, não tinha aquecimento nenhum e só davam 2 cobertores finos pra cada um. A gente botava tudo quanto era roupa por cima dos cobertores, casacos, camisas, cuecas, toalhas, tudo. Roupa suja, roupa limpa, tudo. E quando Herb peidava, cobria-se a cabeça com aquele montão de coisas. Fomos caminhando de volta e eu me sentia tristíssimo. Não havia nada que pudesse fazer. As maçãs, as peras, pouco estavam ligando. A América tinha nos expulsado ou nós tínhamos fugido de lá. Caiu uma granada bem em cima de um ônibus escolar dois quarteirões mais adiante. Estavam trazendo as crianças de volta de um piquenique. Quando passamos ao lado, havia pedaços de corpos por todos os cantos. O sangue se espalhou pela rua.

– Pobres garotos – disse Herb –, nunca vão ficar sabendo o que é uma foda.

Achei que sabiam. Seguimos adiante.

Uma xota branca

bar perto da estação ferroviária, mudou de dono 6 vezes num ano. começou como inferninho de *strip-tease*. foi passando de mão em mão, primeiro pra um chinês, depois pra um mexicano, pra um aleijado, ou vice-versa, sei lá, só sei que gostava de ficar lá sentado, olhando o relógio da torre da estação pela porta lateral entreaberta. é um lugar bem razoável – não tem muita mulher pra chatear. apenas um punhado de comedores de mandioca e jogadores de pingue-pongue, que não se metiam comigo. passavam a maior parte do tempo sentados, assistindo um jogo idiota qualquer pela televisão. claro que no quarto da gente é melhor, mas anos e anos de bebedeira já demonstraram que o culto da birita sozinha, tomada entre 4 paredes, não só liquida com qualquer um como também ajuda ELES a liquidar com a gente. não há necessidade de propiciar vitórias fáceis. saber o ponto de equilíbrio exato entre a solidão e a aglomeração aí é que estava o truque, o golpe que a gente precisava usar pra não ser internado no hospício.

portanto cá estou eu, morrendo de tédio, quando resolve sentar a meu lado esse tal mexicano de Sorriso Perpétuo.

– tô a fim de 3 milhas. dá pra você descolar pra mim?

– a rapaziada diz que "não", por uns tempos. muito grilo, ultimamente.

– mas tô precisando.

– e quem não tá? me paga uma cerveja.

o Sorriso Perpétuo mexicano me paga uma cerveja.
a) ele quer me gozar.
b) é doido varrido.
c) quer chupar cachimbo.
d) trabalha pra polícia.
e) tá por fora.
– talvez te descole as 3 milhas – digo.
– tomara. perdi meu sócio. era bamba pra abrir cofre leve, só aplicava a ponta da cunha de uma broca, fazia pressão até que a tampa saltasse. bacana, sem barulho nenhum. agora tá em cana. eu tenho que usar a cunha, estourar o segredo e dinamitar o buraco. barulho pra burro e antiquado demais. mas preciso de 3 milhas pra ir me defendendo até encontrar uma boa boca.

me conta tudo isso baixinho, perto da orelha, pra ninguém ouvir. mal consigo entender.

– há quanto tempo você é um guarda sacana? – pergunto.

– tu tá enganado. sou estudante. vou à aula de noite. agora tô tirando trigonometria avançada.

– e precisa arrombar cofre pra isso?

– lógico. e quando chegar a hora, vou ter um cofre meu de verdade e uma casa em Beverly Hills onde nenhuma arruaça possa me prejudicar.

– os meus amigos dizem que a palavra é Rebelião e não Arruaça.

– que espécie de amigos você tem?

– de todas, e de nenhuma. pode ser que quando você chegue ao cálculo superior acabe entendendo melhor o que eu quero dizer. Acho que ainda tem muito que aprender.

– é por isso que preciso das 3 milhas.

– um empréstimo de 3 milhas vira 4 em 35 dias.

– como é que tu sabe que não vou roer a corda?

– ninguém nunca roeu, se é que você entende.

chegam mais 2 cervejas. assistimos à partida na televisão.

– há quanto tempo você é um guarda sacana? – pergunto de novo.

– gostaria que parasse com isso. posso perguntar uma coisa pra VOCÊ?

– hum hum.

– uma noite, há umas 2 semanas, te vi caminhando na rua, lá pela 1 da madrugada, com a cara cheia de sangue. a camisa também estava toda manchada. uma camisa branca. quis te ajudar, mas parecia que você nem sabia onde andava. e me deixou assustado: não cambaleava, mas era como se estivesse caminhando dopado. depois te vi entrar numa cabine de telefone e mais tarde um táxi veio te buscar.

– hum hum.

– era você?

– acho que era.

– que foi que houve?

– tive sorte.

– o quê?!

– lógico. escapei por pouco. esta é a Década Turbulenta dos Assassinos. Kennedy. Oswald. O dr. King. Che G... Lumumba. Claro que tô esquecendo uma porção. tive sorte. não era suficientemente importante pra ser morto.

– quem te atacou?

– todo mundo.

– todo mundo?

– hum hum.

– o que você pensa do troço com o King?

– um verdadeiro bando de cagões, como todo assassinato, de Júlio César pra cá.

– acha que os negros têm razão?

– eu acho que não mereço morrer pelas mãos de um negro, apesar de achar que tem muito branco por aí, de mentalidade mórbida, que gosta de se imaginar nessa situação, quer dizer, ELES querem morrer pelas mãos de um negro. mas também acho que uma das melhores coisas da Revolução Negra é que eles estão FAZENDO FORÇA; a maioria de nós, brancos de bunda mole, inclusive eu, já desistiu de tentar. o que é que isso tem a ver com as 3 milhas?

— bem, é que me disseram que tu tá "por dentro" e preciso de grana, mas tô vendo que tu é meio biruta.

— F.B.I.

— como é?

— você trabalha pro F.B.I.?

— ficou paranoico? – pergunta.

— claro. qual é o cara lúcido que não fica?

— tá doido!

parece danado, empurra o banco pra trás e sai do bar. Teddy, o novo proprietário, aparece com outra cerveja.

— quem era? – pergunta.

— uma cara que veio com a maior onda pro meu lado.

— ah é?

— é. dei o troco na hora.

Teddy se afasta sem se mostrar impressionado, mas dono de bar é assim mesmo. termino a cerveja, saio pra rua e vou até aquele baita celeiro, que serve de bar mexicano, com grade toda de ferro. já quiseram me matar ali dentro. quando fico de porre sou o maior canastrão. que coisa boa ser branco, maluco e maleável. ela se aproxima. a garçonete. o rosto me diz qualquer coisa. a orquestra começa a tocar "Happy Days Are Here Again". já é deboche. mas preferível a canivete de mola.

— tô precisando das minhas chaves de volta.

ela põe a mão no bolso do avental (fica muito bem de avental, qual a mulher que não fica? um dia ainda vou foder uma só de avental. avental NELA, bem entendido) e atira o chaveiro sobre o balcão. lá estão – a chave do carro, as do apartamento e as que servem pra me abrir a cachola.

— você disse que ia voltar ontem de noite.

olho ao redor, no bar tem 2 ou 3 caras que não querem nada com a vida. derrubados. as moscas voam por cima da cabeça deles. as carteiras sumiram. tá me cheirando a bebida drogada. ora, é o que um gringo merece. o que não me inclui.

mas mexicano é paciente – a gente pode roubar a terra deles que ficam na moita, tocando marimba.

– esqueci de voltar – respondo.

– a bebida corre por minha conta.

– tá legal, finge que sou o Bob Hope contando piada de Natal pros soldados. Uma forte, com pó.

dá risada e vai preparar o veneno. me viro de costas, pra deixá-la à vontade. põe o copo na minha frente.

– eu gosto de você – me diz. – quero te foder de novo. você conhece uns lances bacanas pra um velho.

– *gracias*. é essa peruca branca que você usa. sou tarado: me amarro em moça que finge que é velha e em velha que finge que é moça. e em cinta com liga, sapato de salto alto, calcinha fina e cor-de-rosa. acho do balacobaco essas coisas.

– tenho um lance em que tinjo a xota de branco.

– tremendo barato.

– toma o teu veneno.

– ah é, obrigado

– de nada.

tomo a bebida drogada, mas tapeio, saio logo em seguida e, por sorte, vejo um táxi parado ali no Sunset em pleno sol, entro e quando chego onde moro apenas consigo pagar a corrida, abrir a porta, fechar e de repente paro, estatelado. uma xota branca. é, não há dúvida, ela queria me foder. consigo deitar no sofá e aí me sinto gelado, só pensando, ah é, as 3 milhas, quem não gostaria? os juros e o castigo final que se fodam. trinta e cinco dias. quantos homens já tiveram 35 dias livres na vida? e aí então fica tão escuro que nem posso responder minha própria pergunta.

hum hum.

Coleção L&PM POCKET

900. **As veias abertas da América Latina** – Eduardo Galeano
901. **Snoopy: Sempre alerta! (10)** – Charles Schulz
902. **Chico Bento: Plantando confusão** – Mauricio de Sousa
903. **Penadinho: Quem é morto sempre aparece** – Mauricio de Sousa
904. **A vida sexual da mulher feia** – Claudia Tajes
905. **100 segredos de liquidificador** – José Antonio Pinheiro Machado
906. **Sexo muito prazer 2** – Laura Meyer da Silva
907. **Os nascimentos** – Eduardo Galeano
908. **As caras e as máscaras** – Eduardo Galeano
909. **O século do vento** – Eduardo Galeano
910. **Poirot perde uma cliente** – Agatha Christie
911. **Cérebro** – Michael O'Shea
912. **O escaravelho de ouro e outras histórias** – Edgar Allan Poe
913. **Piadas para sempre (4)** – Visconde da Casa Verde
914. **100 receitas de massas light** – Helena Tonetto
915. (19).**Oscar Wilde** – Daniel Salvatore Schiffer
916. **Uma breve história do mundo** – H. G. Wells
917. **A Casa do Penhasco** – Agatha Christie
919. **John M. Keynes** – Bernard Gazier
920. (20).**Virginia Woolf** – Alexandra Lemasson
921. **Peter e Wendy** seguido de **Peter Pan em Kensington Gardens** – J. M. Barrie
922. **Aline: numas de colegial (5)** – Adão Iturrusgarai
923. **Uma dose mortal** – Agatha Christie
924. **Os trabalhos de Hércules** – Agatha Christie
926. **Kant** – Roger Scruton
927. **A inocência do Padre Brown** – G.K. Chesterton
928. **Casa Velha** – Machado de Assis
929. **Marcas de nascença** – Nancy Huston
930. **Aulete de bolso**
931. **Hora Zero** – Agatha Christie
932. **Morte na Mesopotâmia** – Agatha Christie
934. **Nem te conto, João** – Dalton Trevisan
935. **As aventuras de Huckleberry Finn** – Mark Twain
936. (21).**Marilyn Monroe** – Anne Plantagenet
937. **China moderna** – Rana Mitter
938. **Dinossauros** – David Norman
939. **Louca por homem** – Claudia Tajes
940. **Amores de alto risco** – Walter Riso
941. **Jogo de damas** – David Coimbra
942. **Filha é filha** – Agatha Christie
943. **M ou N?** – Agatha Christie
945. **Bidu: diversão em dobro!** – Mauricio de Sousa
946. **Fogo** – Anaïs Nin
947. **Rum: diário de um jornalista bêbado** – Hunter Thompson
948. **Persuasão** – Jane Austen
949. **Lágrimas na chuva** – Sergio Faraco
950. **Mulheres** – Bukowski
951. **Um pressentimento funesto** – Agatha Christie
952. **Cartas na mesa** – Agatha Christie
954. **O lobo do mar** – Jack London
955. **Os gatos** – Patricia Highsmith
956. (22).**Jesus** – Christiane Rancé
957. **História da medicina** – William Bynum
958. **O Morro dos Ventos Uivantes** – Emily Brontë
959. **A filosofia na era trágica dos gregos** – Nietzsche
960. **Os treze problemas** – Agatha Christie
961. **A massagista japonesa** – Moacyr Scliar
963. **Humor do miserê** – Nani
964. **Todo o mundo tem dúvida, inclusive você** – Édison de Oliveira
965. **A dama do Bar Nevada** – Sergio Faraco
969. **O psicopata americano** – Bret Easton Ellis
970. **Ensaios de amor** – Alain de Botton
971. **O grande Gatsby** – F. Scott Fitzgerald
972. **Por que não sou cristão** – Bertrand Russell
973. **A Casa Torta** – Agatha Christie
974. **Encontro com a morte** – Agatha Christie
975. (23).**Rimbaud** – Jean-Baptiste Baronian
976. **Cartas na rua** – Bukowski
977. **Memória** – Jonathan K. Foster
978. **A abadia de Northanger** – Jane Austen
979. **As pernas da Úrsula** – Claudia Tajes
980. **Retrato inacabado** – Agatha Christie
981. **Solanin (1)** – Inio Asano
982. **Solanin (2)** – Inio Asano
983. **Aventuras de menino** – Mitsuru Adachi
984. (16).**Fatos & mitos sobre sua alimentação** – Dr. Fernando Lucchese
985. **Teoria quântica** – John Polkinghorne
986. **O eterno marido** – Fiódor Dostoiévski
987. **Um safado em Dublin** – J. P. Donleavy
988. **Mirinha** – Dalton Trevisan
989. **Akhenaton e Nefertiti** – Carmen Seganfredo e A. S. Franchini
990. **On the Road – o manuscrito original** – Jack Kerouac
991. **Relatividade** – Russell Stannard
992. **Abaixo de zero** – Bret Easton Ellis
993. (24).**Andy Warhol** – Mériam Korichi
995. **Os últimos casos de Miss Marple** – Agatha Christie
996. **Nico Demo: Aí vem encrenca** – Mauricio de Sousa
998. **Rousseau** – Robert Wokler
999. **Noite sem fim** – Agatha Christie
1000. **Diários de Andy Warhol (1)** – Editado por Pat Hackett
1001. **Diários de Andy Warhol (2)** – Editado por Pat Hackett
1002. **Cartier-Bresson: o olhar do século** – Pierre Assouline
1003. **As melhores histórias da mitologia: vol. 1** – A.S. Franchini e Carmen Seganfredo

1004. **As melhores histórias da mitologia: vol. 2** – A.S. Franchini e Carmen Seganfredo
1005. **Assassinato no beco** – Agatha Christie
1006. **Convite para um homicídio** – Agatha Christie
1008. **História da vida** – Michael J. Benton
1009. **Jung** – Anthony Stevens
1010. **Arsène Lupin, ladrão de casaca** – Maurice Leblanc
1011. **Dublinenses** – James Joyce
1012. **120 tirinhas da Turma da Mônica** – Mauricio de Sousa
1013. **Antologia poética** – Fernando Pessoa
1014. **A aventura de um cliente ilustre** *seguido de* **O último adeus de Sherlock Holmes** – Sir Arthur Conan Doyle
1015. **Cenas de Nova York** – Jack Kerouac
1016. **A corista** – Anton Tchékhov
1017. **O diabo** – Leon Tolstói
1018. **Fábulas chinesas** – Sérgio Capparelli e Márcia Schmaltz
1019. **O gato do Brasil** – Sir Arthur Conan Doyle
1020. **Missa do Galo** – Machado de Assis
1021. **O mistério de Marie Rogêt** – Edgar Allan Poe
1022. **A mulher mais linda da cidade** – Bukowski
1023. **O retrato** – Nicolai Gogol
1024. **O conflito** – Agatha Christie
1025. **Os primeiros casos de Poirot** – Agatha Christie
1027.(25). **Beethoven** – Bernard Fauconnier
1028. **Platão** – Julia Annas
1029. **Cleo e Daniel** – Roberto Freire
1030. **Til** – José de Alencar
1031. **Viagens na minha terra** – Almeida Garrett
1032. **Profissões para mulheres e outros artigos feministas** – Virginia Woolf
1033. **Mrs. Dalloway** – Virginia Woolf
1034. **O cão da morte** – Agatha Christie
1035. **Tragédia em três atos** – Agatha Christie
1037. **O fantasma da Ópera** – Gaston Leroux
1038. **Evolução** – Brian e Deborah Charlesworth
1039. **Medida por medida** – Shakespeare
1040. **Razão e sentimento** – Jane Austen
1041. **A obra-prima ignorada** *seguido de* **Um episódio durante o Terror** – Balzac
1042. **A fugitiva** – Anaïs Nin
1043. **As grandes histórias da mitologia greco-romana** – A. S. Franchini
1044. **O corno de si mesmo & outras historietas** – Marquês de Sade
1045. **Da felicidade** *seguido de* **Da vida retirada** – Sêneca
1046. **O horror em Red Hook e outras histórias** – H. P. Lovecraft
1047. **Noite em claro** – Martha Medeiros
1048. **Poemas clássicos chineses** – Li Bai, Du Fu e Wang Wei
1049. **A terceira moça** – Agatha Christie
1050. **Um destino ignorado** – Agatha Christie
1051.(26). **Buda** – Sophie Royer
1052. **Guerra Fria** – Robert J. McMahon
1053. **Simons's Cat: as aventuras de um gato travesso e comilão – vol. 1** – Simon Tofield
1054. **Simons's Cat: as aventuras de um gato travesso e comilão – vol. 2** – Simon Tofield
1055. **Só as mulheres e as baratas sobreviverão** – Claudia Tajes
1057. **Pré-história** – Chris Gosden
1058. **Pintou sujeira!** – Mauricio de Sousa
1059. **Contos de Mamãe Gansa** – Charles Perrault
1060. **A interpretação dos sonhos: vol. 1** – Freud
1061. **A interpretação dos sonhos: vol. 2** – Freud
1062. **Frufru Rataplã Dolores** – Dalton Trevisan
1063. **As melhores histórias da mitologia egípcia** – Carmem Seganfredo e A.S. Franchini
1064. **Infância. Adolescência. Juventude** – Tolstói
1065. **As consolações da filosofia** – Alain de Botton
1066. **Diários de Jack Kerouac – 1947-1954**
1067. **Revolução Francesa – vol. 1** – Max Gallo
1068. **Revolução Francesa – vol. 2** – Max Gallo
1069. **O detetive Parker Pyne** – Agatha Christie
1070. **Memórias do esquecimento** – Flávio Tavares
1071. **Drogas** – Leslie Iversen
1072. **Manual de ecologia (vol.2)** – J. Lutzenberger
1073. **Como andar no labirinto** – Affonso Romano de Sant'Anna
1074. **A orquídea e o serial killer** – Juremir Machado da Silva
1075. **Amor nos tempos de fúria** – Lawrence Ferlinghetti
1076. **A aventura do pudim de Natal** – Agatha Christie
1078. **Amores que matam** – Patricia Faur
1079. **Histórias de pescador** – Mauricio de Sousa
1080. **Pedaços de um caderno manchado de vinho** – Bukowski
1081. **A ferro e fogo: tempo de solidão (vol.1)** – Josué Guimarães
1082. **A ferro e fogo: tempo de guerra (vol.2)** – Josué Guimarães
1084.(17). **Desembarcando o Alzheimer** – Dr. Fernando Lucchese e Dra. Ana Hartmann
1085. **A maldição do espelho** – Agatha Christie
1086. **Uma breve história da filosofia** – Nigel Warburton
1088. **Heróis da História** – Will Durant
1089. **Concerto campestre** – L. A. de Assis Brasil
1090. **Morte nas nuvens** – Agatha Christie
1092. **Aventura em Bagdá** – Agatha Christie
1093. **O cavalo amarelo** – Agatha Christie
1094. **O método de interpretação dos sonhos** – Freud
1095. **Sonetos de amor e desamor** – Vários
1096. **120 tirinhas do Dilbert** – Scott Adams
1097. **200 fábulas de Esopo**
1098. **O curioso caso de Benjamin Button** – F. Scott Fitzgerald
1099. **Piadas para sempre: uma antologia para morrer de rir** – Visconde da Casa Verde
1100. **Hamlet (Mangá)** – Shakespeare

1101. **A arte da guerra (Mangá)** – Sun Tzu
1104. **As melhores histórias da Bíblia (vol.1)** – A. S. Franchini e Carmen Seganfredo
1105. **As melhores histórias da Bíblia (vol.2)** – A. S. Franchini e Carmen Seganfredo
1106. **Psicologia das massas e análise do eu** – Freud
1107. **Guerra Civil Espanhola** – Helen Graham
1108. **A autoestrada do sul e outras histórias** – Julio Cortázar
1109. **O mistério dos sete relógios** – Agatha Christie
1110. **Peanuts: Ninguém gosta de mim... (amor)** – Charles Schulz
1111. **Cadê o bolo?** – Mauricio de Sousa
1112. **O filósofo ignorante** – Voltaire
1113. **Totem e tabu** – Freud
1114. **Filosofia pré-socrática** – Catherine Osborne
1115. **Desejo de status** – Alain de Botton
1118. **Passageiro para Frankfurt** – Agatha Christie
1120. **Kill All Enemies** – Melvin Burgess
1121. **A morte da sra. McGinty** – Agatha Christie
1122. **Revolução Russa** – S. A. Smith
1123. **Até você, Caputu?** – Dalton Trevisan
1124. **O grande Gatsby (Mangá)** – F. S. Fitzgerald
1125. **Assim falou Zaratustra (Mangá)** – Nietzsche
1126. **Peanuts: É para isso que servem os amigos (amizade)** – Charles Schulz
1127(27). **Nietzsche** – Dorian Astor
1128. **Bidu: Hora do banho** – Mauricio de Sousa
1129. **O melhor do Macanudo Taurino** – Santiago
1130. **Radicci 30 anos** – Iotti
1131. **Show de sabores** – J.A. Pinheiro Machado
1132. **O prazer das palavras** – vol. 3 – Cláudio Moreno
1133. **Morte na praia** – Agatha Christie
1134. **O fardo** – Agatha Christie
1135. **Manifesto do Partido Comunista (Mangá)** – Marx & Engels
1136. **A metamorfose (Mangá)** – Franz Kafka
1137. **Por que você não se casou... ainda** – Tracy McMillan
1138. **Textos autobiográficos** – Bukowski
1139. **A importância de ser prudente** – Oscar Wilde
1140. **Sobre a vontade na natureza** – Arthur Schopenhauer
1141. **Dilbert (8)** – Scott Adams
1142. **Entre dois amores** – Agatha Christie
1143. **Cipreste triste** – Agatha Christie
1144. **Alguém viu uma assombração?** – Mauricio de Sousa
1145. **Mandela** – Elleke Boehmer
1146. **Retrato do artista quando jovem** – James Joyce
1147. **Zadig ou o destino** – Voltaire
1148. **O contrato social (Mangá)** – J.-J. Rousseau
1149. **Garfield fenomenal** – Jim Davis
1150. **A queda da América** – Allen Ginsberg
1151. **Música na noite & outros ensaios** – Aldous Huxley
1152. **Poesias inéditas & Poemas dramáticos** – Fernando Pessoa
1153. **Peanuts: Felicidade é...** – Charles M. Schulz
1154. **Mate-me por favor** – Legs McNeil e Gillian McCain
1155. **Assassinato no Expresso Oriente** – Agatha Christie
1156. **Um punhado de centeio** – Agatha Christie
1157. **A interpretação dos sonhos (Mangá)** – Freud
1158. **Peanuts: Você não entende o sentido da vida** – Charles M. Schulz
1159. **A dinastia Rothschild** – Herbert R. Lottman
1160. **A Mansão Hollow** – Agatha Christie
1161. **Nas montanhas da loucura** – H.P. Lovecraft
1162(28). **Napoleão Bonaparte** – Pascale Fautrier
1163. **Um corpo na biblioteca** – Agatha Christie
1164. **Inovação** – Mark Dodgson e David Gann
1165. **O que toda mulher deve saber sobre os homens: a afetividade masculina** – Walter Riso
1166. **O amor está no ar** – Mauricio de Sousa
1167. **Testemunha de acusação & outras histórias** – Agatha Christie
1168. **Etiqueta de bolso** – Celia Ribeiro
1169. **Poesia reunida (volume 3)** – Affonso Romano de Sant'Anna
1170. **Emma** – Jane Austen
1171. **Que seja em segredo** – Ana Miranda
1172. **Garfield sem apetite** – Jim Davis
1173. **Garfield: Foi mal...** – Jim Davis
1174. **Os irmãos Karamázov (Mangá)** – Dostoiévski
1175. **O Pequeno Príncipe** – Antoine de Saint-Exupéry
1176. **Peanuts: Ninguém mais tem o espírito aventureiro** – Charles M. Schulz
1177. **Assim falou Zaratustra** – Nietzsche
1178. **Morte no Nilo** – Agatha Christie
1179. **Ê, soneca boa** – Mauricio de Sousa
1180. **Garfield a todo o vapor** – Jim Davis
1181. **Em busca do tempo perdido (Mangá)** – Proust
1182. **Cai o pano: o último caso de Poirot** – Agatha Christie
1183. **Livro para colorir e relaxar** – Livro 1
1184. **Para colorir sem parar**
1185. **Os elefantes não esquecem** – Agatha Christie
1186. **Teoria da relatividade** – Albert Einstein
1187. **Compêndio da psicanálise** – Freud
1188. **Visões de Gerard** – Jack Kerouac
1189. **Fim de verão** – Mohiro Kitoh
1190. **Procurando diversão** – Mauricio de Sousa
1191. **E não sobrou nenhum e outras peças** – Agatha Christie
1192. **Ansiedade** – Daniel Freeman & Jason Freeman
1193. **Garfield: pausa para o almoço** – Jim Davis
1194. **Contos do dia e da noite** – Guy de Maupassant
1195. **O melhor de Hagar 7** – Dik Browne
1196(29). **Lou Andreas-Salomé** – Dorian Astor
1197(30). **Pasolini** – René de Ceccatty
1198. **O caso do Hotel Bertram** – Agatha Christie
1199. **Crônicas de motel** – Sam Shepard

1200. **Pequena filosofia da paz interior** – Catherine Rambert
1201. **Os sertões** – Euclides da Cunha
1202. **Treze à mesa** – Agatha Christie
1203. **Bíblia** – John Riches
1204. **Anjos** – David Albert Jones
1205. **As tirinhas do Guri de Uruguaiana 1** – Jair Kobe
1206. **Entre aspas (vol.1)** – Fernando Eichenberg
1207. **Escrita** – Andrew Robinson
1208. **O spleen de Paris: pequenos poemas em prosa** – Charles Baudelaire
1209. **Satíricon** – Petrônio
1210. **O avarento** – Molière
1211. **Queimando na água, afogando-se na chama** – Bukowski
1212. **Miscelânea septuagenária: contos e poemas** – Bukowski
1213. **Que filosofar é aprender a morrer e outros ensaios** – Montaigne
1214. **Da amizade e outros ensaios** – Montaigne
1215. **O medo à espreita e outras histórias** – H.P. Lovecraft
1216. **A obra de arte na era de sua reprodutibilidade técnica** – Walter Benjamin
1217. **Sobre a liberdade** – John Stuart Mill
1218. **O segredo de Chimneys** – Agatha Christie
1219. **Morte na rua Hickory** – Agatha Christie
1220. **Ulisses (mangá)** – James Joyce
1221. **Ateísmo** – Julian Baggini
1222. **Os melhores contos de Katherine Mansfield** – Katherine Mansfield
1223.(31). **Martin Luther King** – Alain Foix
1224. **Millôr Definitivo: uma antologia de *A Bíblia do Caos*** – Millôr Fernandes
1225. **O Clube das Terças-Feiras e outras histórias** – Agatha Christie
1226. **Por que sou tão sábio** – Nietzsche
1227. **Sobre a mentira** – Platão
1228. **Sobre a leitura *seguido do* Depoimento de Céleste Albaret** – Proust
1229. **O homem do terno marrom** – Agatha Christie
1230.(32). **Jimi Hendrix** – Franck Médioni
1231. **Amor e amizade e outras histórias** – Jane Austen
1232. **Lady Susan, Os Watson e Sanditon** – Jane Austen
1233. **Uma breve história da ciência** – William Bynum
1234. **Macunaíma: o herói sem nenhum caráter** – Mário de Andrade
1235. **A máquina do tempo** – H.G. Wells
1236. **O homem invisível** – H.G. Wells
1237. **Os 36 estratagemas: manual secreto da arte da guerra** – Anônimo
1238. **A mina de ouro e outras histórias** – Agatha Christie
1239. **Pic** – Jack Kerouac
1240. **O habitante da escuridão e outros contos** – H.P. Lovecraft
1241. **O chamado de Cthulhu e outros contos** – H.P. Lovecraft
1242. **O melhor de Meu reino por um cavalo!** – Edição de Ivan Pinheiro Machado
1243. **A guerra dos mundos** – H.G. Wells
1244. **O caso da criada perfeita e outras histórias** – Agatha Christie
1245. **Morte por afogamento e outras histórias** – Agatha Christie
1246. **Assassinato no Comitê Central** – Manuel Vázquez Montalbán
1247. **O papai é pop** – Marcos Piangers
1248. **O papai é pop 2** – Marcos Piangers
1249. **A mamãe é rock** – Ana Cardoso
1250. **Paris boêmia** – Dan Franck
1251. **Paris libertária** – Dan Franck
1252. **Paris ocupada** – Dan Franck
1253. **Uma anedota infame** – Dostoiévski
1254. **O último dia de um condenado** – Victor Hugo
1255. **Nem só de caviar vive o homem** – J.M. Simmel
1256. **Amanhã é outro dia** – J.M. Simmel
1257. **Mulherzinhas** – Louisa May Alcott
1258. **Reforma Protestante** – Peter Marshall
1259. **História econômica global** – Robert C. Allen
1260.(33). **Che Guevara** – Alain Foix
1261. **Câncer** – Nicholas James
1262. **Akhenaton** – Agatha Christie
1263. **Aforismos para a sabedoria de vida** – Arthur Schopenhauer
1264. **Uma história do mundo** – David Coimbra
1265. **Ame e não sofra** – Walter Riso
1266. **Desapegue-se!** – Walter Riso
1267. **Os Sousa: Uma família do barulho** – Maurício de Sousa
1268. **Nico Demo: O rei da travessura** – Maurício de Sousa
1269. **Testemunha de acusação e outras peças** – Agatha Christie
1270.(34). **Dostoiévski** – Virgil Tanase
1271. **O melhor de Hagar 8** – Dik Browne
1272. **O melhor de Hagar 9** – Dik Browne
1273. **O melhor de Hagar 10** – Dik e Chris Browne
1274. **Considerações sobre o governo representativo** – John Stuart Mill
1275. **O homem Moisés e a religião monoteísta** – Freud
1276. **Inibição, sintoma e medo** – Freud
1277. **Além do princípio de prazer** – Freud
1278. **O direito de dizer não!** – Walter Riso
1279. **A arte de ser flexível** – Walter Riso
1280. **Casados e descasados** – August Strindberg
1281. **Da Terra à Lua** – Júlio Verne
1282. **Minhas galerias e meus pintores** – Kahnweiler

1283. **A arte do romance** – Virginia Woolf
1284. **Teatro completo v. 1: As aves da noite** *seguido de* **O visitante** – Hilda Hilst
1285. **Teatro completo v. 2: O verdugo** *seguido de* **A morte do patriarca** – Hilda Hilst
1286. **Teatro completo v. 3: O rato no muro** *seguido de* **Auto da barca de Camiri** – Hilda Hilst
1287. **Teatro completo v. 4: A empresa** *seguido de* **O novo sistema** – Hilda Hilst
1289. **Fora de mim** – Martha Medeiros
1290. **Divã** – Martha Medeiros
1291. **Sobre a genealogia da moral: um escrito polêmico** – Nietzsche
1292. **A consciência de Zeno** – Italo Svevo
1293. **Células-tronco** – Jonathan Slack
1294. **O fim do ciúme e outros contos** – Proust
1295. **A jangada** – Júlio Verne
1296. **A ilha do dr. Moreau** – H.G. Wells
1297. **Ninho de fidalgos** – Ivan Turguêniev
1298. **Jane Eyre** – Charlotte Brontë
1299. **Sobre gatos** – Bukowski
1300. **Sobre o amor** – Bukowski
1301. **Escrever para não enlouquecer** – Bukowski
1302. **222 receitas** – J. A. Pinheiro Machado
1303. **Reinações de Narizinho** – Monteiro Lobato
1304. **O Saci** – Monteiro Lobato
1305. **Memórias da Emília** – Monteiro Lobato
1306. **O Picapau Amarelo** – Monteiro Lobato
1307. **A reforma da Natureza** – Monteiro Lobato
1308. **Fábulas** *seguido de* **Histórias diversas** – Monteiro Lobato
1309. **Aventuras de Hans Staden** – Monteiro Lobato
1310. **Peter Pan** – Monteiro Lobato
1311. **Dom Quixote das crianças** – Monteiro Lobato
1312. **O Minotauro** – Monteiro Lobato
1313. **Um quarto só seu** – Virginia Woolf
1314. **Sonetos** – Shakespeare
1315.(35).**Thoreau** – Marie Berthoumieu e Laura El Makki
1316. **Teoria da arte** – Cynthia Freeland
1317. **A arte da prudência** – Baltasar Gracián
1318. **O louco** *seguido de* **Areia e espuma** – Khalil Gibran
1319. **O profeta** *seguido de* **O jardim do profeta** – Khalil Gibran
1320. **Jesus, o Filho do Homem** – Khalil Gibran
1321. **A luta** – Norman Mailer
1322. **Sobre o sofrimento do mundo e outros ensaios** – Schopenhauer
1323. **Epidemiologia** – Rodolfo Sacacci
1324. **Japão moderno** – Christopher Goto-Jones
1325. **A arte da meditação** – Matthieu Ricard
1326. **O adversário secreto** – Agatha Christie
1327. **Pollyanna** – Eleanor H. Porter
1328. **Espelhos** – Eduardo Galeano
1329. **A Vênus das peles** – Sacher-Masoch
1330. **O 18 de brumário de Luís Bonaparte** – Karl Marx
1331. **Um jogo para os vivos** – Patricia Highsmith
1332. **A tristeza pode esperar** – J.J. Camargo
1333. **Vinte poemas de amor e uma canção desesperada** – Pablo Neruda
1334. **Judaísmo** – Norman Solomon
1335. **Esquizofrenia** – Christopher Frith & Eve Johnstone
1336. **Seis personagens em busca de um autor** – Luigi Pirandello
1337. **A Fazenda dos Animais** – George Orwell
1338. **1984** – George Orwell
1339. **Ubu Rei** – Alfred Jarry
1340. **Sobre bêbados e bebidas** – Bukowski
1341. **Tempestade para os vivos e para os mortos** – Bukowski
1342. **Complicado** – Natsume Ono
1343. **Sobre o livre-arbítrio** – Schopenhauer
1344. **Uma breve história da literatura** – John Sutherland
1345. **Você fica tão sozinho às vezes que até faz sentido** – Bukowski
1346. **Um apartamento em Paris** – Guillaume Musso
1347. **Receitas fáceis e saborosas** – José Antonio Pinheiro Machado
1348. **Por que engordamos** – Gary Taubes
1349. **A fabulosa história do hospital** – Jean-Noël Fabiani
1350. **Voo noturno** *seguido de* **Terra dos homens** – Antoine de Saint-Exupéry
1351. **Doutor Sax** – Jack Kerouac
1352. **O livro do Tao e da virtude** – Lao-Tsé
1353. **Pista negra** – Antonio Manzini
1354. **A chave de vidro** – Dashiell Hammett
1355. **Martin Eden** – Jack London
1356. **Já te disse adeus, e agora, como te esqueço?** – Walter Riso
1357. **A viagem do descobrimento** – Eduardo Bueno
1358. **Náufragos, traficantes e degredados** – Eduardo Bueno
1359. **Retrato do Brasil** – Paulo Prado
1360. **Maravilhosamente imperfeito, escandalosamente feliz** – Walter Riso
1361. **É...** – Millôr Fernandes
1362. **Duas tábuas e uma paixão** – Millôr Fernandes
1363. **Selma e Sinatra** – Martha Medeiros
1364. **Tudo que eu queria te dizer** – Martha Medeiros
1365. **Várias histórias** – Machado de Assis
1366. **A sabedoria do Padre Brown** – G. K. Chesterton
1367. **Capitães do Brasil** – Eduardo Bueno
1368. **O falcão maltês** – Dashiell Hammett
1369. **A arte de estar com a razão** – Arthur Schopenhauer
1370. **A visão dos vencidos** – Miguel León-Portilla

lepmeditores
www.lpm.com.br
o site que conta tudo

IMPRESSÃO:

PALLOTTI
GRÁFICA

Santa Maria - RS | Fone: (55) 3220.4500
www.graficapallotti.com.br